孩子们必读的诺贝尔文学经典

喜剧演员

【波】W.莱蒙特◎著　天街润雨◎译

· 莱蒙特卷 ·

北京联合出版公司
Beijing United Publishing Co.,Ltd.

图书在版编目（CIP）数据

喜剧演员 /（波）莱蒙特著；天街润雨译. —— 北京：北京联合出版公司，2015.2（2023.2重印）
（孩子们必读的诺贝尔文学经典）
ISBN 978-7-5502-4495-5

Ⅰ.①喜… Ⅱ.①莱… ②天… Ⅲ.①长篇小说-波兰-现代 Ⅳ.①I513.45

中国版本图书馆CIP数据核字（2015）第010908号

喜剧演员

作　　者：（波）莱蒙特/著；天街润雨/译
选题策划：王成国　郎爱民
责任编辑：王　巍
封面设计：尚世视觉
版式设计：许　可

北京联合出版公司出版
（北京市西城区德外大街83号楼9层　100088）
福州俊丰彩印有限公司　新华书店经销
字数220千字　650毫米×950毫米　1/16　16.75印张
2015年2月第1版　2023年2月第2次印刷
ISBN 978-7-5502-4495-5
定价：30.00元

未经许可，不得以任何方式复制或抄袭本书部分或全部内容。
版权所有，侵权必究。
本书若有质量问题，请与本公司图书销售中心联系调换。
电话：010-64243832 4006586676

目录
Contents

第一章 / 1 　　第七章 / 122

第二章 / 27 　　第八章 / 155

第三章 / 45 　　第九章 / 189

第四章 / 66 　　第十章 / 221

第五章 / 91 　　第十一章 / 250

第六章 / 111

 第一章

栋布罗瓦铁路线上的布柯维克站坐落于一个美丽的地方。火车站前,山上的松柏划出一道美丽的曲线,树林之上是光秃秃的石头堆砌而成的山顶,山间有狭长的山谷,璀璨的池泽点缀其间。所谓的车站不过是一栋双层的砖头建筑,站长和他的助理就住在这里,旁边一栋小木屋里住着电报员和其他工作人员,铁轨尽头的另一栋小木屋里住着保安,分散在角落里的开关室和发货仓是唯一能证明这里还有人居住的证物。

微风吹过,车站旁的林木沙沙作响,像是在哼唱着小调,车站上方蓝色的天空中,飘浮着灰白色的云朵。

太阳升到了南边,看起来更为明亮耀眼,给人的感觉也更为温暖,山坡被染成了红色,顶峰上的岩石也沐浴在金色的阳光之中。

春天的下午,这里的一切都是静悄悄的。树木也严肃地挺立着,不

再交头接耳般地说悄悄话。巨大的柏树叶子低垂着,像是在温暖的阳光中安静地睡着了。丛林深处不时传来一两声鸟的啼鸣,伴着水鸟的鸣唱和昆虫的嗡嗡声,像是催眠曲一样。蓝色的铁轨延伸到远方,越远颜色越深,最后甚至变成了紫色。

车站站长奥罗斯基从办公室出来,遇上一个矮墩墩的年轻男子,男子头发颜色很浅,几乎是亚麻色的。年轻男子穿着,或者说,是被绑在一件时尚西装里,手里拿着帽子,身边的仆人正帮他把外套套上。

站长站在他面前,习惯性地用手捋着灰白色的胡须,对年轻男子露出慈祥的微笑。站长也是个强壮结实的汉子,肩膀很宽,蓝色的眼珠子在浓厚的睫毛下透出快乐的光芒,不过也能从这眼神中看出他某种坚定不移的意志。他鼻梁笔挺,双唇丰满,眉毛粗短,目光尖锐,这一切都显示出他暴躁的性格特点。

"明天,再见!"亚麻色头发的年轻男子高兴地说道,伸出他的大手以示告别。

"再见!……哦,再过来一下,让我抱抱你。明天我们要举杯好好庆贺一下这件大事。"

"这样的明天我有点害怕。"

"拿出勇气来,孩子!不要害怕,我告诉你,一切都会好的。我会马上告诉詹卡这件事。你明晚跟我们一起吃饭,跟她求婚,她会答应的,一个月内你们就能结婚,我们也会变得更亲近的,嘿!我是真心地喜欢你,安德鲁·格泽斯科维克兹先生。我常常梦想着能有你这么个儿子。不幸的是,我自己没有,但我至少还能有个这样的女婿。"

他们开心地吻别,然后,年轻男子跳进了月台边一辆轻型卡车里,沿着一条通往林中的小道快速开了出去。不久他又停下来,回过头去,摘下帽子,向着那第二层的窗口深深鞠了一躬,就消失在树丛中。驶过一段路以后,他从车里钻了出来,叫仆人开车离开,自己则沿着一条便道前行。

站长目送着客人离开之后,再次进入办公室,处理日常工作的事务。格泽斯科维克兹能请求跟他女儿结婚,他很满意,同时他认为女儿也会满意,所以他爽快地答应了这门亲事。

格泽斯科维克兹,尽管长得不帅,却是个很实在的富翁。车站周围的树林和附近的一些农舍都是他父亲的财产。老格泽斯科维克兹出身农民,还开过旅馆,后来靠做木材和牲畜饲料的生意发了家。

附近的许多老邻居们都还记得,老格泽斯科维克兹年轻的时候姓格泽斯科,后改为现在的姓以显示自己与众不同的身份。大家都曾为此嘲笑他,但没人因他换姓而责备过他,因为他并没显出一副贵族气派,也没有因财富而盛气凌人。

他曾是个农民,不论物质条件如何改变,内心的本质依然没变。他儿子的受教育程度并不高,现在在帮父亲打理生意。两年前,站长的女儿从凯尔采学院完成学业回来后,格泽斯科维克兹就开始追求她,并疯狂地爱上了她。他的父亲并没有表示反对,只是直接告诉他,如果想要结婚就结婚,一切都随他自己。

安德鲁经常去看女孩儿,同时越来越迷恋她,但从不敢向她表白。她也喜欢他,但她率真直爽的性格常常会让他把刚想好要说出口的表白咽下去。他觉得她是高贵的女神,不可能看上他这么个山野村夫,但恰恰由于他出身卑微,他就更想得到她。

最终,他才决定跟她父亲谈论此事。

奥罗斯基对他很热情,都没征询女儿的意见,就武断地告诉他一切都会如他所愿。因此,格泽斯科维克兹认为詹妮娜不会拒绝他,她父亲一定跟她提过此事。

"她一定说了!"他轻声说着。他年轻富有,也非常爱她。"我们会在一个月内举行婚礼。"他很快地加了一句,肯定了这个想法,他快活地跑过树林，弄断了头顶的树枝，踢开了路上腐朽的树桩，吹着轻快的口哨，脸上浮现出了微笑。他也在想着，母亲要是知道了，得多高兴啊！

母亲是个老农妇，尽管现在身份变了，衣着却也一点没变。她把詹妮娜看作一位公主。她的梦想就是有一个像贵妇人一样的媳妇，貌美如花，出身高贵，她丈夫和他的钱财以及在邻里间的威望并不能使她满足。她常对自己过去的农妇身份耿耿于怀，对所有的恭维都产生怀疑。

"安迪！"她常跟儿子说，"安迪，我希望你能娶奥罗斯基小姐。她真是个高贵的女子。当她看着你时，你会出于敬畏而微微发抖，会想要跪在她脚下以求得她的宠爱。她一定非常善良，因为任何时候她在树林中遇到人，都会为他们向上帝祈福，跟他们聊天，带孩子们玩儿，换了别人可做不到！她与生俱来的温柔可真出众。有一次，我出门遇见她，她吻着我的手问安，我就给了她一篮蘑菇。而且，她很聪明。呵呵！她也知道我有个优秀的儿子。安迪，娶她吧。快点儿起来，太阳都出来了！"

通常，安德鲁会对母亲的这种唠叨报以一笑，然后会吻着她的手，跟她保证，一切都会如她所愿。

"我们家里就会多了个公主，我们会把她供奉在客厅里。别担心，安迪，我不会弄脏她的手的。我会爱她，服侍她，为她提供她想要的一切，她要做的所有事就是读法语书和弹钢琴，那可是贵妇人才会做的事！"他母亲常常这么说。

她儿子跟她一样，内心深处仍然是个农民，平静外表之下的内心里燃着对女人，对妻子的狂野的欲望之火。这个年轻力壮的武夫，能把两百磅的装满了小麦的麻袋扔进马车里，常常像个普通劳动者一样辛劳工作，劳作之余，詹妮娜美好的形象就在他心中浮现，挥之不去。他已经完全为她甜美的外貌所倾倒。现在，他像阵飓风一样地飘过森林，跨过春天碧绿的田野，去告诉他的母亲即将要到来的幸福快乐。他知道他会在母亲最爱的房间里找到她，那间房间的墙上，挂着三张圣像，都是镀金的，这是她唯一的奢侈品。

与此同时，车站站长也完成了他的报告，并签上了自己的大名，在日记上做下记录，并放进了一个信封，收件人写明"布柯维克车站监管员"，然后喊道："安东尼！"

一个工作人员出现在门口。

"把这个交给调度员！"奥罗斯基命令道。

那人没回话，就带着信离开了，十分庄重地把它放在窗子另一边的一张桌子上。站长站起身来，舒展了一下身体，摘下红帽子，朝那张桌子走去，然后又戴上了一顶镶红边的帽子，费力地拆开他刚才封好的信。他看了信，在信纸另一边写下几行字作回复，又签上自己的名字，然后要求安东尼交给"火车站站长"，也就是他自己。

火车站的所有工作人员都知道他古板，也都以此取笑他。布柯维克站并没有调度员，因此他也就扮演着双重的角色，在两张桌子旁分别做站长和调度员的工作。

由于站长本人就是自己的上司，所以他只要发现自己账目上的错误，或者是自己作为调度员的工作上有什么疏忽，就会写一封给自己的批评信。

每个人都拿他取乐，但他却毫不在意，依然坚持自己的做派，并给出了自己的理由："一切事物的出场都是有顺序的，如果没有顺序，那就会出错。"

完成了工作之后，他锁上所有的抽屉，眼光扫过月台，然后回了家。他不是从客厅进入房间的，而是从厨房，因为他想要知道晚餐准备了什么。他看了下锅灶里的火，用拨火棍在火里戳了个洞，以使燃料充分燃烧，因洒在地板上的一些水责备了侍女之后，才进入餐厅。

"詹卡在哪儿?"他问道。

"詹妮娜小姐很快就回来了。"克伦斯卡夫人回答,她兼任这家的管家和保姆,头发是浅色的,面容姣好。

"晚上吃什么?"

"当然是您的最爱,鸡丁、酸模汤①和炸肉排。"

"奢侈,太奢侈了!有汤和肉的一桌饭给一个国王都足够了!你会毁了我的。"

"但是,先生,我这是特地为您做的……"

"胡说八道!你脑子里都是些肉丁、糖果和美味佳肴。你还说是为我做的,都是胡扯!"

"您这么说对我们太不公平了,先生,我们女人可比男人们节省多了。"

"啊哈!你节省下的钱是想多给自己买点好东西吧,我知道,你用不着向我报告。"

克伦斯卡夫人没有回话,只是摆好了桌子,准备上菜。

这时,詹妮娜进来了。她二十一二岁的样子,身材匀称,肩膀宽度适中。她的长相也不同寻常,眼睛是黑色的,眼神深邃,前额笔直,眉毛浓密,鹰钩鼻,双唇丰满。此时双唇紧闭,一副庄严肃穆的样子。光洁的额头上有两道线纹。浅红色的卷发盘在她小小的圆圆的头上。她的嗓音很奇怪,很低沉,像是男中音一样。

她朝父亲点点头,然后就在桌子的另一头坐了下来。

"格泽斯科维克兹先生今天过来和我见了面。"奥罗斯基说着,慢慢地端过汤来,因为他经常主持宴会,宴会前是要先喝汤的。

詹妮娜平静地瞟了他一眼。

---

① 酸模汤,典型的欧洲传统食物,酸模俗称野菠菜。

"他想跟你求婚,詹卡。"

"那您是怎么跟他说的,先生?"克伦斯卡夫人很快插了句嘴。

"这是我们的事。"他义正词严地说道,"我们的事。我告诉他一切都会好的。"他说着,转向詹妮娜,"他明天会来家里吃晚饭,这件事你们可以自己谈。"

"那有什么用,爸爸。既然您告诉了他一切都会好,那您明天自己接待他就行了。告诉他,对我来说,一切都很不好。我不想和他说话。我明天会去凯尔采!"

"胡扯!你是疯了还是傻了,难道不知道他会是个好丈夫吗?尽管格泽斯科维克兹是个农民,但对你来说,他比王子都要强,只有傻子才会想娶你。他有权挑选最好的女孩儿做妻子,但他选了你,你应该心怀感激才对。明天他会跟你求婚,一个月内,你就会变成格泽斯科维克兹夫人。"

"我不会成为他的妻子的。如果他能喜欢别人,那就更好了。"

"我发誓一定要让你成为格泽斯科维克兹夫人!"

"不!我决不会嫁给他或者其他的男人!我不会结婚的!"

"真是蠢货!"他严厉地吼了一声,"你会结婚的,因为你会有自己的家,衣食无忧,还有个照顾你的人。我可不想因为你而毁了我自己,我死了之后你怎么办?"

"我有自己的财产,没有格泽斯科维克兹或是像他那样的人,我也会过得很好。啊哈,所以您想让我结婚只是想让我找个依靠?"她挑衅般地反驳他。

"那又怎样?女人结婚还有什么别的理由吗?"

"她们为爱而结婚,嫁给她们爱的人。"

"我再说一次,你真是个蠢货。"他生气地喊道,又吃了块鸡丁,"爱不过像酱料罢了,没有酱料,你一样可以吃鸡,酱料不过是个奇怪的现在风行一时的东西罢了。"

"没有哪个有尊严的女人会把自己卖给她第一个遇见的人,仅仅因为他有能力养活自己!"

"你就是个蠢货。所有女人都是这么做的,她们都把自己嫁了。爱不过是小孩子才说的废话,是没有意义的。别再烦我了。"

"不论爱是不是有意义,爸爸,这都跟您无关。这是与我的未来息息相关的事,但您从不跟我商量一下。那时兹伦克维兹也跟我求婚。我也告诉过您我一点也不想结婚。"

"兹伦克维兹是兹伦克维兹,但格泽斯科维克兹是个绅士,我觉得他是个真正的男人。他很善良、聪明,可不是杜布兰尼学院毕业的傻瓜,又身强力壮的。他能制伏性子最烈的马,只轻轻一拳就能打掉一个农民的六颗牙齿,对你来说,这样的人还不够好吗?我发誓,他跟你是再合适不过的了。"

"是啊,您的理想女婿就是这么个无人可敌的家伙,他会变成个霸王的。"

"你这丫头就跟你妈一样的疯狂。等着瞧!安德鲁会用枪口对着你,告诉你,像你这样的女人该如何制服。他不会饶了你的。"

詹妮娜重重地坐了下去,把勺子丢在桌子上,又起身狠狠地带上了门,离开了房间。

"别坐在那儿光看着,把菜都端上来。"他朝克伦斯卡夫人喊道,而克伦斯卡夫人对詹妮娜的遭遇面露同情。

她顺从地递过菜肴,殷切地劝说道:"先生,您不必这么自找烦恼,这对您的健康无益。"

"唉,这都是我的命啊!"他叹息着,"吃饭都不能安安静静的,总要听到这些喋喋不休的废话。"

然后他开始长篇大论地抱怨詹妮娜固执、任性,和她给他造成的各种麻烦。

克伦斯卡夫人假装同意他的观点来讨好他,不时加进一些细节。她很小心地抱怨自己也不得不因为詹妮娜而忍气吞声,重重地叹着气,一找到机会就编故事来哄骗他,以讨好他。她拿过咖啡和烧酒,亲自给他倒了一杯。她这么巴结他,故意地触碰他的手臂,眼帘低垂,她不断挑逗他,以点燃他的热情。

奥罗斯基的怒火慢慢平息下来,喝了咖啡,突然说道:"谢谢你!我想你才是唯一懂我的人。你真是个好人,克伦斯卡夫人。"

"先生,如果我能告诉您我的想法,那么——"她迟疑了一下,低下了头。

奥罗斯基握了一下她的手,然后去了自己的房间休息。

克伦斯卡夫人命令下人清理桌子,之后自己就坐在面向车站月台的窗口做起了针线活。她不时停下活计,盯着树林,或是长长的铁轨,但一切看上去都是寂静而冷清的。终于,她再也坐不住了,站起身来,轻柔地围着桌子转圈,微笑着轻声自言自语:"我会得到他,我会得到他的。我终于找到了我的依靠,我的流浪终于要到头了!"

过去的事又重新在她眼前浮现:她曾经整年整年地待在一群滑稽剧演员之中,因为找到了一个愿意跟她结婚的人,她离开了剧院。她和他一起生活了两年,如今回忆起来,仍然像是噩梦一般。她的丈夫非常容易吃醋,因此经常打她。

最终他死了,她也自由了,但她却再也不想回到剧院。一想起曾经到处流浪时的苦日子,和作为滑稽剧演员时的穷日子,她就开始发抖。

而且,她发现自己在慢慢变老,不再有年轻时如花般的美貌了。因此她卖掉了所有家具,再加上亡夫的遗产,独自生活了半年之久。她非常想再找一个伴侣,于是昧着心意去讨好他们,却都没能成功把自己嫁出去,因为她是个喜怒无常的女人。手头的财产让她恢复了当演员时粗枝大叶，浪荡挥霍的性格，一心只求寻欢作乐。她仍然那么妖媚，于是很快身边就聚集了一大帮各种各样的追求者，跟他们一起，她挥霍掉了自己的所有财产，和自己为追求丈夫时所建立起来的声誉。

克伦斯卡没什么才能，但却很聪明，因此，在最后一批追求者离开之后，她并没有陷入沉沦，而是在《凯尔采公报》上登了一条这样的广告："一位政府官员的中年寡妇，非常想谋求管家或是助理秘书的职位，雇者最好也是单身。"

她并没有等太久。很快，奥罗斯基就因见到了广告而来见她，他急需一位管家，因为詹妮娜还在上学，而他自己又无法管理所有的仆人。克伦斯卡看上去很文静谦和，失去了丈夫后似乎满腹伤感，因此他没有问她任何过去的经历，就立刻聘用了她。

奥罗斯基是个鳏夫，很有钱，现金就有好几千美元，还有个独生女儿，长期在外求学，对家里不管不问，因此奥罗斯基不大喜欢她。克伦斯卡一到这里就引起了大家的注意，她很快感觉到了这一点，就开始为追求婚姻努力，为自己拼最后一次。

奥罗斯基已经适应了她的存在。她也知道何时才是适合上场的时候，分寸把握得非常到位，因此从未得罪过主人。

另外，天气不好的秋季和漫长的冬夜让她更有机会接近自己的目标，奥罗斯基已经五十八岁了，有风湿病，常常很痛苦，风湿发作的时候，就会痛苦到连说话都是语无伦次的。只有她知道该怎么抚慰他，那么多年的戏台表演经验，已练就了她如今的聪明才智。而她唯一的阻碍就是詹妮娜。克伦斯卡注意到，只要詹妮娜在家里，她就什么也做不了。于是她决定耐心等待属于自己的机会。

奥罗斯基对女儿的爱是含着怨恨的，也就是说，他爱着女儿是出于对女儿的恨意。他讨厌女儿，是因为妻子。两人恩爱了两年之后，她无法忍受他的专横和怪癖，就离开了他，因此他恶毒地诅咒她，并且起诉了她，尝试着逼迫她回来，但却更让她铁了心离开。他愤怒得发了狂，但他冷傲无情，一意孤行的性格让他没有去请求妻子回来，妻子是个很善良的女人，如果他不那么做，也许她会回来的，但他没有。她唯一的不足是她有病，这种病任何医生都束手无策。她多愁善感，像含羞草一样，只要一点点眼泪、痛苦或悲伤，就会陷入绝望之中无法自拔。她还非常害怕雷雨风暴、青蛙、黑暗的房间、不吉利的数字和震耳欲聋的声响，因此，这样残酷的丈夫简直是在谋害她的生命。

离婚几年后，她就死于神经衰弱，只留下一个女儿，当时十岁。奥罗斯基很快就强行把女儿带离了妻子的娘家。

他讨厌詹妮娜的另一个理由就是她碰巧是个女孩儿。依他自己粗野残暴的性格，他宁愿要一个儿子，这样他不仅能拿他练练拳脚，也能让他对他大呼小叫。他曾梦想过要一个儿子，并期望他会是个野蛮的大小伙子，充满活力，健壮如牛。

他很快将詹妮娜送进了一所寄宿制学校，每年假期时才回来见他一次。圣诞和复活节她都是在姨妈家度过的。

现在到第三次假期了，他等得心焦气躁，因为他已经厌倦了独自一人的生活。詹妮娜一到家，他们父女就开始针锋相对起来。

詹妮娜长得很快，生理和心理素质极佳，但长期生长在厌恶和不断的争吵的环境之中，加上母亲常常抱怨父亲的残暴，她自然不喜欢父亲，也很害怕父亲。这让她养成了内向的性格，对父亲充满了怨恨。她尤其对父亲的专制和吝啬嗤之以鼻。

詹妮娜获得了母亲的部分遗产，她父亲很直接地告诉她这笔钱的利息会用于支付她的开支，他可不会再给她一个戈比。她上的是一流的寄宿制学校，但交完学费之后，她的钱就所剩无几了，连支付她急需的日常开支都不够，她不得不想方设法来满足自己的经济需求，因为自己的捉襟见肘而羞于见人。

几年内她的同学都开始躲着她，就连老师们也避之不及，因为她秉承了父亲残暴的性格，而且无法自控。

她从不哭泣或抱怨，只会用拳头解决自己的问题，根本不管这样可能带来的后果。与此同时，她的成绩也一直是班里最好的。

所有人都不喜欢她，但却都不得不臣服于她的威力。她很明白自己在同学中大姐大的地位，同学们对她态度冷漠，嘲笑她穷酸的衣着，禁止她参与他们的所有活动。随后她会对他们实施报复行动。

有时候奥罗斯基也会以詹妮娜为傲，因她男孩子一样的冒险经历震惊了所有邻舍，而在朋友面前给她足够的面子。不论外面天气如何，她都敢独自穿过树林，像一只离群索居的野兽一样。她还会上树掏鸟巢，跟农民小伙在草场上一起骑马，而且一点也不引以为耻。为躲开父亲，她有时候会离家好几天，梦想着回学校，而在学校里，她又梦想着返回她家里，尽管同样要忍受孤独。

十八岁时，詹妮娜高中毕业，回到了家里。虽然外表看上去很文静，但内心里却比以前更不安宁。

她的朋友海伦·沃尔德，也是个美人坯子，整天只想着妇女解放这回事，已经与她分开了。海伦去了巴黎学习科学。而詹妮娜可不愿去，因为她并不觉得有什么必要去学习抽象的东西。她所渴望的，是能对她自己的气质产生影响，能时时引起她关注的事物。

男人是詹妮娜最排斥的，他们的厚颜无耻让她愤怒，而女人们的八卦和算计又让她厌烦。所有人似乎都对她很冷淡。她各种各样的故事，真真假假的，早在邻里间传得到处都是。

对任何知道她的人来说，她就是个谜团。同时，在她内心深处，自己一直在与欲望斗争，她自己也不知道是怎么回事。她也自问为什么她会活着。她忙于学业，但并没有找到什么乐趣。她觉得必须要找到能彻底改变她人生的事物，而她迟早会找到的，但与此同时，痛苦的等待也让她近乎疯狂。

兹伦克维兹是一个贫困村子的村长,欠了很多账,曾跟她求过婚。詹妮娜曾公然嘲笑他,并当面告诉他,她可不会用自己的钱替他还债。

她到了二十一岁时,就开始失去等待的耐性了,而此时发生了一件再普通不过的事,决定了她的未来。

附近的一个村里正组织建设一个业余文艺团队演出。已经选定了三场独幕剧,角色大都已经确定好了,然而还有一个空缺:布莱金斯基的独幕剧《三月单身汉》里帕洛瓦一角还没人愿意出演。

而剧目导演坚持要上演这场戏,因为他想要借此嘲笑某个邻居,但女士们没人愿意出演帕洛瓦或由莱利亚的角色。

有人就提议请詹妮娜·奥罗斯基来扮演这一角色,因为他们都知道她无所畏惧。她很冷淡地接受了这个角色邀请,而克伦斯卡夫人也想找回过去的记忆,要求奥罗斯基让她担任由莱利亚的角色,并对外保密。

排演持续了三个月之久,因为演员阵容改了好几次。滑稽剧院最常见的纷争就是——没有哪位女士愿意出演一个衰老、喋喋不休又丑陋不堪的角色,也不愿出演侍女,大家都想演的是女主角。

平常詹妮娜很尊敬地与克伦斯卡保持着距离,从来不会把东西交给她看管,也不会听她的建议和意见,克伦斯卡在排演中却找到了与詹妮娜接近的理由。她开始不知疲倦地给詹妮娜说戏。

詹妮娜全心投入,全情倾注于自己的角色,与角色如此相配,演出也堪称完美。她完全就是个农妇帕洛瓦,演出结束时,收获了大批粉丝的欢呼雀跃。这一场演出的胜利让她满心欢喜,因此演出结束让她从心底里觉得遗憾,觉得戏收场太早。

克伦斯卡也造成了一时的轰动效应。这就是她以前经常在真正的舞台上扮演的角色。幕间休息时所有人的话题都是她和詹妮娜。

"真是个优秀的喜剧演员!天生的女演员!"女士们悄声议论着,

对詹妮娜心生几分怜悯。而奥罗斯基，正被人们对女儿的溢美之词所包围着，对此只是耸了耸肩。然而，他还是感觉非常满足，于是，他走到后台，爱抚着詹妮娜，并吻了克伦斯卡的手。

"很好，很好！这也没什么特别的，但至少我不会以你们为耻辱。"他说的这些就算是给她们的表扬了。

演出之后，詹妮娜与克伦斯卡的关系就亲近了，有一次克伦斯卡在无意中说出了自己过去所有的故事，令人唏嘘不已。

詹妮娜全神贯注地听着克伦斯卡夫人讲述她当演员时的生活。一说起这段，克伦斯卡夫人就极度兴奋，并对那些故事添枝加叶，她不再回忆那段生活的艰难困苦，只把那些最闪亮的经历展示给未谙世事的詹妮娜。她找出以前演出时用过的已经发黄发霉的台本，并表演给詹妮娜看，陶醉在过去的回忆里。

所有这些故事都激起了詹妮娜内心强烈的表演欲，但这种欲望并不能完全吸引她的注意，这欲望还不是她一直期待的梦想。

她开始饶有兴致地读报纸上的戏剧评论和演员的生平细节。最终，由于厌倦了无聊的生活，又或是凭着一时的冲动，她买了一整套《莎士比亚全集》，并立刻就被吸引了过去。她找到了一直在找寻的梦想，找到了自己生活的重心，她的目标和她的理想——剧院。她以自己坚韧的个性，囫囵吞枣似的读完了整套莎翁全集。

很难估量这对詹妮娜产生的巨大影响，她的心灵受到了震撼，梦想的翅膀开始丰满，生活也得以充实。她身边充斥着各种各样的角色，邪恶的、高尚的、实在的、平常的、英勇的和拼搏奋斗的。她经常读这样的语句，受这样的思想和感情的熏陶，她觉得自己的心能容下整个宇宙。

她渴望着登上舞台，感受这些不同凡响的情感。她觉得冬天都变得温暖了，雪花也特别轻盈，春天的日子过得太慢，夏天非常凉爽，而秋天则过于干燥，她的想象力把这些都放大了。她想要看到最美丽的最丑陋的，所有的愿景都被无限放大。

而奥罗斯基可不了解她的这种"疾病"，只是对此示以一个轻蔑的微笑。

"你这个喜剧演员！"他这么称呼她，向她嘲弄地吹了声口哨。

克伦斯卡夫人也在一旁煽风点火，因为不论要付出什么样的代价，她都想让詹妮娜离开家里。她完全发挥了自己的聪明才智，不断地宣扬剧院演员是多么高贵的职业。

詹妮娜还不能鼓起勇气踏出关键性的一步。她隐约有不祥的预感，有时候，这种无法解释的恐惧感让她觉得非常害怕。这时候，她还没有下定决心。一场小小的变故就能让她的梦想连根拔起，并让她远离自己的家，就像一场风暴会连根拔起树木，并把它们卷到遥不可知的地方。她现在是在等待一个机会把自己展示给整个世界。而与此同时，克伦斯卡夫人也不断地告诉她有关喜剧演出公司的活动消息。詹妮娜已经准备好了钱财和其他的一切。她父亲也确定了她的继承权，这样，她一年的花费增长到了约两百卢布。

格泽斯科维克兹的求婚和父亲的坚持让她产生了强烈的反抗心理。

"不，不，绝不！"她不断地重复着，激动得在房间里乱转，"我绝不会和格泽斯科维克兹结婚的！"

詹妮娜从来没有认真考虑过婚姻这回事。有时候她也会去想象拥有一场轰轰烈烈的爱情，这样的场景只会在脑海中停留一小会儿，但婚姻她却从来都没想过。

甚至，她也喜欢格泽斯科维克兹，因为他和她在一起时，从来不跟她谈情说爱，也不会像那些崇拜者们一样疯狂地追着看她的表演。她喜欢他是因为他只会抱怨所有在学校里所遭受到的嘲笑，作为农民的儿子受到了怎样的虐待和羞辱，而他又是怎样用拳头回报了所有这一切。跟她讲这些故事的时候他会微笑，但这微笑中明显透着一丝忧伤。

她径直闯进父亲的房间，想要断然地告诉父亲不必让格泽斯科维克兹过来了，但奥罗斯基已经在悠然自得地休息了，坐在一把大扶手椅里，双脚放在窗台之上。阳光直射到他的脸上，脸已经变成古铜色的了。

詹妮娜看到父亲在休息，从房间里又退了出来。

"不，不，不！就算会被赶出家门，我也绝不结婚！"她狠狠地自己重复着这些话。

但很快，这种毅然决然之后，她心头生出一种女性特有的无助感。

"我会去姨父那儿，对的！在那儿我就能上舞台了。没人能逼我留在这里。"

于是，她热血沸腾，马上又变得有勇气面对自己的未来了，而不是顺从别人的安排。

她听到父亲站起身来，走到窗前，她听到车站的钟声，和一些犹太人登上火车时唧唧喳喳说话的声音；她看到了父亲的红帽子，和戴着镶黄边帽子的电报员透过窗口在跟一个女人搭讪，她看到了也听到了一切，但什么也没放在心上，她已经完全沉浸在自己的冥想之中。

克伦斯卡夫人进来了，像平常一样，说话之前，静静地围着桌子绕了一圈。她面露同情之色，声音也格外温柔。

"詹妮娜小姐！"

年轻的女孩儿只是瞟了她一眼。

"不！我绝不会的！"她重重地强调着。

"你父亲已经跟格泽斯科维克兹做了承诺，就一定会遵从的，但结果会怎样？"

"不，我绝不会结婚的！爸爸可以收回他的话，他不能强迫我——"

"是的，又有得吵了，又有得吵了！"

"我已经承受了太多了，我可以扛得住更多压力。"

"恐怕这件事不会这么快结束的。你爸的脾气这么古怪，我都不知道你曾经是怎么撑过来的。如果我是你，詹妮娜小姐，我知道我应该做什么，就马上去做！"

"我现在很紧张，给我点建议吧。"

"首先，在灾难来临之前，我就要离开家，以避免它降临到我头上。我会去华沙。"

"那么，接下来你会怎么做？"詹妮娜颤声问道。

"我会加入剧院，之后该怎样就怎样。"

"是的，这确实是个好主意，但是……但是……"

然后她不再往下说了，以前的无助和恐惧感再次包围了她。她只是静静地坐着，没有回答克伦斯卡夫人的问话。

詹妮娜穿上一件夹克，摸出一顶帽子来戴上，手持一根木棒朝树林里走去。

她爬上岩石嶙峋的山顶，在那里她能看到整片树林，以及后面的村庄和一望无际的田野。她坐在那里茫然四顾，周围的一切是那么安静，与她内心里的不平静状态格格不入，像风暴就要到来，她难以平静。

傍晚詹妮娜回到家里。她没有跟父亲或是克伦斯卡夫人说话，而是一吃过饭就回了自己的房间，坐在书桌前读乔治桑的作品《孔苏埃洛》，一直到很晚。

整晚她都不断被噩梦惊醒，惊出一身冷汗，从梦中醒来，直到天亮了，都没再睡着。她睁眼躺在床上，盯着天花板上被车站灯光照亮的一块。火车隆隆地从远方驶来，她长时间地听着它富于节奏的声响，就像听见了许多人在窗外说话，交谈。

她听到父亲下令准备丰盛的晚餐，并督促他们为此做准备。克伦斯卡夫人踮着脚转来转去，并对她露出一个诡异的微笑，这使詹妮娜感到不安。她感到疲惫茫然，内心里已经刮起了一场风暴，对其他的一切都漠不关心，因为她一直在心里与父亲争吵。她也试着去读书或是做点什么事，但太过激动了，什么也做不了。

她跑出了树林，但很快又返回来，因为她不知道在那儿能做什么。她心里更加害怕，一副没精打采的样子。不论怎样，她都无法摆脱这种沉闷的情绪。

她坐在钢琴前，开始机械地弹着曲子，但这令人昏昏欲睡的单调的琴声更加剧了她的不安。然后她又弹起了肖邦的《夜曲》，这些神秘的音调像是来自另一个世界，充满着泪水，痛苦的哭喊，黯然的绝望，寒冷的月光，轻声的呻吟，离别时的哭泣，心灵的共鸣和可悲的生活。

突然，詹妮娜停止了弹奏，大哭了起来。她哭了很久，从母亲离世后她就没再掉过一滴眼泪，但这次她也不知道为什么会这样。

她有生以来第一次经历这么长久的争斗和反抗，从来没觉得这么有压力。她非常想与另一个人分担自己的忧伤，非常希望能跟人倾诉那些莫名其妙的想法和感受以及无法解释的困惑与恐慌，以换得一些同情。她很需要同情，那样的话，就能减少一点压力，苦恼不会那么强烈，流泪也不会那么痛苦，只要有一个女性朋友能让她敞开心扉就好。

克伦斯卡夫人唤她去吃晚饭，并称格泽斯科维克兹已经在等候了。

她擦干眼角的泪，整理了一下头发，就走了出去。

格泽斯科维克兹吻了她的手，并坐在了她的身边。

奥罗斯基心情愉快，不时挖苦詹妮娜，并向她投来得意的目光。格泽斯科维克兹非常安静，心情紧张，不时说一两句话，但声音非常低，低得连詹妮娜都难以听清他说了什么。克伦斯卡夫人则显得非常兴奋。

他们之间的气氛显得很沉闷，晚饭吃得也非常慢。奥罗斯基有时候陷入沉思之中，然后眉头紧锁，捋着胡须，目光狠狠地扫过女儿。

晚饭后他们到了客厅里，喝黑咖啡。

奥罗斯基飞快地喝完了咖啡，离开了房间，在詹妮娜额头上吻了一下，离开时大声说着一些旁人不知所云的话。

客厅里只剩了他们俩。

詹妮娜一直只看着窗外。而格泽斯科维克兹一直红着脸，看起来很紧张，想要说什么，却端起了咖啡，不时喝上一小口，直到喝光了所有咖啡，就用力推开了杯子和茶托，不小心把它们推到了桌子下边。

她嘲笑着他的蛮力和紧张。

"这样的时候，男人会毫无察觉地吞掉一盏灯。"他回应道。

"那还真是不错。"她也回复道，同时再一次暴出一阵空洞的大笑。

"你是在笑我吗？"他不安地问道。

"没有，但是吞灯这个举动想想都觉得奇怪。"

他们又恢复了沉默。詹妮娜仍然盯着窗口发呆，而格泽斯科维克兹扯下了他的手套，狠狠咬着自己的胡子，因心底的情感冲动而发抖。

"你怎么了？"她简单地问道。

"因为……因为……以上帝的名义起誓，我真的再也无法忍受了！不，我不能再受这样的煎熬了，所以我就说了：我爱你，詹妮娜小姐，我想娶你。"他大声喊着，随即轻松地呼出一口气来。但很快地，他用手敲击着额头，握着詹妮娜的手，重新说道：

"我爱你已经爱了很久了，但却不敢告诉你。现在我也不知道该怎么表达这种爱……我爱你，请求你成为我的妻子。"

他热切地吻着她的手，用他蓝色的充满真诚爱意的眼睛看着她。他的嘴唇因紧张而发抖，脸色也瞬间变得苍白。

詹妮娜从椅子里站了起来，看着他的眼睛，缓慢而平静地说："可是我不爱你。"

她不再感到不安。

格泽斯科维克兹猛地跳了起来，像是有人在打他一样，尽管他自己也不明白这是怎么了。他颤声说道：

"詹妮娜小姐，做我的妻子吧，我爱你。"

"但我不爱你，所以我一定不会嫁给你，我不会结婚的！"她回答的语调也是冷冰冰的，但说到最后一个字时，她的嗓音里带着一点点对他的怜惜。

"天啊！"格泽斯科维克兹惊呼道，把手放到头上，"你这话是什么意思？你不会结婚！你不会成为我的妻子！你从来没爱过我！"

他在她面前激动地跪下来，抓住她的双手，疯狂地吻着，流着眼泪，热切地谦恭地恳求着她。

"你不爱我吗？你渐渐地就会爱上我的。我发誓，我和我的父母会成为你的奴隶。如果你愿意，我可以等。一年，两年，五年，你会爱上我的。我会等，我发誓我一定会等你！但请不要拒绝我！看在上帝的份上，不要对我说不，那样我会绝望到发疯的。这怎么可能呢？你居然不爱我！但是我爱你，我们都很爱你，没有你，我们都会活不下去！不，你爸说你会同意的，但现在你，你却说……天啊！我会发疯的！你多么残忍，多残忍啊！"从地上跳起来后，他痛苦地喊道。

他猛地脱下手套，将它们撕成碎片，并扔在地上，把外套的扣子一颗一颗从下往上地扣好，努力控制着自己的情绪，平静地说道："那么，再见吧，詹妮娜小姐。但不论在哪儿，我会一直，永远爱你。"他努力轻声说完这些，低下头去鞠了个躬，然后走到门边。

"安德鲁！"她急切地叫他。

格泽斯科维克兹从门边返回到她身边。

"安德鲁，"她恳切地说，"我不爱你，但是我尊重你，嫁给你，我做不到，但我觉得你是一个高贵的人。你当然明白，对我来说，能不能嫁给我爱的人才是最要紧的事。我知道你不喜欢谎言和虚伪，我也一样。我伤害了你，请你原谅，但我自己也不好过，我自己也不幸福，哦，不！"

"詹妮娜，如果你能够……如果你能够……"

他看到她是那么伤心，就不再往下说了，然后，慢慢地离开了房间。

詹妮娜仍然坐在那儿，盯着他离开的那扇门，而奥罗斯基这时进入了房间。

他在楼梯上遇到了格泽斯科维克兹，从他脸上的表情他就知道发生了什么事。

看到父亲进来，詹妮娜害怕地叫了一声，奥罗斯基本来一肚子火，看女儿这副样子，又不忍心发怒。他的脸色苍白，眼珠子朝外凸出，头不停地摇摆着。

他坐在桌子旁边，强行克制着自己，平静地问道："你跟格泽斯科维克兹都说了什么？"

"就是我昨天跟您说的，我不爱他，我也不会嫁给他！"她冷冷地答道，但听到父亲似乎很平静的声音，她还是吃了一惊。

"为什么？"他突然问出这一句，就像他还不了解她的想法一样。

"我告诉他我不爱他，也根本不想结婚。"

"你就是个傻瓜、笨蛋、蠢货！"他咬紧了牙齿，气得龇牙咧嘴的。

她对他的态度冷冷的，而且，她又恢复了以前固执和倔强的样子。

"我说了你会嫁给他的。我跟他保证过你会嫁给他，你也一定会嫁给他的。"

"我不会的，你别想强迫我，任何人都别想逼我结婚！"她不满地回应道，坚定地看着父亲的双眼。

"就算是拖，我也得把你拖去教堂。我会逼你的！你必须去跟他结婚！"他嚷嚷着，声音也沙哑了。

"绝不！"

"你会嫁给格泽斯科维克兹的。我告诉你，我，你的父亲命令你这么做！你必须马上同意，不然我要杀了你！"

"很好，那就杀了我吧，只要你愿意的话，但我绝不会服从你的安排的！"

"我要把你赶出家门！"他气急败坏地喊道。

"很好！"

"我要跟你断绝父女关系！"

"很好！"她愈发坚定了自己的决心，凛然回复道。詹妮娜觉得每说出一个字，心里不屈服的堡垒就加厚一层。

"我会把你赶出去的，听到了吗？就算你饿死在外面，我也不会再管你，我再也不想听到你的消息！"

"非常好！"

"詹妮娜！我警告你，你不要逼我。我求你了，嫁给格泽斯科维克兹吧，我的女儿，我的孩子！我还不是为你好吗？在这个世界上，你只有我，我已经老了，会死去，然后留下你一个，孤苦伶仃，没人保护你，支持你，詹妮娜，你从来没爱过我！如果你知道我这一生有多不幸，你会可怜我的！"

"不，绝对不会！"她凛然说着，对他的请求也不屑一顾。

"我最后一次请求你！"他喊道。

"我也最后一次告诉你，不行！"她用力地丢回一句。

奥罗斯基猛地坐进一把椅子，但由于用力过猛，椅子变得支离破碎。他撕开衬衣的领子，狂笑着抓起椅子断裂的扶手，朝詹妮娜举了起来，但詹妮娜脸上冷峻轻蔑的表情让他恢复了理智。

"滚出去！"他大声嚷嚷着，手指着门，"滚出去！听到没有？我命令你从我的家里滚出去，不要再回来了！你永远不要再回到我住的这个地方来，否则我会把你碎尸万段，之后再把你扔出门外！从此，我再没有你这个女儿！"

"很好，那我走了。"她机械地回应着。

"我再也没有女儿了！今后我也不想再听到你的任何消息！去死吧，我要杀了你！"他歇斯底里地大喊着，在房间里上蹿下跳，像个疯子一样。

他已经完全疯狂了，从屋子里冲了出去，詹妮娜在窗口看着他跑进了树林里。

她只是冷冰冰地坐在那里。她预料到了所有的事，但没想到这一幕。她非常愤恨，但却没有一滴眼泪。她心烦意乱地扫视着周围的一切，那沙哑的声音仍然在耳边回响："从这里滚出去！滚出去！"

"我会走的，我会走的……"她心碎地低声呻吟着，眼泪溢满了她整颗心，"我会走的……"

"上帝啊！我为什么这么不幸啊？"过了一会儿，她大声喊道。

知道了这一切，克伦斯卡夫人靠近了她。克伦斯卡夫人假惺惺地掉了几滴泪，然后试图安抚她，但詹妮娜轻声请求她离开。现在，她不需要这样的安慰。

"爸爸已经下了逐客令，我必须走了。"她说着，自己也被自己的话吓了一跳。

"那真是荒谬！你爸爸会改变心意的。"

"不，我不会再留在这里。我已经受够了，受够了。"

"你会去你姨妈那儿吗？"

詹妮娜思考了一会儿，但她很快下定了决心，阴沉的面容也变得容光焕发起来。

"我会加入剧院，我决定了！"

克伦斯卡夫人责怪地瞥了她一眼。

"过来，帮我收拾一下行李。我会搭乘下一趟火车离开。"

"下一趟客运火车去的可不是凯尔采。"

"那不要紧。我会去新西里西亚,在那儿南部搭乘去维也纳的火车去华沙。"

"如果我是你,詹妮娜,我会好好考虑一下的。不然,以后有你后悔的。"

"我说过了这话,就绝不会反悔的!"

詹妮娜不再听克伦斯卡夫人说话,而是开始收拾行李。她的内衣、外衣、书籍和笔记,还有各种小物件,她都仔细收拾好了放进了在学校时用的行李箱里,就像是要回学校一样。

最后,她冷冷地与克伦斯卡夫人道别。她外表冷峻,双唇却微微发抖,这意味着风暴虽然刚刚过去,但她的内心还远未恢复平静。

她叫克伦斯卡夫人把自己的东西放到楼下。一个小时内,她就去了树林。

"永别了……"她努力克制着自己的情感,那些树木也向她低下头来,树叶子都发出了悲伤的沙沙声。

"永别了!"她轻声说着,直直地盯着透过柏树枝叶照到地面上的落日余晖。

树们安静地站成一排,像在听她的最后道别,默默地思考着,一个生在这儿,长在这儿的人,一个陪着它们成长的人,一个在它们怀中做过梦的人,怎么能跟它们道别?

树木们伤心地嘟哝着,发出叹息,像是在唱着告别曲,一种悲伤的情绪萦绕在树林上空。小草轻轻地摇晃着,榛树的新叶不安地震颤着,松树细长的松针簌簌地哼唱着呻吟着,都在为詹妮娜的离开而伤心难过。鸟儿的鸣唱也让人心碎,断断续续的,像是受了惊吓。而用树叶和苔藓,还有如雪般洁白的山谷百合铺就的地毯上,不时能看到动物们掠过,它们寻找同伴的呼唤声穿过了整片树林,像是在回应着那悲戚的叹息声。

"留在我身边，留下来！"树林好像在这样请求着。

这种呼声高涨，扫光了掉落的树枝，吞噬了天上的白云。只有七色的阳光倾泻而下，用无法抗拒的声音诱惑詹妮娜："走吧！走吧！"

然后是长久的沉默，唯一的声音是昆虫的吟唱和橡子掉落的声音。

"永别了！"詹妮娜轻声说着。

她站起身来，返回车站。她走得很慢，边走边留恋地看看那些树，看看林间小道和山坡。

然后她开始想象自己全新的未来。她心中慢慢生出一种自我意识，勇气也得以提升。

她在月台上偷偷看着父亲，一个全新的世界已经吸引了她，让她热血沸腾，她与父亲的距离更疏远了。

她去了火车站站长办公室，要求买票。她站在窗口，大声询问着。而奥罗斯基也猛地抬起头来，脸涨得通红，但却并没有说话（因为他是自己售票的）。他平静地给她找了钱，捋着胡须，冷冷地盯着她。

离开时，她转回头去，正好迎上他愤恨的目光。他很快从窗口离开，大声咒骂着，而她继续前行，只是，不知何故，她走得更慢了，双腿发抖。他眼中闪着光，仿佛因泪水上涌而发红，那情景深深地刻在了她的心里。

火车进站，停了下来，她登了上去。她仍然从窗口盯着车站。克伦斯卡夫人在房间里用一块手绢朝她挥着手，假装抹着眼泪。

奥罗斯基戴着一顶红色的帽子和一双洁白的手套，像在等着什么人一样地在月台上走来走去，甚至都没往她的方向瞥上一眼。

钟声响了起来，火车开始缓缓驶出站台。

电报员鞠了一躬，向她告别，但她并没有在意，她只看到她的父亲慢慢转过身去，回到了办公室里。

"永别了！"她轻声说。奥罗斯基跟往常一样，按时下班回家吃晚饭。

克伦斯卡夫人看到詹妮娜离开，尽管心里非常高兴，但也有点不安，她心怀恐惧地看着他的眼睛，脚步比平常更为轻柔，态度也比之前更为谦逊谨慎。

奥罗斯基像是在跟自己较劲，因为他没有诅咒任何人，甚至也没提起詹妮娜。

第二天，他给詹妮娜的房间上了锁，并把钥匙放进了自己的书桌抽屉里。

那一晚，他没有入睡，眼窝深陷，脸像死了一样的苍白。克伦斯卡夫人整晚都听到他在房间里踱着步子，但第二天他还是照常出去上班。

晚饭时，克伦斯卡夫人鼓起勇气想跟他说点什么。

"啊哈，我居然还跟你在一起。"他若无其事地说着。

克伦斯卡夫人看着貌似平静的他，脸也变得苍白。她开始跟他谈论詹妮娜，说她很同情詹妮娜，她怎样劝她不要离开，她是如何真诚地请求她不要离开。

"你真是愚蠢！"他朝她喊道，"她离开是因为她不想留在这里。她想死在外面，就让她死在外面算了！"

女儿的离开让奥罗斯基陷入了孤独之中，克伦斯卡夫人对他心生怜悯。

"现在，"他咆哮着，完全不顾她的感受，"您，夫人，今天必须离开。我会开给您应得的工钱，然后，请您离开这里，走得越远越好，不然，我发誓我一定会请人把您赶出去的！我命中注定是孤独的，我不需要任何陪伴和同情！你这坏蛋！"

他重重地把杯子往桌子上一跺，杯子瞬间被顿成了碎片，然后，走了出去。

# 第二章

小小的花园剧院开始从梦中苏醒过来。

帘子发出吱吱嘎嘎的声音,然后,一个小男孩儿出现了,他光着脚,头发凌乱蓬松,跑过剧院,扬起一股灰尘,撒在了盖着椅子的红布上,和旁边几棵栗子树的树叶上。

餐厅的服务生开始把餐具整齐地摆放在上层阳台的下方。人们能听到洗杯具时叮叮当当的声音,拍打地毯的声音,移动椅子发出的声响,杯盘瓶盏相互碰撞的声音以及人们的交谈声。耀眼的阳光照亮了整个花园,麻雀们成群结队地停在了树枝上、椅子上,唧唧喳喳地找寻着地上的食物碎屑填饱肚皮。

时间走得非常慢,钟终于敲响十点的时候,一个高高瘦瘦,头发蓬乱的男孩儿闯了进来,长着雀斑的脸上带着调皮的微笑,鼻子往上翘

着,径直跑到了橱柜旁边。

"当心点儿,文森特,不然鞋子都跑掉了!"女招待员喊着。

"我才不在乎呢,我会重做一双!"他开心地反驳道,低头看着脚上的鞋子,鞋底穿了帮,鞋面上也很多洞。

"求您了,小姐,给我一点点啤酒吧!"他乞求着,深深弯下腰去。

"你有钱吗?"女招待问道,伸出手掌来要钱。

"我会在今晚上给您的。我发誓,我一定一文不少地交给您。"他继续哀求着。

女招待听了这话,只是耸了耸肩,并没有表态。

"哦,不要这样,给我一点儿吧,小姐。我会把您推荐给波斯王子,您如花似玉,跟他很相配……"

所有服务生都暴出一阵大笑,女招待则气得把金属盘子扣在了橱柜上。

"文森特!"有人在过道里喊道。

"我马上过来,经理先生。"

"他们都过来排练了吗?"

"当然,他们都在这里了。"

"你通知他们了吗?他们都有传单吧?"

"是,他们都签过名了。"

"你把戏单给总监了吗?"

"总监还在后台呢,躺在床上发呆。"

"你应该拿给他妻子。"

"但夫人正跟孩子们在一起,那儿正乱成一锅粥呢。"

"你把这封信送到美丽街妮可莱特小姐那儿,你知道方向吗?"

"好几天前,前排有个观众看完演出,连连说道:'妮可莱特小姐可真有女人味。'她就像个香饽饽一样,只要闻闻就知道她住哪儿了。"

"你把信送过去，等等看她会不会回信，之后马上回来。"

"那我去了，您给我什么报酬？"

"我昨晚给你的，还不够吗？"

"哦，就……就……就一个铜板！就这点钱去买吃的，付房租，做双新鞋子，我真要破产啦！"

"你这小滑头！来，把这些拿去。"

"哇，四十分钱，愿上帝赐福于善良的人，先生！"他嚷嚷着，调皮地做了个鬼脸，甩掉鞋子，冲了出去。

"布置舞台！"经理喊着，坐在了阳台上。

演员们慢慢聚集过来，安静地彼此微笑着，算是打过招呼，然后散开到了花园里。

"杜贝克，"舞台经理喊着一个径直走向橱柜的高个子，"你从早到晚就知道吃，表演时，也没听到你说过一句台词，待在这里真是白白浪费了大好时光！"

"经理先生，我做了个噩梦，是这样的：晚上，我出门去，被绊倒了，掉进了一口井里。我大喊救命，但没人听到，很快，水就淹到了我的脖子。呃，我感觉特别冷，没有什么能温暖我。"

"哦，去你的噩梦！从早到晚地喝酒，你居然还会做梦！"

"那是因为我不能跟其他人一样，从晚到早地喝酒，喝了一整天起不来。呃，我现在都觉得寒气逼人呢！"

"我会叫他们给你上一杯热茶。"

"谢谢您，我现在感觉挺好。托波尔斯基先生，我病了只要点草药就好。经理先生，我只要一点点草药熬成的汁和一点威士忌酒就能恢复了。"

总监进来的时候，杜贝克去了酒吧台。

"你确定好了《真是伪君子》里的所有角色吗？"总监问道。

"还没有呢。"托波尔斯基答道,"那些女演员里,还有三个待定。"

"早上好呀,总监先生!"剧院的主要女演员之一玛柯斯卡向总监打着招呼,她穿着一件浅色的睡袍,披着柔软的披肩,头上还戴了顶白色的帽子,上边有一根鸵鸟的毛。经过一整晚的休息,加上还化了点淡妆,她看上去精神十足,脸颊也红扑扑的。一双大大的深蓝色的眼睛,双唇红润饱满,看上去真是沉鱼落雁,闭月羞花。她经常出演女主角。

"到我这儿来一下,总监先生,我有一点小事想跟您谈谈。"

"马上就来,小姐。您是需要钱吗?"总监问着,显出一副关心的样子。

"现在,不需要。您想喝点什么,先生?"

"呵呵。有人要亏血本了!"他开玩笑地喊道。

"我问,您要喝点什么,总监先生?"

"哦,我不知道。我想要一杯柯纳克酒,但是……"

"您是担心您妻子吗?她又不来演戏,不是吗?"

"不是,但……"

"服务员!来两杯柯纳克和两份三明治!您会让妮可莱特出演女主角,不是吗,总监?请让我来吧,不要去请她,我可是这角色的不二人选。要知道,我还从来没被拒绝过,请您答应我吧。"

"您可是第五个来邀约的!上帝啊!我不得不忍受的就是这些女人啊!"

"谁还想要这个角色?"

"卡科斯佳,我的妻子,咪咪,妮可莱特。"

"服务员,再来两杯柯纳克!"她大喊一声,用杯子敲着托盘,"您想把这角色给妮可莱特,总监先生,但我知道,她不会接受的,因为她虽然会跳舞,却不会唱歌。但您,总监先生,您还是要把角色给她。"

"哦,别再提我的妻子了,咪咪和卡科斯佳会杀了我的!"

"您不会遭受什么厄运的。我会跟她们解释。我们会欣赏一场精彩的闹剧,您也知道,她的朋友会来看今天的演出。昨天您宣布女主角会是漂亮的某某女士时,她还跟朋友吹嘘主角一定是她呢。"

卡宾斯基闻言大笑。

"您什么也别说,只要看着就行了。您会看到一场好戏的。在朋友面前,她会炫耀这角色非她莫属。休止符先生会到处跟人学她说过的话,大家都会取笑她。那时您再推掉她,把角色给任何您想要给的人。"

"女人的怨恨真让人害怕。"

"哈,那也是我们的力量之所在。"

两人进入了花园的走廊,一些演员们已经在那儿等着演出开场。演员们三三两两地聚在一起彼此开着玩笑,谈天说地,相互埋怨,乐队调音的声音也混杂其中。

阳台上聚集起越来越多的观众,说话声嗡嗡直响,端盘子搬椅子的吵闹声也越来越大。男人们抽着烟,烟气飘散在屋檐下,气味十分难闻。

詹妮娜·奥罗斯卡(奥罗斯基的女性称呼)走了进来。她坐在一张桌子旁,跟服务员打听着:

"麻烦您告诉我,剧院总监已经来了吗?"

"来了,在那儿呢。"

"哪一位是总监?"

"您想喝点啥,女士?"

"求您了,告诉我哪位是卡宾斯基先生?"

"一排七座，四杯威士忌！"附近一张桌子上有人唤道。

"请稍等，只等一小会儿！"

"啤酒！"另一个声音喊道。

"那些男士之中，哪位是总监？"詹妮娜耐着性子第二次发问。

"我会马上回来为您服务，女士。"服务员朝她鞠了一躬，然后走开去取酒。

詹妮娜觉得大家都在看着自己，而端着杯盘经过的服务员们看到她之后，彼此交换着奇怪的眼神，詹妮娜脸上不由得微微发烫。

很快，服务员回来了，还带着一杯她点的咖啡。

"您想要见总监吗，女士？"

"是的。"

"他现在正坐在第一排，穿白色马夹的那位，您看到了吗？"

"是的，谢谢您！"

"需要我去通知他一声吗？"

"他看上去很忙，就不用去了。"

"他只是在闲聊罢了。"

"那些跟他说话的都是什么人啊？"

"也都是我们这儿的演员。"

她付过咖啡账后，还给了服务员一卢布作为小费。这个服务员迟疑了好长时间没接，似乎是想要得更多，但看她的眼光转向了另一个方向，他朝她鞠了一躬，对她表示感谢。

喝过了咖啡，詹妮娜去了走廊。她走过总监身边，匆匆看了他一眼。她看到的是一张苍白的毫无生气的脸庞，脸上长满了浅色的斑。

总监身边的几个英俊帅气的男演员倒是吸引了她的目光。她注意到他们的举止动作，光滑的面容，淡然的微笑，比她所认识的男人们都更显得高贵有气质，因此她也就特别留心地去听他们说话。

那个没被帘幕遮挡,黑黢黢的舞台流露出来的神秘特质,更吸引了她的注意。

这是詹妮娜第一次这么近距离地看到剧院和台下的演员。剧院对她而言就像是希腊神庙,而那些演员们,看上去真像是神庙中精美的艺术雕塑,而这些艺术品发出的声音还萦绕在她耳旁。

她饶有兴致地观察着周围的一切,突然,她发现那个为她服务的服务员正跟总监悄声说着什么,手稍稍往她的方向抬了一下。

詹妮娜因陌生和恐惧而微微发抖,她快速跑了过去。她虽然不敢抬头,但还是察觉到,有人在靠近她,那目光一直在她身上。

她有点不知所措,但觉得她必须说点什么。

她抬起头来,看到卡宾斯基就站在她面前。

"我就是总监卡宾斯基先生。"

她呆呆地站在那儿,一言不发。

"您想见我吗,小姐?"他礼貌性地鞠了个躬,问道,这也就表示他愿意听她的要求。

"是的,如果您愿意的话,总监先生,我想问问您,也许您能够……"她结结巴巴地说着,一时找不到合适的语言来表达自己想说的话。

"放松点,小姐,自己冷静下来再说。有什么重要的事吗?"他朝她的方向弯下腰去,轻声问道,同时向围观的男演员们使了个眼色。

"哦,这当然很重要!"她答道,迎上他的眼神,"我想要问您,总监先生,您能不能接受我成为这儿的一员。"

她好像是害怕自己勇气消退,声音不够大,很快速地说完了最后一句话。

"啊,这就说完啦,您是想签约吗,小姐?"他突然变得神情严肃,带着挑剔的眼神审视着詹妮娜。

"我来这里只为这个目的。您应该不会拒绝我吧,总监先生?"

"您以前跟谁合作过？"

"啊，您说什么？我不太懂您的话。"

"与哪家公司签过约？在哪儿表演过？"

"我以前从来没在剧院演出过。我从乡下来这儿，只为了进剧院演出。"

"你以前从来没有过演出？那我这儿不欢迎你。"说完这话，总监就准备转身离开。

詹妮娜害怕被拒，绝望和恐惧包围了她，于是，她鼓起勇气，非常急切地恳求着：

"总监先生！我来这儿只是想加入您的公司。我非常热爱剧院，离开它，我会活不下去的！请您不要拒绝我！在这儿，华沙，我一个人也不认识！我来见您是因为我在报纸上读到过很多有关您的报道。总监先生，只要您让我上台，您就会知道，我一定不会让您失望的！"卡宾斯基只是沉默着，一句话也没说。

"也许，您想让我明天再来吗？如果您实在没空，我还能等一小段时间。"她察觉到他不仅没有回答，还在观察着自己，就又加了一句。

她的语气恳切而微微发抖，语调真诚而温暖，这让卡宾斯基对她产生了兴趣。

"现在我没有时间，不过这场演出之后我们可以好好谈谈。"他说。

她很想握住他的手，感谢他，却看到越来越多的人好奇地注视着他们，就失去了这勇气。

"嘿，在那儿呢，卡宾斯基！"

"还活着呢！"

"总监！刚刚是怎么回事，在跟别的女人约会？在这光天化日，众目睽睽之下，居然跟女人约会？"

詹妮娜离开之后,大家都这么嘲弄着总监。

"那位迷人的小姐是谁啊?"

"总监,光天化日之下跟这么漂亮的女人约会,您真够牛的!"

"哈哈!现在我们可抓着您的把柄了!这么完美无瑕的女人真是沙子里的珍珠,我的上帝啊!"人群中有人喊道,这个人瘦骨嶙峋,嘴唇扭曲,看上去就是个不怀好意的家伙。

"去你们的,天杀的!我今天才见到她。"卡宾斯基反驳道。

"她可真漂亮!她想要怎样?"

"就是个菜鸟,她想来求职。"

"收了她吧,总监。这舞台上可没多少漂亮女人。"

"总监已经受够了女人了。"

"别担心,弗拉德克,她们不会影响我们的收入的,因为卡宾斯基对付演员,尤其是那些年轻漂亮的女演员,拒付她们工资,可是很有一套的。"

听到这话,他们都开始大笑起来。

"给我们上杯威士忌吧,总监,我有个消息要告诉您。"格拉斯又发话了。

"什么消息?"

"经理会让我们另找个舞台演出……"

"真是滑稽,你这家伙吃饱了撑的,尽胡说八道。"弗拉德克话都没听完就评论道。

"只对傻瓜才这么说。"格拉斯恶狠狠地丢过这一句,就去后台休息了。

"约翰!"总监的妻子从阳台上喊道。

卡宾斯基走过去见她。

她身材高大强壮,又经过了精心装扮,原本俊美的容颜更为俏丽动人。她眼睛很大，嘴唇很薄，前额很低，面相粗犷。她的衣着无论从色彩还是风格上来说，都是非常夸张的，因此远远看去，感觉就是个年轻女子。

她很以她的总监丈夫、自己的表演才能和四个孩子为傲。她最喜欢跟家人在一起，不论是在舞台上，还是在生活中，她都是个喜剧角色。在舞台上，她扮演的都是令人印象深刻的母亲和年老不幸的女人，她并不了解这些角色，但她的表演还是相当到位的。

她是个优秀的演员，生活中却是个厉害的角色，总喜欢在别人面前花言巧语。因此不论孩子、仆人，还是那些有才华的女演员，都会对她敬畏三分。

"早上好呀，先生们！"她懒洋洋地倚在丈夫的手臂上，跟大家打着招呼。

大家都围拢了过来，玛柯斯卡还热情地给了她一个吻。

"总监夫人今天可真迷人。"格拉斯赞叹道。

"看你说的，这是什么话，夫人一直都这么迷人啊。"弗拉德克插嘴道。

"您今天感觉怎么样？昨天的演出一定让您累坏了。"

"您表现得很棒！我们在后台眼睛都没转开一下。"

"评论家们都感动得哭了。我还看到扎尔斯基用手绢擦眼睛呢。"

"打过喷嚏之后，他就流鼻涕了。"有人在旁边嘲弄地说了一声。

"第三场大家都受到了感动，从头哭到尾，都从椅子里站了起来。"

"那是因为他们都不想再看下去了。"那个嘲弄的声音又出现了。

"您昨晚收了多少花啊，夫人？"

"你还是问总监吧，他结的账单。"

"哎哟，顾问先生，您今天真让人受不了！"总监夫人虽然气得脸色发白，但看到所有演员们努力抑制住大笑，脸涨得通红，只好声音甜甜地反驳了一句。

"我可没有恶意啊，大家都唱红脸，我只好唱白脸啦。"

"您真太伤人了，顾问先生！您怎么能这么说呢？"她又接着说，"这剧院的事与我何干？如果我表演得好，当然要归功于我的丈夫，但如果我表演不好，那可就是逼我上台出演新角色的总监的责任了。如果让我自己选，我会跟我的孩子们在一起，做做家务什么的，上帝啊！艺术这个词太大太泛，可相比较而言，我们又太小太不起眼了，每次出演新剧，我都害怕得发抖！"她抗议道。

"我能跟您私下谈谈吗？"玛柯斯卡问总监夫人。

"看到了吗？就连探讨一下艺术的时间都没有！"夫人深深地叹了口气，然后走开了，跟玛柯斯卡去了阳台。

"臭婆娘！"

"荡妇！居然以艺术家自诩！"

"昨天还在这儿像个母夜叉一样地大呼小叫。"

"她舞台上转来转去，就像个疯子一样。"

"嘘！小点声，别让她听到了。对她来说，舞台就是她的所有。"

阳台上，玛柯斯卡与卡宾斯基夫人的谈话也要结束了。

"您能保证不让她参与吗，夫人？"

"当然，我敢担保这一点。"

"那就太好了。妮可莱特与我们根本不是一路的。哎哟，她居然还批评您的演出！昨天，我听见她在总监那儿诽谤您！"玛柯斯卡低声说道。

"什么！她居然敢这么对我？"

"我不想造谣生事，搬弄是非，但是——"

"她都说什么啦？你说，居然还在总监面前说我？哼，真是个小妖精！"

玛柯斯卡竭力抑住微笑，很快又道："不，我不该来告诉您，我可不想搬弄是非！"

"知道了。现在该她来受惩罚了！等下，我们得给她好好上一课！"夫人咬牙切齿地说。

"杜贝克，提词！钻进箱子里去！"（演员在演出时，剧组会安排人钻进道具箱里提词。）

"女士们先生们，演出开始了！"

"上台啦，上台啦！"声音传过整个大厅，演员们都聚集到了幕后。

"总监先生！"玛柯斯卡大喊道，"您把角色给妮可莱特吧，您妻子同意了。"

"很好，亲爱的，很好。"

他到了阳台上，妮可莱特正跟一位衣着考究的年轻男士坐在一起。

"妮可莱特小姐，我们邀您今晚上台演出。"

"今晚的演出剧目是什么？"妮可莱特一脸疑问。

"《真是伪君子》。怎么，您还不知道您是本场的女主演吗？我都已经在报上打过广告了。"

卡科斯佳这时正好走了进来，听到对话，马上用伞遮着脸，不让妮可莱特发现她看出她的尴尬。

"我现在不适合参加排演。"妮可莱特说着，同时观察着卡宾斯基和卡科斯佳。

很显然妮可莱特已经察觉到了不对劲，但卡宾斯基递给她台本，神态特别认真。

"这是您的角色，小姐。我们马上就开始了。"他说完这话就离开了。

"总监先生！亲爱的总监先生，我求您了，你们开始演出吧，我就不上台了。我今天头很痛，今晚不能唱歌了。"妮可莱特哀求着。

"那可不行，我们马上就开始演出了。"

"哦，去唱吧，妮可莱特小姐，求您了！我很喜欢听您唱歌！"男子乞求道。

"总监！"妮可莱特喊道。

"怎么了，金嗓子？"

这时总监夫人出现了，指着站在幕后的詹妮娜，意思是，这是谁啊？

"是个新来的。"卡宾斯基答道。

"你想聘用她？"

"是的，我们合唱团还缺女孩儿呢。布拉格的姐妹们走了，她们除了散播谣言，一无是处。"

"但她长得一点也不出众。"卡宾斯基夫人反对着。

"她的面相挺好看的，虽然声音显得有点怪，但很动听。"

尽管他们说话声音很低，詹妮娜还是一字不漏地听完了整段对话，她听到了总监在妻子面前赞扬她，也听到了前边对妮可莱特的捉弄。她困惑地盯着那一群人。

"清场！清场！"

排演的演员们立刻回到了幕后，这时，整个合唱团飞一般地冲上舞台，这是一大帮年轻的女郎，脸上涂脂抹粉，这样的生活会很快磨掉她们青春的容颜。她们或金发或黑发，或高或矮，或壮实或瘦弱，各种各样的人混杂在一起。她们中有些人身份高贵且非常美丽，什么都不放在眼里，目空一切；有的人面无表情，看上去很呆滞的样子，一看就是农民之家的女孩儿。她们所有的人都很见利忘义，至少看上去是这样。

她们开始演唱。

"停！再来一次！"乐队指挥咆哮道，他的大脸庞呈红色，络腮胡也很浓密。

合唱团停止了，又重新开唱，声音显得很沉重，像是积攒着怒气，但每次她们都能听到指挥用指挥棒狠狠敲着桌子，和他嘶哑的怒吼："停！再来一次！"并挥舞着指挥棒，"你们这群畜生！"

合唱排演拖了很久。演员们都在座位上闲聊，或是疲倦地打着哈欠，那些晚上有演出的人都在幕后踱来踱去，等着他们上场的时机。

在男更衣室里，文森特成功交上了去美丽街的任务成果，并给经理擦鞋。

"你把信给了她？那她有回复吗？"

"那当然！"说着，文森特递给了经理一个粉红的信封。

"文森特！你这小鬼，如果你胆敢说出这件事，你知道会有什么样的下场！"

"真是老生常谈！那位女士也这么说。但她还给了我一卢布作封口费。"

"莫里斯！"玛柯斯卡在更衣室门口大声喊道。

"等一会儿，我可不能只穿一只擦好的鞋出门呀！"

"你为什么不让女佣擦鞋呢？"

"女佣什么都听你的，我一点也使唤不上。"

"那么，就再请一个呗。"

"很好，不过新来的只能听我使唤。"

"妮可莱特，上台！"

"去叫她！"卡宾斯基在台上命令着那些坐在椅子里，围作一团的演员们。

"过来，莫里斯。"玛柯斯卡低声说，"会有场好戏看了。"

"妮可莱特，上台了！"大家齐声唤道。

"等一会儿！我来了！"妮可莱特嘴里含着三明治，胳膊下夹着一包糖，从舞台入口处猛闯了进来，舞台地面在她沉重的脚步之下发出吱吱嘎嘎的声音。

"来这么迟，见什么鬼去了？这是正式演出，我们可都在等着呢。"乐队指挥愤怒地抱怨着。

"你们可不只是在等我吧？"妮可莱特反问道。

"一点没错，我们就是在等你一个，小姐，你知道我们不是来吵架的。演出开始！"

"但我一句都没学会。让卡科斯佳来吧，这本来是她的角色！"

"但这角色不是给了你吗，小姐？那么，争吵也没用了。我们开始吧。"

"哦，总监！我们能推迟到下午吗？现在，可……"

"开始！"

"试试看吧，妮可莱特小姐，你的声音很适合出演这个角色。是我要求总监把这个角色给你的。"卡宾斯基夫人假装友好地微笑着鼓励她。

听到这话，妮可莱特巡视着所有人，但大家都很平静。只有一个年轻男子在椅子上冲她不怀好意地微笑着。

指挥举起指挥棒，乐队开始演唱，提词者也轻声地提示着她角色的台词。

大家都知道妮可莱特没有时间了解角色，因此都在等着看她的笑话。果然，她的第一句词就犯了大错，跑调非常严重。

合唱团的演员们重唱了一次，但指挥"休止符先生"故意漏掉一个音符，完全打乱了妮可莱特的表演。

舞台上，演员们暴发出一阵哄笑声。

"还女歌唱家呢！"

"听又听不到，唱又唱不好，还出来演出！"

妮可莱特听了这些话，眼泪都要出来了，跑去找卡宾斯基。

"我告诉过你今晚唱不了歌，我连看一下剧本内容的时间都没有！"

"啊，那么小姐您是无法演出了？那就退出吧。卡科斯佳会来演唱。"

"我会唱，但现在做不到，我可不想退出！"

"勾引男人，耍阴谋诡计，在报刊杂志上诽谤他人，在城里各处寻欢作乐，你做这些就有时间！"卡宾斯基夫人在一旁冷嘲热讽。

"哦，去看着你的孩子们吧，但别想干涉我的事。"

"总监！她侮辱我，说……"卡宾斯基夫人说。

"把本子给我。"卡宾斯基命令道，"小姐，既然你不能做主唱，那就跟她们一起合唱吧。"

"哦，不！我就是为这角色才过来的。我才不介意这些卑鄙小人的恶意诽谤呢！"

"你这话是说给谁听的呢？"卡宾斯基夫人从椅子上跳起来，大声喊道。"当然是您，夫人。"妮可莱特说道。

"你被开除了！"卡宾斯基插话道。

"呸，你们都去死吧！"妮可莱特大吼一声，把台本丢到卡宾斯基脸上，"早就知道这里没有我的容身之所！"

"从这儿滚出去，你这小人！"

卡宾斯基夫人本想跳到妮可莱特身边把她赶出去，但却突然停了下来，眼泪哗哗直淌。

"您右边是沙发，夫人，坐在那儿会舒服一点。"坐在椅子上的某人喊道。

大家的微笑都不太自然。

"佩帕！我亲爱的，冷静点儿！你在这儿不断争吵，我们什么也做不了。"

"难道都是因为我吗？"

"我不是在责备你，但至少你得冷静一下，没必要这么大动肝火。"

"你就是这样的男人！这样的总监！"她怒吼着。

"控制一下自己，你就能上天堂了，现在这样真是受罪！"有人对卡宾斯基喊道。

"先生，"有旁观者抓着一个演员的衣服扣子问道，"他们是在排演新剧吗？"

"首先，你扯下来的是我衣服上的扣子！"这演员吼道，"这不过是幕后一场生动的闹剧罢了，每天都会上演的！"

大家都离开了舞台。乐队在给乐器调音，"休止符先生"出去喝啤酒了，演员们都散在花园各处。卡宾斯基双手抱着头，在舞台上疯了般地转来转去，半是恼怒，半是怜悯地抱怨着妻子，而他妻子仍然怒气冲天。

"哎哟，人啊！人啊！传什么谣言啊！"

詹妮娜讶异于她刚刚看到的那一幕，退到了布幕最后边，她觉得现在不可能跟总监说上话。

"原来演员的生活是这样的，剧院是这样的！"她想着。

短暂停歇之后，排演继续进行，卡科斯佳成为了名义上的女主演。玛柯斯卡终于摆脱了对手，状态也非常好。

总监送走了妻子，高兴地搓着双手，向剧院经理托波尔斯基点头致意。他们去了橱柜那里喝酒。很显然，总监要对妮可莱特的离开做出说明。

年纪最大的演员斯坦尼洛斯基在更衣室里踱来踱去，不满地咒骂着，向米洛斯卡抱怨着，而米洛斯卡正盘腿坐在房间里的椅子上。

"谣言！都是谣言！这样下去，我们的演出怎么会成功呢？"

米洛斯卡点头表示赞同，呆呆地微笑了一下，不停地扯着一条手绢。

排演之后詹妮娜壮着胆子靠近了卡宾斯基。

"总监先生——"她说。

"啊，是你呀，小姐。我会接受你的。明天演出之前过来见我，我们再好好谈谈。现在，我可没有时间。"

"非常感谢您，先生。"詹妮娜兴高采烈地答道。

"你嗓音条件怎么样？"

"嗓音条件？"

"你会唱歌吗？"

"以前在家的时候，偶尔会唱一下，但我觉得上舞台肯定不行，但是，我……"

"明天早点来，我们会进行测试，我会跟音乐总监说的。"

 第三章

华沙的瓦津基公园里，一派春意盎然的景象。蔷薇怒放枝头，茉莉浓郁的香味弥漫在空中。这宁静安定的氛围让詹妮娜着迷，她在湖边坐了好几个小时，忘记了周围的一切。

天鹅们展开双翅，像白色的浮云，漂浮在蓝色的水面上；湖边的大理石雕像群洁白无瑕；树叶繁茂密集，像是阳光下的绿色海洋；栗子树红色的花飘落到地面、水面和草坪上，像是在树荫下跳跃的火花。

城市的喧嚣到了这里逐渐减弱，然后就消逝在丛林之中。

詹妮娜直接从剧院跑到了这里。她看到的一切让她的内心极不平静，她感觉到了理想破灭的痛苦，对未来又开始犹豫起来。

她什么都不愿去想，只是不停地自己重复着："我加入了剧院！我加入了剧院！"

她脑海中浮现出很多未来同伴的身影。她本能地感觉到那些面孔并不友好，充满着嫉妒和虚伪。

现在她所居住的旅馆是来华沙时火车上的同伴推荐的。这家小旅馆位于城郊，收费不高，当地的村官和小滑稽剧院的演员们常常来这儿聚会。

她住在三楼的一个小房间里，从窗口可以看到老城高低不平的红色屋檐。从瓦津基公园回来后，那里美丽的景致一直停留在她脑海中，回来看到这满眼呆板的红色，她立刻拉下了窗帘，开始打开行李取出自己的必需品。

她还没有时间想念父亲。她一到这边的车站，城市的忙乱喧嚣立刻包围了她。离开布柯维克时的情形，旅途的劳顿，瓦津基公园，到剧院找演出机会的过程，所有这一切都堆积在她心头，她已经完全不记得家里了。

她精心打扮着，只想呈现出自己最好的一面。

她赶到花园剧院时，灯已经亮起来了，大家都开始涌入剧场。她冷静地在幕后等待着。舞台上，工作人员正在布置舞台，而演员们都还没到场。

更衣室里，煤气灯的火光一闪一闪地跳跃着。服装师在准备艳丽的衣物，而化妆师正吹着口哨在打理长卷假发。

女更衣室里，有个老妇人正在煤气灯下做着针线活儿。

确定没有人注意到自己后，詹妮娜观察着周围的环境。墙上很脏，粉饰的泥灰从墙上掉落下来，因此人们涂了层黏料，用大帆布盖了起来。地板、房檐和屋里的装饰、家具布满厚厚的灰尘污物，对她来说，就跟乞丐窝差不多。脂粉的香味和烧焦的头发的气味弥漫了整个舞台，这气味让她觉得恶心。

她看着帆布，远看好像印着华美的城堡和剧本中国王住的宫殿，城堡宫殿周围有着美丽动人的景色，像是一幅风景画；而近看，只是一小块五颜六色的污渍，根本谈不上什么美感。在储存间她看到了硬纸板做的王冠，所谓的绸缎袍子是赝品，所谓的天鹅绒是塔夫绸，所谓的貂皮大衣是上了色的细薄布做的，金子也只是被染成了金黄色的纸，盔甲也是硬纸板，刀剑也是木制的。一切都是那么粗俗低劣。

她看着自己未来的王国，努力说服自己留下是值得的。尽管这里虚伪，世俗，不够真诚，但她还是说服自己，来这里是献身艺术，艺术是高于一切的。

舞台还没有布置，灯光昏暗。詹妮娜登上舞台模仿剧本角色，时而庄重严肃，像剧本中的女主角；时而轻盈飘逸，如同与情人约会的少女一般。每一次模仿，表情都十分到位，她陶醉其中，眼中燃着强烈的激情之火，时而愤怒，时而渴望，时而矛盾。她那种对舞台的热爱和渴望的心情，就如夜晚的星空一样闪烁。

她不由自主地想起了她读过的剧本，专心表演着里边的角色，忘记了所有事，也对那些经过身边的舞台工作人员视若无睹。

"我的阿尔曾经也是这样表演的，这样表演的！"幕后，女更衣室里传出这样一个声音。

詹妮娜停了下来，满脸困惑地朝声音传来的方向看去。她看到一位中等个头的中年女士站在那儿，面容憔悴，但举止得体。

"你加入了我们公司吗，小姐？"中年女士声音尖锐地问道，圆圆的猫头鹰似的眼睛让詹妮娜吓了一跳。

"还没，我是来这儿参加测试的。哦，是的，卡宾斯基先生说，面试会在演出前进行！"她回忆起了总监说的话，喊道。

"啊哈，那个酒鬼……"

詹妮娜对这话感到惊讶，瞥了她一眼。

"你下定了决心要留在我们这儿，小姐？"

"留在剧院？当然，我来这儿就为这个目的。"

"从哪儿来？"中年妇女突然问道。

"从我家里。"詹妮娜回答，但这次更为镇定，也带着点犹豫。

"啊，我知道了，在这儿，你只是个新来的。那么，这就不得不让人好奇啦！"

"为什么？一个热爱剧院的人想要加入其中，这有什么好奇怪的？"

"哦，他们进来的时候都这么说，然而事实上，他们又都因这样那样的理由离开这里。"

詹妮娜能听出妇人语调中的厌恶情绪。

"请问，夫人，音乐总监还要多久才能来？"她问道。

"我不知道！"中年妇女怒气冲冲地答了一句，就走开了。

詹妮娜退后了一点点，因为工作人员正在舞台上展开一大张上过蜡的帆布。她心不在焉地盯着，而中年妇女再次出现了，声音也变得更柔和了一些："小姐，想要赢得音乐总监的注意，我得给你一点建议，这对你会有点好处。"

"哦，我该怎么做呢？"

"你有钱吗？"

"当然，但是——"

"如果你听我的，我才会告诉你。"

"当然。"

"你必须陪他喝酒，才有机会上舞台演出。"

詹妮娜对她说的话，既感到惊讶又觉得困惑。

"哈哈！"另有人笑道，"哈哈！这小姑娘还真够嫩的！"

过了一会儿，妇人悄声说道："我们去更衣室吧。我会好好教导教导你。"

她拉着詹妮娜进去，给人体模型套上一条裙子，说："我们必须单独谈。"

"告诉我，夫人，那位音乐总监是什么样的人？"詹妮娜问道。

"有必要给他买点柯纳克酒。准没错！"过了一会儿，她才说道，"柯纳克、啤酒和三明治，也许就足够了。"

"那些得要多少钱？"

"我想只要三卢布，就足够你款待他了。我来出钱替你布置好一切。我最好现在就去准备一下。"

詹妮娜把钱递给她。

索温斯卡离开了，十五分钟后又返回来，跑得气喘吁吁的。

"都办妥了！小姐，过来吧，总监在等你。"

餐厅后边的一间房里放着一架钢琴。音乐总监"休止符先生"刚喝过酒醒来，满脸通红，睡意未消，已经在那里边等着了。

"卡宾斯基跟我提起过你，小姐。"他说，"你能唱什么歌啊？哎呀，我觉得太暖和了，都有点热。你把窗子打开一下，好吗？"他说着，向索温斯卡提出请求。

詹妮娜看到他因喝多了而红肿的脸，听到他沙哑的声音，觉得有点胆战心惊，但她还是坐在了钢琴旁边，想着自己要选唱的歌。

"啊，你还能弹琴吗，小姐？""休止符先生"显得十分惊讶。

"是的。"她答道，并开始弹奏一首曲子的前奏，都没注意到索温斯卡对她做出的暗示。

"请为我唱首歌吧，"他说，"我只想听你的声音，你可以独唱吗？"

"总监先生，我觉得我有戏剧天分，是为喜剧而来的，而不是歌剧。"

"但我们没讨论歌剧。"

"那讨论的是什么？"

"是为了这个,小歌剧!"他喊着,敲打着自己的膝盖,"唱吧,小姐!我只剩了一点点时间,我已经紧张到冒汗了。"

她开始唱起了一首托斯蒂的歌。总监听着,同时看着索温斯卡,指指自己干渴的嘴唇。

詹妮娜一唱完,他就大喊道:"很好,我们会接受你。我必须出去喝口水,我渴得很。"

"您想跟我们一起喝点吗,总监先生?"她读懂了索温斯基的暗示,害羞地问道。

他开始时推托有事,但最终还是留了下来。

索温斯卡让服务员拿上半瓶柯纳克、三杯啤酒和一些三明治,喝完自己的酒,她就离开了,说是把什么东西忘在了更衣室里。

"休止符先生"把自己的椅子往詹妮娜的方向移动了一下。

"嗯,你声音真不错,小姐,真的很棒。"他说着,一手压在她膝头上,另一只手往自己的啤酒杯里倒了点白兰地。

她心生厌恶,往后退了一点。

"你要在舞台上树立光辉正面的形象,我会帮你。"他说着,一口喝光了自己杯子里的酒。

"先生,您真是好心……"詹妮娜一边说着,一边往后退。

"我会看着办的,我会照顾你!"

突然,他一把搂过她的腰,强行拉她靠近自己。

詹妮娜用力一推,把他推倒趴在桌子上,然后詹妮娜跑到门边,想要呼救。

"喂!等会儿,你真是笨蛋!留下来!我想要照顾你,帮助你,不过既然你是这么个十足的笨蛋,那就去死吧!"

他喝完柯纳克酒,就离开了。

他来到阳台上,遇到卡宾斯基正和舞台经理坐在一起。

"她声音条件不错吧？"卡宾斯基看到了詹妮娜进入房间，就问"休止符先生"，"是个好的女高音？"

"嘿！什么呀，真是没见过世面，就是个女低音！"

詹妮娜在房间里坐了近一个小时，难掩自己的愤慨之情。有好几次她都想跳起来，冲出去，离开这个地方和这些人。但很快她又平静地坐下来，发出一声无奈的叹息。

"我还能去哪儿？"她自问道，然后又下定了决心，"不，我要留下来，我可以忍受这一切，这很有必要，我必须这么做，必须！"

詹妮娜坚定了自己的决心。她聚集了内心所有的力量，来与灾难、阻碍和这整个恶毒的世界作斗争。她强迫自己把这丑陋的一切抛到脑后，想象着自己美好的未来，想象自己被名誉和荣华富贵所包围，想到这一幕，她有点眩晕。

然后索温斯卡走了进来。

"谢谢您的建议，您怎么把我跟这头猪丢在一起！"詹妮娜半带着哭腔吼道。

"我离开得很急，他没有吃了你吧？他是个很好的人……"

"那就把您女儿留给那位好人吧！"詹妮娜粗暴地回了一句。

"我女儿可不是演员啊！"索温斯卡答道。

"哦，现在都不重要了，就当是给我上了一课吧。"她低声说着，转身离开。

离开时，她看到了卡宾斯基，走过去问道："您会接受我吧，总监先生？"

"你可以认为我们接受了你。"他答道，"至于工资，我们以后再讨论。"

"那我要出演什么角色呢？我个人喜欢《钢铁侠》里克拉拉的角色。"

卡宾斯基用锐利的眼神瞟了她一眼，然后用手捂着嘴，以免发出大笑声。

"等会儿，等会儿，你首先必须自己熟悉舞台。同时，你要进入合唱团。音乐总监先生说你会弹钢琴、识乐谱。那我明天会给你一些我们表演的小歌剧选段，你先来学唱合唱。"

詹妮娜去了更衣室，但还没打开门就被一个人拉了回来，那人在她面前把门带上，生气地大喊："你上楼去待着吧，那儿才是合唱团姑娘们待的地方！"

她紧咬着牙关，走上楼梯去。

合唱团的更衣室是一间狭长低矮的小房间，里面光秃秃的桌子上有好几排煤气灯，没有灯罩。三面墙上挂了很多板子，上面用炭或口红写满了名字、玩笑话，画满了漫画。剩下的一面墙上攀着一根绳子，上面挂满了戏服。

约有二十个女郎坐在各种各样的镜子前，衣冠不整，每个人面前都有烧过的蜡烛。

詹妮娜发现了一张空椅子，就坐了下去，开始观察周围的一切。

"对不起，你坐的可是我的椅子。"一个强壮的深色头发的女子喊道。

听到这话，詹妮娜站起身来。

"你是来找人的吗？"这女子问道，上脂粉之前，在脸上涂抹着油膏。

"不是的，我是来这儿住的。我也是这儿的一员。"詹妮娜大声回答着。

"哦，是吗？"

一些人从桌子上抬起头来，看着詹妮娜。

詹妮娜告诉了这女子自己的名字。

"女孩们！这个新人说她叫奥罗斯卡。来认识一下！"深色头发女子喊道。

一些靠得近的女孩儿们向詹妮娜伸出手来欢迎她，然后又忙着自己化妆。

"露易丝，借我一点粉。"

"自己去买吧！"

"索温斯卡！"一个女郎打开了门朝楼下的更衣室喊道，"我又遇到了那个人，你知道的那个！是在新世界街遇到的。"

"真的吗，谁会像你一样迷上那个家伙！"另一个人插话道。

"你们看，我买了件新衣服！"一个娇小可人的金发女子喊道。

"哦，是他给你买的吧？"

"天啊，当然不是！我是用自己的钱买的。"

"还是羊绒的呢！噢，你觉得我们会相信你吗？别辩解了，你就是用那家伙的钱买的，不是吗？"

"还是白色的！腰部开得很低，上边有米色的刺绣，裙子下摆宽松，帽子是紫色的。"另一个女孩儿描述着，边说边把自己的演出服套上头顶。

"听着，你们这帮单纯的孩子，把你们欠我的钱还我，我就不计较你们说的这些。"

"演出结束后我一定会给你的，是真的！"

"哈哈！卡宾斯基会给你钱？真是好笑！"

"听我说，亲爱的，我现在手头很拮据……我那孩子一直有点咳嗽，一开始我没放在心上，直到昨天，我查看他的喉咙才发现有白点，带他去看了医生，检查结果是白喉！……我整晚陪着孩子，每隔一小时就给他清洗喉咙，他不能说话，只用他自己的小指告诉我他有多难受，他泪流满面……看着他那么痛苦，我难过得要死……我现在请人在看护他，因为我必须挣点钱……走的时候我把自己的外套盖在他身上……但是，所有这一切都还不够！"一位瘦弱的饱经沧桑的女演员强压下心头的难过，在跟邻座哭诉着。尽管打理过了头发，双唇上也涂上了口红，眉笔的修饰也给双眼增添了神采，但仍然能看出她的泪痕和倦意。

"海伦！你妈今天还问起你哦！"

"哦，你肯定弄错了。我妈很早以前就死了。"

"别这么说吧。玛柯斯卡很了解你和你妈，有一天她还在玛莎柯斯佳街上看到了你们。"

"玛柯斯卡那么不长眼睛，该去买副眼镜戴戴了，那天我是跟管家一起在逛街呢。"

其他女子都开始大笑。那个否认自己母亲在世的女子吹灭了蜡烛，愤然离开了。

"她以她母亲为耻辱。那真是不对，不过那样的母亲，也难怪了！"

"一个平常的农妇。她曾经当众出女儿的丑。至少她该克制一下情绪，不该在大庭广众之下做出那种事！"

"怎么回事？女儿以母亲为耻辱？"詹妮娜一直安静地坐着，但刚才这些话让她愤慨，于是她问道。

"你是新来的，所以你不知道内情。"好几个人立刻回答了她。

"我能进来吗？"一个男性的声音在外面问道。

"哦，不行，绝对不行！"女孩儿们一致对外大声喊道。

"泽林斯卡！你的经纪人来了。"

一个身材高大又健壮的女子快速套上裙子，从房间里冲了出去。

"谢普斯卡，出去看着他们。"

谢普斯卡出去了，但很快又走了回来。

"他们已经下楼去了。"

突然，舞台铃声大作。

"上台了！"舞台经理在门口大喊着，"我们很快要开始演出了！"

大家都乱作一团。与此同时，所有女郎们都开始大喊大叫，跑来跑去，扯下卷发钳，戴上发夹，涂脂抹粉，争吵，吹蜡烛，收拾好衣物，然后快速跑到楼下集合，这时，第二遍催促的铃声也已经响起来了。

詹妮娜最后一个下来，站在幕布后面。演出开始了。他们在上演一场类似童话故事一样的小歌剧。所有的一切看上去都很魔幻，在脂粉和灯光的映衬下，詹妮娜几乎认不出那些人和这整个剧院了。

演出开始了，演员们美妙的声音，伴着悠扬的长笛，穿过一片寂静，进入了詹妮娜的灵魂，让她无比陶醉；接着，演员们伴着音乐的节奏在她面前翩翩起舞，那柔软的肢体，曼妙的舞姿，让她着迷。

她已经完全沉浸在灯光和音乐交织的五彩斑斓的世界之中。她平常暴躁冲动的个性也平息了下来。灯光、音乐、歌声、色彩和强烈的情感交汇在一起，冲破了她心底不平静的世界。

脂粉浓厚的香味像云一样飘浮在詹妮娜周围，而喧嚷的大厅里，人们呼吸急促，眼神迷离，舞台像个磁场一样吸引着大家的视线，人们已经完全沉浸在音乐的世界中，忘记了一切。

演出结束了，大厅里掌声如雷鸣般轰动，詹妮娜已近乎迷醉。她低下头来，陶醉在那轰鸣之中。在大家的欢呼声中，她感受着演出成功带来的快乐。她闭上双眼，好让这一幕在她心里停留得更久一点。

令人陶醉的一幕结束了。台上，演员们下来换上平常的衣物，不着背心，他们撤下了场景，整理道具，系好拉幕布用的缆绳。她看到的演员们却是肮脏的脖子、丑陋的面容、粗糙的双手和粗犷的身影。

她走到舞台后，掀开幕布的一角，看着灯光昏暗，人群还未散去的大厅。她看到了许多年轻女性的脸庞，微微笑着，仍然陶醉在音乐中，她们身旁的男士摇着扇；男士们穿着黑色的晚礼服，女士们一律着浅色服装。

演员们的脸居然跟格泽斯科维克兹的脸,她父亲的脸,她老家那些邻居,她学校的校长、教授们和布柯维克站的电报员的脸一样平凡而丑陋,詹妮娜竟然觉得有些失望。有那么一会儿,她觉得演员们不可能是这样。怎么会这样呢?当然,她知道,那些过去被自己视作傻瓜、笨蛋、酒鬼和长舌妇的妇女们,他们精神空虚,生活在社会最底层,都在为生存奔波劳累。而这些在舞台上光鲜亮丽,受人追捧,她曾一度视为仙子的演员们,怎么会跟那些人一样,也要为生活奔波劳累呢?詹妮娜感到疑惑。

"小姐!"她旁边有个人在喊着她。

她转过头去,看到旁边站着一位英俊的年轻男子,他衣冠楚楚,帽子拿在手里,礼貌地对她微笑着。

"请让我也看一下。"他请求道。

詹妮娜移开了一点点。

他只在帘子后稍稍看了一眼,就让她站回了原位。

"请原谅,原谅我打扰了您。"他说着。

"哦,我已经看到了我想看到的一切,先生。"她回应道。

"并不很有趣,是吗?"他追问道,"最真实的腓力士,商人和鞋匠……也许您认为,小姐,他们是过来欣赏演出的?哦,不!完全不是那样!他们只是借看演出来炫耀自己的新衣服,吃晚餐,消磨时光的。"

"那么,谁才是来欣赏演出的?"她问道。

"在这儿,没有那样的人。只有在城市中心剧院和综合性剧场,你才能找到一小撮真正热爱艺术,欣赏艺术的人。我经常在报纸上发表与这相关的评论。"

"总编先生,给我支烟抽抽吧!"一个演员在幕后喊道。

"当然可以，给你。"这个年轻人说着，递过去一只银制的烟盒。

詹妮娜退到了帘子的后面，眼中透出对评论家的赞赏之情，很高兴有这么个机会如此近距离地接触到一个这样高尚的人。

在乡下，她常听到的对话都是关于农活、时政、天气等，她也曾梦想过这另一个世界，在这里，人们的话题都是理想、艺术、人性、诗歌和成就，而这些人也都是拥有理想，懂得欣赏艺术的高雅人士。

"您一定来这儿很久了，不过很不幸，我以前从来没见过您。"

"我是今天才加入进来的。"

"您以前在舞台上演出过吗？"

"没有，从来没有在正式的舞台上演出过，只在一些非专业的小剧场里表演过。"

"那里才是所有戏剧天才的诞生之地。我了解，我也是偶然发现的。莫婕斯卡以前就告诉过我。"他说着，露出一个傲慢的微笑。

"总编先生，您还有工作呢！"卡科斯佳喊着，伸出了双手，示意给她扣好手套。

总编替她扣好手套，吻了几次卡科斯佳的双手，她也在他肩头拍了一下，然后他回到了詹妮娜站的帘子那儿。

"那么，这是您第一次来剧院吗？"他问道，"毫无疑问，您家人反对您来，而您也是下定了决心，从偏远的乡下过来……您第一次舞台演出取得了巨大成功……您心里燃起了火花，您梦想登上真正的舞台……您晚上睡不着，流着眼泪……反抗那些反对您的人……最终，他们还是同意了，或者，您秘密地独自出逃……带着对未来的紧张和恐惧，去会见总监，想要签约……然后获得了成功，进入了艺术殿堂，成为明星偶像！"他说得很快，每一句话都很短。

"您猜得不错，总编先生，我就是这么走过来的。"詹妮娜说。

"哈，小姐，我第一眼就看出来了。这完全是凭直觉猜的。我发誓，我会照顾您的！我会在下期报刊上给您开个小专栏，为您作个简介。然后，起一个有吸引力的标题，为您的演出经历作一点详细报道，然后，报道一出炉，一颗舞台新星就冉冉升起啦！"他继续兴奋地说着，"他们会疯狂地爱上您，总监们会抢着要您参与他们的演出……一两年内，您就能去华沙的中心剧院演出了！"

"但是，总编先生，没有人认识我，也还没有人知道我是否有这个天分……"

"我觉得，您一定有这个天分！这是我的直觉！不要相信感觉，小姐，去他的理智和推断，一定要相信直觉！"

"过来一下，总编，快点儿！"有人喊着他。

"再会，再会，小姐！"他朝詹妮娜喊道，并抛给她一个飞吻，然后离开了，手里还抓着那顶帽子。

詹妮娜从座位上站起身来，直觉告诉她，不要把总编那些凭直觉行事的话当真。她觉得，他就是个轻率的，对任何事都轻易下判断的人。他承诺在报上报道她，对她的夸赞，对她来说，只是当面的奉承之词，夸夸其谈，不能当真。他的表情、手势和说话的方式都让她想起住在布柯维克站附近的某个声名狼藉的坏蛋。

第二场演出也开始了。

詹妮娜继续看着，不过这次她的感受就没之前那么震撼了。

"你觉得我们剧院怎么样？"那个她之前在更衣室里见过的深色头发的女子问道。

"很棒！"詹妮娜答道。

"哈！剧院像是瘟疫，人进来一旦感染上了，只能祈求上天保佑了！"深色头发女子低声说着，声音听起来硬邦邦的。

幕后，黑暗的空间里堆满了道具和化妆品，只留下一些狭小的过道。演员们都站在过道里，有一些是蹲着的，房间里充斥着他们的悄声细语和轻轻的笑声。

舞台经理是个秃头的老人，内衣没有领子，外边只套着件背心，一手拿着剧本，一手抓着铃铛，在后边跑来跑去的。

"上场了！马上就轮到你了，小姐！快点准备！"他大喊着，汗流浃背，满脸通红，催促那些急需上台却还待在更衣室里的演员们，轮到他们上场，就低声喊道："上场了！"

詹妮娜看到演员们突然停止了交流，有些人的话还只说了一半，饮料也只喝了一半，就冲到了舞台入口，静静地站在那儿候场。有的紧张地默诵着自己所扮演的角色台词，熟悉人物个性；有的嘴里念念有词，眼睛不停地眨，双腿轻轻摇晃着，虽然化过妆，但仍然能看出他们因怯场和紧张而脸色发白。

"进场了！"这声音就如同牧人的鞭子一样，催促着大家赶快上场。

几乎所有人都开始忙碌，快速换上了所需要的面部表情，在胸口画了几次十字，然后就上场了。

每次舞台的门一打开，看到台下热情的观众和台上投入的演员们，詹妮娜就兴奋不已。他们像火焰一样点燃了她内心的激情。

她再一次开始尽情享受观看演出的乐趣。演员们华丽的服饰照亮了神秘幽暗的舞台，灯光、幕后的音乐、台上的歌声，迟到者轻柔的脚步声和黑暗中人们低沉的交谈声，观众灼热的眼神，激动的情绪，雷鸣般的掌声，演出高潮时人们的疯狂举动交织在一起，像一场来自远方的风暴，使剧院沸腾起来。台上耀眼的灯光在黑暗的剧场中闪烁，演员们融入到角色中，说着与他们自身无关的台词，那些悲哀的呼唤，令人心碎的呜咽、呻吟、哭泣，在她面前轰轰烈烈地壮观地上演。这一次，她所感觉到的是与上一场演出完全不同的冲击。她感受着他们上台前的紧张，沉浸在他们的表演中，她与剧中的男女主人公一起历经磨难，怕他们所怕，爱他们所爱，在剧中危急紧要关头时，她也会紧张得发抖，那些哭喊出来的台词感染着她，让她痛苦，使她热泪盈眶，发出微弱的哭泣声。

这场演出结束了，越来越多的人们从观众席聚集到了幕后。大家不停地传送着糖果盒、花束和单枝的鲜花。啤酒、威士忌和柯纳克酒被喝光了，大盘子里的糕点也被一抢而空。到处都能听到笑声，玩笑话就像是燃在空气中的火花，让整个氛围变得热闹非凡。一些合唱团的女郎们也穿戴整齐，进入花园。

詹妮娜看到结束了演出的演员们脱去了戏服，只穿着内衣，在更衣室门前排起了长队；有些女演员穿着白色的衬裙，双肩裸露，妆还只卸了一半，在舞台上闲逛，透过台前的幕布看着观众。一旦看到了陌生人在注意她们，就会轻声尖叫着后退，露出迷人的微笑，彼此交换暧昧的眼神。

餐厅的服务员、侍女和舞台的工作人员穿梭不息。

"索温斯卡！"

"泰勒！"

"化妆师！"

"拿一条裤子和一个披肩过来！"

"还有舞台上的道具藤条和剧本！"

"文森特！去叫总监过来，这是今晚最后一场了，叫他穿戴齐整快过来！"

"布置舞台！"

"文森特！把我的口红拿过来，再带点啤酒和三明治！"一个女演员从舞台另一边喊话道。

更衣室里又是一片混乱。演员们忙着更衣、补妆，汗液和争吵的口水都快把固态的化妆品溶化了。

"如果你再抢在我前边上台，小子，我就踢断你的腿！"

"还是踢你的狗玩去吧。我抢先是因为演出需要，来，你看吧！"

"你故意挡在我面前！"

"我说什么来着！"另一个人说道，"我刚一上台就听到大家喝彩的声音。"

"那是喝倒彩的声音，因为你演出时显得笨手笨脚的。"

"杜贝克老在一旁搞破坏，我当然演不好！"

"你专心念你的台词吧，那我就不会破坏你的表演啦。我们都看到了你出了很大的丑！我一字一句地提醒你，可一点用处也没有！我大声提醒着台词，休止符先生还踢着舞台要我小声点儿，但你这家伙居然像个笨蛋一样戳在那儿一动不动！"杜贝克回嘴道。

"我了解我表演的角色，而你老故意揪我的小辫子。"

"泰勒！拿一根皮带、一把剑和一顶帽子过来，快点儿！"

"玛丽！如果你要我走，那我就会陷入孤独、磨难、眼泪和黑夜之中，玛丽！你在听吗？我……我爱你，这是我的心里话，心里话……"弗拉德克一遍遍重复着台词，手舞足蹈地在更衣室里走来走去，声音大得足以震聋任何靠近他的人。

"嘿，弗拉德克，你轻点声。在舞台上，你怎么大吼大叫都没关系，但别在这儿制造噪声好吗？"有人喊道。

"先生们，你们有谁见到过彼得吗？"一位女演员从房间门口探进头来，问道。

"先生们，去看看彼得是不是钻到桌子底下去坐着了？"有人嘲弄地问道。

"米拉迪，彼得在楼上跟一个漂亮的小姑娘在一起。"

"还是去杀了他吧，小姐，他太花心了！"

男士们用这些话回复她，不时发出大笑声。

这个女演员去了舞台的另一头，还能听见她询问的声音：

"你见过彼得吗？"

"她太在乎他了，总有一天会疯的。"有人评论道。

"真是个好女人！"

"但也是个傻子。"

"您好，总编先生！"

"哇，总编来了！那我们就有烟可抽，有酒可喝啦！"

"顾问先生来了！"

"晚上好，顾问先生！"

"售票情况怎么样？"

"很好！票已告罄，因为我看到金在抽雪茄。"

"你好呀，伯里克！你还是待在外边别进来了，不然你会像黄油一样融化的，今天我们这儿有点热。"

"我们很快就会凉爽下来的，因为我带了啤酒来。"

"各位，都上台啦！上台啦，你们这些牧师和士兵们，都上去吧！"舞台经理大声嚷嚷着，从一个更衣室跑到另一个更衣室，催促着大家赶快上台表演。

只一会儿工夫，所有房间都空无一人了。

演出持续到很晚，詹妮娜也一直精神亢奋，很久都没法睡着。

第二天，詹妮娜在旅馆房间里醒来时，已经是上午十点了。她茫然四顾，一时忘了自己身在何方。

她的心情不再如昨日那么激动，看演出所受到的震撼和亢奋都平静了下来，她非常高兴自己终于进入了剧院。高兴之余，想到未来自己仍没有多大的把握，过去不愉快的经历也不时来干扰她，这些念头尽管只停留了一瞬间就消逝了，但还是足以让她觉得不安。

她倒了一杯茶，一口气喝完，正要出门时，听到有人在轻轻地敲着门。

"请进！"她喊道。

进来的是一位老年犹太妇女，衣着干净整洁，手臂下夹着个大大的箱子。

"早上好啊，小姐！"

"早上好！"她说着，有点惊讶于这位陌生访客的出现。

"您要不要买点什么，小姐？我的东西都很便宜实惠。也许您需要珠宝首饰，一双手套或是发夹，它们都是纯银的。我这儿还有各种各样的小物件，价格不等，都是巴黎的土特产！"她的话说得飞快，手则忙着把箱子里东西都摆放到桌子上，她眼皮画成了深红色，眼珠是黑色的，就像老鹰的眼睛一样。她仔细打量着房间里的一切。

"您只看看也行。"犹太女人继续说着，"我这儿的东西又漂亮又便宜。您是买一两根丝带、镯子、丝袜，还是买这些丝绸手帕？"

詹妮娜开始查看桌子上的饰品和小物件，选了丝带。

"给您的母亲也买点什么吧？"犹太妇女看着她，热情地建议道。

"我一个人住。"

"一个人住？"老妇人拉长了语调问道，好奇地挑起眉头。

"是的，我不会常住在这里。"詹妮娜解释着，好像是在为自己不买东西找理由。

"也许您需要一间公寓？我倒是可以为您介绍，我认识一位寡妇，她……"

"很好。"詹妮娜打断她，"您是想把我介绍给剧院旁边，新世界街上的某户私人公寓吧。"

"您是剧院的吗，小姐？哦，我知道了，难怪！"

"是的。"

"那您还要点别的吗？我这里有很多剧院演出用得着的漂亮玩

意儿。"

"不，我所需要的都有了。"

"我便宜卖给您好了，是真的便宜！这些都是您演出用得上的。"

"我什么也不需要。"

"如果不便宜的话，就让我死了算了！现在这日子真是不好过。"

她把所有东西都收进了箱子里，朝詹妮娜靠近。

"您能不能给我个机会，让我为您做点什么？"

"我不会再买任何东西了，我也不需要！"詹妮娜说着，越来越不耐烦。

"我不是给您做推销！"

老妇人的语速飞快："我认识一些非常英俊的年轻男士，您明白我的意思吧，小姐？他们非常有钱！尽管这不是我的生意，但他们经常来问我哪儿有漂亮的女孩儿。我如果提到这儿住着一位漂亮的小姐，他们就会自动上门来找您。他们确实是英俊帅气又多金的年轻人！"

"什么，你这话是什么意思？"詹妮娜喊道。

"您为什么这么兴奋啊，小姐？"

"给我出去，不然我叫人了！"詹妮娜大喊。

"天啊，您这脾气真臭。我认识了至少十位女士，一开始，她们跟您一样排斥，但后来她们就都对我感激不尽了，一见我就来吻我的手，求着我给她们介绍男人……"

她话还没有说完，詹妮娜就打开房门，把她推了出去。

来到了剧院，在阳台上，詹妮娜又见到了索温斯卡，立即极其礼貌地询问她是否知道哪儿有可出租的房间。

"啊，来得正是时候！如果你愿意的话，我家里倒是有一间空房，也许你可以住在那儿。我们会便宜地租给你，还管你的饭。房间在低层，环境挺好的，窗户朝南，到大客厅有独立的通道。"

她们谈妥了价格,詹妮娜答应先付一个月的房租。

"那么,所有问题都解决了!"索温斯卡说,"你会知道,我们的房子非常安静,因为我女儿没有孩子,就到我家去吧,去看看你的房间。"

"我还是演出之后再来吧,如果您没空等待,就留个地址给我,我会自己找过去的。"

索温斯卡给了她一个地址,然后就离开了。

詹妮娜接过写着地址的字条,就加入了演出,跟她们一起演唱。

卡科斯佳想让休止符先生陪她弹钢琴。

"让我休息会儿,小姐!我没时间陪你!"他答道。

"如果你愿意,小姐,我来陪你吧,只要有乐谱就行……"詹妮娜建议道。

卡科斯佳急忙把她带到了那间有钢琴的房间里,让她陪着弹琴,琴声立刻吸引了所有人,大家都对这个合唱团的女孩儿刮目相看,琴声持续了一个小时。

弹过琴后,卡宾斯基夫人与詹妮娜进行了一番长谈,并邀她第二天演出之后去她家里做客。

当天,詹妮娜直接从剧院去了索温斯卡的房子看房间。

 第四章

特此公告：

　　诚邀公司成员，包括剧团男女演员以及合唱团与乐队的成员于本月六日演出结束后来总监家里参加茶会。

戏剧艺术团总监约翰·卡宾斯基

"怎么样，佩帕，这样说行吗？"总监大声念完邀请词，问着妻子。
"泰迪！安静点儿，我听不清你爸爸在读什么。"
"妈妈，艾迪抢了我的面包！"
"爸爸，泰迪骂我是笨蛋！"
"安静！上帝啊，跟这些孩子们一起真让人发狂。让他们安静点儿，佩帕。"

"给我一便士，爸爸，我就会安静的。"

"我也要，我也要！"

卡宾斯基手握着一根鞭子，放在桌子下方，只等着孩子们一靠近，他就会跳起来把他们狠狠揍一顿。

门外传来人们打招呼的声音，之后，门就被撞了开来，总监助理们顺着入口处的扶手滑了过来，加入了与孩子们的狂欢之中。

卡宾斯基冷静地继续读着邀请函。

"您什么时候请他们来呢？"

"演出之后。"

"您可以请专人帮您写啊，但您必须自己去请。"

"我没有时间。"

"那就叫合唱团的人帮您写吧。"

"嗨！她们那群笨蛋，还会犯更愚蠢的错误。也许你可以帮我吧，佩帕？你文笔不错。"

"不行，我是总监的妻子，让我去给陌生男士写邀请函可不合适。我邀请过那个……你新招的那个去了合唱团的女孩儿叫什么来着？"

"詹妮娜·奥罗斯卡。"

"哦，对了，我邀请过她今天来家里。我喜欢她，卡科斯佳告诉我她很会弹钢琴，所以我觉得……"

"那好吧，让她来写邀请函，如果她会弹钢琴，那她文笔应该也不差。"

"不只是写函，我还想让她来教嘉泽弹钢琴……"

"哎呀，这主意真不赖！我们可以在给她结算工资的时候加上这一条。"

"你打算付她多少钱工资？"她问着，点燃了一根烟。

"我还没想好具体数额，但我给她的价格会和其他人一样。"他回答道,并且露出一个莫名其妙的微笑。

"也就是说……"

"以后,我会给她很多很多钱。"

"哈!哈!哈!"

他们都大笑起来,然后又都安静下来。

"约翰,晚餐你打算怎么弄?"

"我还没想好……我会去餐馆预订。我们总能吃上饭的。"

卡宾斯基忙着抄写邀请函,佩帕则坐在摇椅里吞云吐雾。

"约翰!你没看出玛柯斯卡最近的表演有什么特别之处吗?"

"没有啊,她的表演是有一点点夸张,那也是她的风格。"

"一点点!她已经得了癫痫症啦!总编告诉我报纸都在关注着这事呢。"

"天啊,佩帕!你想赶走我们最好的女演员吗?你已经赶走了妮可莱特,她可是很受人欢迎的演员。"

"哈!你也非常喜欢她,我也是偶然发现这一点的。"

"我可以告诉你,你的那位总编情夫……"

"那跟你有什么关系?你跟那些合唱团女孩儿们厮混的事,我有追究过吗?"

"那我也没问过你做的事啊!为这些争来吵去有什么意义呢?我只是不让你动玛柯斯卡!你或许觉得我跟她有什么,但对我来说,这意味着生存。你很清楚,在任何地方,都不会有像梅拉·玛柯斯卡和托波尔斯基这样的一对金童玉女,也许连华沙剧院都没有这样的一对。实话告诉你,他们可是我们公司的摇钱树!你确实想赶走梅拉吗?我告诉你,她可是很有亲和力的人,媒体都很赞赏她,她真是个才女!"

"那我呢?"她面向他,气势汹汹地问道。

"你?你当然也很有才华,但是……"他说着,声音温和了一点,

"但是……"

"还有'但是'？你啊，就是个白痴！你对演出、戏剧和艺术一点概念都没有，还自认为是个伟大的艺术家，哦，多伟大啊！还记得你曾出演过《强盗》中的弗兰西斯一角吗？你还有印象吗？我告诉你吧，你就是个外行，像马戏团的小丑一样！"

卡宾斯基跳了起来，像是有人戳他的屁股一样。

"绝对不是真的！著名的演员克罗利科斯基也是这样演的，他们建议我效仿，我也就那么演了……"

"克罗利科斯基演得跟你一样？您真是太不知天高地厚了，我的艺术家！"

"佩帕，你最好还是不要说话了，不然我也要揭你的老底了！"

"哦，那你说来听听吧，快说！"她疯狂地喊道。

"亲爱的，你既不伟大，也不渺小。"

"这话是什么意思？"

"那我也实话实说，你可不是海伦娜·莫婕斯卡，你也没那么大的名气。"卡宾斯基揶揄道。

"不要说了，你这小丑！"她大喊着，把烟头朝他丢了过去。

"哎哟！等等，等等，你这上不了台的女主演。"他声嘶力竭地喊道，脸色因愤怒而涨得通红。

卡宾斯基穿着睡衣、拖鞋，手舞足蹈地在房间里转来转去，而佩帕，刚从睡梦中醒来，还没有梳洗打扮，脸上还留着隔夜的脂粉，头发乱成一团，白色的衬裙显得有点脏，随着她的行动而发出"沙沙"的声音。

他们愤恨地盯着彼此，老对手的敌意完全爆发了。作为演员，他们彼此憎恨，因为他们彼此嫉妒对方的才华、名望和成就。

"我演技拙劣，是吗？我就像个小丑一样吗？"他大喊道。

他从盘子里抓起一个杯子，狠狠地朝地面砸去。

佩帕很快地拦住了他，身体挡在那些盘子前。

"滚一边去！"他怒吼着，双手攥成了拳头。

"这些是我的！"她大喊着，用力把一整摞盘子扔到他脚下，盘子都摔成了碎片。

"你这畜生！"

"你这白痴！"

正在这时，女佣突然闯了进来："夫人，请给我买早点的钱。"

"你还是找我丈夫要去吧！"卡宾斯基夫人答道，接着昂首阔步走开，去了另一个房间，使劲带上了门。

"把钱给我吧，先生。已经晚了，孩子们都在哭呢！"

卡宾斯基丢了一个卢布到桌子上，用手理了下头发，然后离开了。

女佣拿起一个水罐和装食物的篮子，也走了出去。

卡宾斯基夫妇都没有时间去想家里会怎样，孩子会怎样，他们对家里的一切都不管不顾，只在剧院里忙碌，为演出成功而奋斗。剧院就是他们的家，舞台周围的帆布墙和装饰品就是他们的家饰，在这里他们才有如鱼得水的感觉，呼吸也更顺畅。即使帆布墙上画着野外孤山上的城堡，画着普通的树，他们也像身处山野田园一样，他们觉得这儿的一切都是美的。脂粉和乳液的香味对他们来说就如同花香一样。他们回到孩子们住的地方只是去睡觉，而他们真正生活的地方，是台前幕后。

卡宾斯基来剧院有二十年了，现在既是总监也是演员，演出不断，现在仍然在期待自己出演新角色的机会，也很嫉妒有这样机会的人。

佩帕是个没什么头脑的人，什么也不会多想，做事只凭一时的冲动，偶尔也会听从丈夫的意见。她很喜欢传奇剧，喜欢曲折离奇的剧情；她喜欢夸张的肢体语言，欢快的说话语调，皆大欢喜的结局。她总是到处诉苦，但戏演得却很投入。一场演出，即使只有只言片语她都演得很动情,甚至在离开舞台之后,她仍然留在幕后抹眼泪。

她比任何人都更容易进入角色,因为她能准确把握住角色。而她对孩子们就像对待旧衣服一样:她生下了他们,然后就把他们丢给了丈夫和奶妈。

卡宾斯基刚一离开,佩帕就在门内喊道:"奶妈,过来一下!"奶妈正一手端着咖啡,一手护推着刚从院子里进来的孩子们,她手里拿着东西,因此护推他们过来也颇费了番力气。

她带孩子们到餐桌旁,并送上早餐,承诺说:"艾迪,你会得到一双新鞋子,泰迪会得到一件新衣服,给嘉泽的是新裙子,爸爸都会买给你们的。喝你们的咖啡吧,亲爱的!"

她轻抚过他们的头,把甜点递给他们,像妈妈一样给他们擦脸。她爱他们,关心他们,把他们当作自己的孩子。

"奶妈!"卡宾斯基夫人喊道,从门里探出头来。

"是的,我听到您叫我了。"

"唐尼在哪儿?"

"她去了洗衣店。"

"你也去吧,奶妈,我把裙子放在克拉科夫郊区街的索温斯卡家了,你去取一下。你知道那儿吧?"

"我当然知道。那女人瘦得像猴一样。"

"那就快去!"

"妈妈,让我们跟奶妈一起去吧……"孩子们都害怕妈妈,乞求着。

"奶妈,带着孩子们一起去吧。"

"当然,我了解,我不会把他们留在这儿的。"

她给孩子们穿好衣物,自己也穿上一件羊毛衫,上边有大红色和白色的条纹,头上扎了块方巾,就跟孩子们一起出门了。

卡宾斯基夫人也穿戴好了，准备出门，这时，门铃响了。一个胖胖的小个子男士推开了门进来了。这人是顾问先生。

他脸上的胡子都被剃得干干净净的，小小的鼻子上架着一副金丝边眼镜，僵硬地微笑着。

"我能进来吗？夫人允许吗？只要一分钟就好，我马上就离开！"他说话的语速很快。

"当然，尊敬的顾问先生永远是我们最尊贵的客人。"卡宾斯基夫人喊着，从房间里走了出来。

"早上好！请让我吻您的小手……您今天真漂亮。我只是偶然路过这儿……"

"请坐。"

顾问先生坐了下来，用手绢擦拭着眼镜，理了理头上稀疏但还没完全变白的黑发，很快盘起了腿，眼睛因酸痛而不停眨动。

"夫人，我今天在《信报》上读到了一篇奉承您的文章。"

"过奖了，我不知道要怎么诠释那个角色才算得当。"

"您的表演太漂亮了，太棒了！"

"哎哟，您真是的，这么说，我哪能担当得起啊！"她嗔怪道。

"我只是说了实话，这确实是不争的事实啊，我发誓！"

"夫人，已经到中午了。"奶妈刚一回来，就进来打断了他们。

"您要去剧院吗，夫人？"

"是的，我会去看他们排练，然后去城里走走，散散心。"

"那我们一起走吧，行吗？"顾问先生问道，"路上我们也可以谈一笔小生意。"

卡宾斯基夫人紧张地瞥了他一眼。他又在眨着眼，腿仍然盘着，往上推了推老是往下掉的眼镜。

"他无疑是想要那笔钱……"下楼的时候，卡宾斯基夫人想着。

与此同时，顾问先生仍微微笑着，说着一些奉承话。

这个奇怪的家伙会一直待在剧院里，从第一场演出开始到最后一场结束，年年如此。他很慷慨，借出去的钱从来不要求还。他会带女演员出去吃饭，买礼物，照顾新人，总会陷入与某女演员的绯闻之中。第一次见面，卡宾斯基就向他借了一百卢布，当时，他故意强迫卡宾斯基以妻子的手镯为抵押品，意在告诉别人卡宾斯基就是个穷光蛋。

他们进入了剧院，排练正如火如荼地进行，他们坐了下来。卡科斯佳和托波尔斯基正在表演一对热恋的情侣，他们亲密地靠在一起。

顾问先生听着台词，朝大家点点头，微笑了一下，然后低声跟卡宾斯基夫人说："爱情真是美妙，尤其是在舞台上！"

"在现实生活中也不赖啊！"她说。

"在生活中，真爱是不常见的，所以我更喜欢舞台上所展示的，这里的爱情更美妙，在剧院我每天都能欣赏到。"

他快速说着，眼睛又开始不停地眨。

"那你失望了吗，先生？"有人插话道。

"哦，当然不是，绝不会的！你过得好吗，派斯？"

"嗯，老是吃东西，吃得都厌烦了。"一个高个子说着，他面容英俊，看上去很深沉，向他伸出手来。

顾问先生触碰了一下他的手："你要抽一根埃及的烟吗？"

"当然，如果您愿意给我的话。"他厚着脸皮回答道。

"派斯夫人也挺好吧，嫉妒心也挺强的，是吗？"

顾问先生问道，递过去一根烟。

"就如您的幽默感一样，都是毛病。"

"您觉得幽默感是毛病？"顾问先生问道。

"我觉得一个正常人应该对一切都漠不关心。"

"您什么时候明白过来的？"

"真理是在实践中得到的。"

"您的真理会追求到什么时候?"

"也许会一直继续下去,如果我没找到更好的目标。"

"派斯,上台了!"这时,传来了舞台经理的声音。

派斯站起身来,身板直挺挺的,步伐轻快地走到了幕后。

"奇怪,这个人真的很奇怪!"顾问先生悄声说道。

"是的,但他总是说什么永恒的真理、美好的理想和其他零碎的事,真让人讨厌!"一个年轻的演员喊道,他穿得像个洋娃娃一样,一身轻便的套装里是一件粉红花纹衬衫,脚上套着一双牛皮舞鞋。

"啊,瓦沃泽克!你一定迷倒了不少女孩儿,因为你的脸像太阳一样光彩夺目。"

"您真爱开玩笑,先生!"这个演员为自己辩护着,露出世故的笑容,走开的步伐迈得很匀称。他姿态优雅地举起手来,展示着自己的宝石戒指,因为卡宾斯基夫人正半闭着眼睛盯着他。

"那么,你觉得谁不讨厌呢?快说,亲爱的!"

"有很多,如顾问先生,他很有幽默感又有副好心肠;还有总监付我们工资的时候也不令人讨厌;为我们的演出鼓掌的观众;漂亮善良的女人;温暖的春天;快乐的人们,所有美丽且令人愉快的事物都不令人讨厌,而令人讨厌的东西都是丑陋的:忧虑、眼泪、苦难、贫穷、老人和寒冷……"

"那边那位年轻的女士是谁啊?"顾问先生指着在认真看着排演的詹妮娜,问道。

"一个新人。"

"她长得真漂亮,看上去显得既聪明又有教养。您知道她是什么人吗?"

"文森特!"卡宾斯基夫人喊着在花园玩耍的孩子,"去叫那个站在箱子旁边的小姐来这边。"

文森特跑到詹妮娜身边,围着她转了一圈,看着她的眼睛说:"那边那个老女人想要见您,小姐。"

"什么老女人?谁啊?"詹妮娜听不懂他说的话,问道。

"就是佩帕·卡宾斯基,总监夫人啊!"

詹妮娜慢慢地走过来,顾问先生饶有兴致地观察着她。

"请坐,小姐。这位是我们的顾问先生,也是剧院的赞助者。"

卡宾斯基夫人向詹妮娜介绍道。

"对不起,您真是太漂亮啦!"顾问喊着,一把抓住詹妮娜的手,把她拉到了灯光下。

"别害怕,奥罗斯卡小姐。这位先生很会看手相的。"卡宾斯基夫人高兴地说着,隔着顾问先生的肩头看着詹妮娜的手掌。

"嘀!嘀!真奇怪,真是太奇怪了!"顾问先生轻声说。

他从口袋里掏出一个小小的放大镜,仔细地查看着詹妮娜手掌的纹路、指甲、指骨和整只手。

"女士们先生们!我们这儿能从你的手、脚和身体其他部位看出你的命运!我们能预知未来,发现人才,能知道你未来能赚多少钱。只要五个铜板,五个铜板!穷人只要十格罗兹!请停下来瞧一瞧看一看嘞,女士们先生们,看一看!"瓦沃泽克模仿着幽都斯基广场那些算命的喊叫声,声音惟妙惟肖。

男女演员们把他们团团围住。

"跟我们说说看啊,顾问先生!"

"她会很快结婚吗?"

"她什么时候会取代莫婕斯卡?"

"她丈夫会很有钱吗?"

"她过去有多少追求者?"

顾问先生什么也没说，只是安静地查看着詹妮娜的双手。

詹妮娜听到那些嘲弄的话，非常生气，但就是抽不出被握着的手。因为那位奇怪的先生紧紧按着她的手，实际上也就把她固定在了椅子上，使她动弹不得。

终于，顾问先生放开了她，面向周围的人对她说："有一天你一定会摆脱现在的处境，虽然现在你很艰难，但并不是坏事，这是对你的考验。小姐，请原谅他们的粗鲁举动。我也真心地恳请您的原谅，因为我就是控制不住自己，一定要看您的手相，这是我的缺点……"

他放肆地吻着詹妮娜的手，卡宾斯基夫人异常惊讶，然后，他转向卡宾斯基夫人："好啦，我们走吧，夫人！"詹妮娜也对手相非常好奇，她不顾旁边有那么多围观者，轻声问道："您能给我点建议吗，先生？"

顾问注视着她，然后朝她弯下腰去，轻声说："现在不行。两周内，我回来了就会告诉你。"

"走吧，顾问先生！"卡宾斯基夫人喊道，"哦，我差点忘了！你今天演出之后到我家来吧，奥罗斯基小姐？"她转向詹妮娜。

"当然，我一定来。"詹妮娜说着，回到了座位上。

"我们要去哪儿，夫人？"顾问问道。他看起来不像之前那么快活，而是陷入了沉思之中。

"我们还是去我常去的那家糕点店吧。"卡宾斯基夫人每天都要在那家糕点店待上几个小时，在那儿喝可可，抽烟，看街上人来人往。

一路上，卡宾斯基夫人并没有问他什么，只是当他们在糕点店坐下之后才假装漫不经心地问道："你在那野丫头手上发现什么啦，顾问先生？"

顾问快速转过身去，把眼镜推到鼻子上，叫服务员：

"黑咖啡和热可可！"

然后他才转向卡宾斯基夫人："那可是个秘密。不过也无关紧要，但是，我还是不能把它公开呀。"

卡宾斯基夫人坚持要听——只用"一个秘密"就打发了，所有女人都不会满足的——但顾问什么也没告诉她，只是突然说道："我要离开城里了，夫人。"

"你要去哪儿？"她听到这话，非常惊讶，问道。

"我必须……"他答道，"我会在两周内回来。但走之前，我想要解决我们的……"

卡宾斯基夫人不高兴地皱着眉头，等他说下去。

"因为，很有可能我回来的时候，您就不再在华沙了。"

"你这老狐狸，早就知道你是这么个货色。"

卡宾斯基夫人心里说着，用勺子搅着杯子里的可可。

"再来点水果蛋糕！"他喊着，然后再次转向她，"考虑到这点，我才来还您的手镯，亲爱的夫人。"

"但我们还没钱来赎回手镯，我们还没赚到更多的钱，我们还有很多旧账要偿还……"

"哦，不要再想着那些钱了。这个就当是我这个朋友送您的礼物，好吗？"他说着，给她戴上了手镯。

"哦，顾问先生！如果我不是深爱着约翰的话，我会……"她喊道，不费吹灰之力手镯就失而复得了，她欣喜若狂。她激动地握着他的双手，兴奋地望着他，他都能感觉到她吹到他脸上的呼吸。

他轻轻地推开她，咬着嘴唇。

"啊，顾问先生，您真是个好人！"

"哈，别再说啦！真要谢我，你可以邀我做你下个孩子的教父。"

"哦，你这家伙，顾问先生！……上面说的是什么意思？……您真要离开了吗？"

"我的火车两小时内就会出发了，再见！"

他在柜台付了钱，匆忙离开了，出去时在窗口朝她微笑了一下。

卡宾斯基夫人仍然坐在那儿，盯着街道上熙熙攘攘的人群。

"他是爱上我了吗？"她自己想着，小口小口地啜着已经凉了的可可。

她从衣服口袋里掏出剧本台词，读了几行，再次看向了窗外街头。

枯瘦如柴的老马拖着破旧的马车，慢慢地走了过去；电车轰鸣驶过；路上的行人排成了长队，一眼望不到头，乍看上去像一根长长的带子在移动。

钟敲响了三次。卡宾斯基夫人站起身来，准备回家，她慢慢地走着，突然发现了总编跟妮可莱特走在一起，原本平静的心情又开始激动起来。

"他，居然和妮可莱特那个贱女人在一起？"

还隔着大老远的距离，她就用愤恨的目光盯着他们。

妮可莱特突然在瓦丽卡街角消失了，总编先生却高兴地朝她走来。

"您好！"他喊道，向她伸出手来。

佩帕冷冷地看着他，然后转过脸去。

"你这是什么意思，佩帕？"他轻声问道。

"你还真够卑鄙的！"她吼道。

"又要上演闹剧吗？"他问道。

"你居然敢这么跟我说话？"

"那我什么也不说了，只有一句：日安！"他生气地回了一句，冷冷地鞠了个躬，在她反应过来之前，跳上了一辆马车离开了。

卡宾斯基夫人气得咬牙切齿，但什么也做不了了。

她一回到家里，就打骂孩子，责备奶妈，然后把自己锁在房间里不出门。

她听到丈夫回来，问起她，敲她的房门，但她也没搭理他，吃晚饭时她都没有出来，只是在房间里踱来踱去。

然后，詹妮娜来了。卡宾斯基夫人在自己的房间里热情地招待了詹妮娜，这时的她显得异常好客，甚至自己去准备茶点了。

詹妮娜一个人待在房间里，好奇地打量这个房间，尽管整栋房子看上去就是个垃圾场，乱糟糟的，像是三级火车站的候车室一样，到处都是旅行箱，但这个房间的布置还是非常华丽的。两扇窗户正对着花园，墙上的贴纸像是彩色的大理石，天花板上还有爱神的画像。精美的家具上盖着深红色镶着金边的丝绸。地板上铺着一条仿古意大利式米色地毯。涂着中国漆的桌子上放着一套《莎士比亚全集》，封面是摩洛哥羊皮革的。

詹妮娜并没太注意这些，因为她完全被墙上的花环吸引了，上边还有这些字句："祝我们的好朋友生日快乐""致一位著名的艺术家""忠实的观众奉上""致总监夫人""您的爱慕者奉上"。花环的枝叶都因时间久了而发黄萎蔫了，上边布满了灰尘和蛛网。白色、黄色和红色的丝带从墙上垂落下来，像是彩虹一样，只有烫金的字母显示出很久以前主人所获得的荣誉。那些语句和枯萎的花环让这房间像是殡仪馆的停尸间一样。

卡宾斯基夫人回到房间的时候，詹妮娜正在翻看一本相册。卡宾斯基夫人露出一副痛苦惆怅的表情，她重重地跌坐进一把椅子里，深深地叹了口气，低声说："请原谅让你等了这么久。"

"哦，没关系！"

"这儿是我的避难所。我觉得难过时就会独自待在这里，来这儿回忆快乐的往昔，梦着那些永远不会再回来的过去……"她说着，指着墙上挂着的那些象征着荣誉的花环。

"您生病了吗，夫人？我来这儿打扰您了，孤独才是最好的药。"詹妮娜同情地说道。

"哦，请你留下来吧！你对这虚伪的世界还一无所知，跟你说话会缓解我的痛苦的！"她重重地说着，像是在背诵台词一样。

"我不知道我是不是值得您信任。"詹妮娜小心翼翼地说。

"哎呀，我的艺术直觉从来不骗我！请你坐过来一点！小姐，你以前从来没去过剧院吗？"

"是的。"

"我多么羡慕你啊！……唉，如果能重新开始，我不会选择经历这样的痛苦和失望。你爱剧院吗？"

"为了它，我几乎赌上了一切。"

"唉，艺术家的命运都是这样！人必须赔上一切：安宁、家庭的幸福和睦、爱情和朋友，为什么？就为了媒体能报道我们，为这些只光鲜几天的花环，为那些讨厌的掌声……唉，不要做演员啦，小姐！看看我就知道啦……你看到那些花环了吗？它们很漂亮，但枯萎了，不是吗？以前，我还在利沃夫时……"

她停了一会儿，像是在回忆那些过去的事。

"我那时可是很受人欢迎的演员，所有人都想请我去演出。喜剧《弗兰西斯》的导演特地来找我，并给了我一个角色……"

"您会说法语吗，夫人？"

"别打断我。剧组给我好几千卢布的工资，报纸上的赞赏之词连篇累牍，我收到的鲜花和珠宝首饰堆积成山！（她回忆着，不自觉地抚着她手腕上便宜的手镯）伯爵和王子争相来访……然后发生了一件事，改变了一切：我恋爱了……是的，不要怀疑你听错了！我爱过，我深深地爱上了一个全世界最俊美最善良的人……他是个贵族，一个王子，一大笔财富的继承人。我们那时都快要结婚了。我现在没法说出我们那时有多幸福！然后，如同晴天霹雳一般，他的父亲，一个专横的铁石心肠的富豪拆散了我们……他把他带走，还想付给我十万甚至一百万基尔德，条件是要我放弃我心爱的人。我把钱丢到他脚下，并让他滚蛋。他残忍地报复了我。他贿赂了出版社，报纸杂志上不断出现攻击我的文章，记者们对我围追堵截，那个浑蛋！……我不得不离开了利沃夫，我的生活也急转直下，急转直下……"

卡宾斯基夫人在房间里不停地走动，含着眼泪微笑着，那笑容里充满着回忆往事的温情，她诉说着自己的痛苦，一副被抛弃的悲惨样子，声音听上去也很伤感。

她表演得情真意切，让詹妮娜相信了她所有的话。

"夫人，我真的很同情您！有过那样的经历真是不幸！"

"都过去了！"卡宾斯基夫人说，跌坐进了椅子里。

她自己跟很多愿意聆听的人编造过各种各样不同版本的故事，连她自己都差不多要相信自己真的经历过那些事了。有时候，故事结束的时候，她自己都被那悲惨的结局所打动，痛苦起来。

卡宾斯基夫人表演过太多不幸的被抛弃的女性角色，她几乎都忘了自己真实的过去是什么样了，她自己的真实情感已经融入了她所扮演的角色之中，因此故事虽然是编造的，但情感演绎得很真实。

长时间的无语之后，卡宾斯基夫人平静地问道："你是住在索温斯卡夫人那儿吗，小姐？"

"还没去住。"詹妮娜答道，"我已经租下了房间，但她们还得整理一下房间。现在，我还住在旅馆里。"

"卡科斯佳和休止符先生都说你钢琴弹得不错。"

"还好。"

"我想问问你，能不能来教我女儿嘉泽？她很聪明，对音乐也很有天分。"

"当然可以，我很乐意。我的知识有限，只能教一些基础知识。只是我不确定有没有足够的时间……"

"哦，当然，我们会给你足够的时间。至于授课费用，就算在你的工资里好了。"

"很好，您女儿以前学过吗？"

"当然，她弹得也不错。你很快就会发现的。奶妈，带嘉泽过来。"卡宾斯基夫人喊道。

她们去了另一间房，房间里有总监的床，一些旅行箱和篮子，和一架旧钢琴。

詹妮娜听过嘉泽弹琴之后，便同意每天下午两到三点间，卡宾斯基夫妇都不在家时过来教课。

"你第一场演出什么时候开始？"卡宾斯基夫人问道。

"今天，剧目是《吉普赛男爵》。"

"你有戏装吗？"

"法克斯卡小姐说过会借我一套。"

"你过来一下，也许我这儿就有适合你穿的。"

她们又去了孩子们和奶妈睡的房间。卡宾斯基夫人拿出了一件还很新的衣服，递给了詹妮娜。

"小姐，你看，我们这儿也提供戏服，但公司的演员们说我们这儿的演出服不漂亮，都自己准备衣服，所以这儿常常有还没穿过的戏服。我把这件提供给你。"

"我也会有自己的衣服的。"

"那是最好不过了。"

她们非常友好地告别，卡宾斯基夫人把给詹妮娜的衣服让奶妈送去了她住的旅馆。

詹妮娜非常看重自己的首场演出，她早早就赶到了剧场，而演员们那时都还没到幕后来，只有合唱团的女孩儿们在。她们集合很慢，穿衣化妆就更慢了。她们如往常一样有的谈笑风生，有的在低声说悄悄话，但詹妮娜穿衣打扮的时候一直入神地在想心事，因此她什么也没听到。

她们知道她是首次演出，都过来帮她，看她没有脂粉和口红都笑了起来。

"什么，你竟然不上点脂粉？"她们齐声问道。

"不用啊，为什么要上？"她简短地问道。

"我们得给她化点妆，她看上去太苍白了。"一个女子说。

她们手忙脚乱地给她脸上涂了一种白色的化妆品，再给她上了口红，让双唇变得红润有光泽，把一支小小的眉笔放进了黑色的染料里蘸了蘸，在她眼睛下方画了几笔，把她的头发卷好，并上了发夹。大家都忙着给她上课，给了她很多化妆方面的建议和提醒。

"上了舞台就直接看着观众，这样才不会紧张失误。"

"上台之前一定要画十字。"

"现在你看上去很漂亮！但你上台穿短装，不需要紧身裤吗？"

"我没有紧身裤！"

她面露尴尬，所有人都开始嘲笑她。

"我借你一条。"泽林斯卡喊道，"我想这条你穿着合适。"她们听说詹妮娜会去教卡宾斯基家的女儿弹琴，而佩帕借了她一件衣服之后，就对她特别友好。

詹妮娜看着镜子里的自己，都快认不出来了。她好像戴了一张面具，只能模糊辨认出她自己的脸庞，表情和那些合唱团女孩儿的没什么差别。

她下楼去找索温斯卡。

"亲爱的夫人，请您如实告诉我，我现在好看吗？"她问道，脸兴奋得发红。

索温斯卡打量着她,并帮她仔细检查了一遍,将她脸上的化妆品涂抹得更匀称。

"谁给了你这件衣服?"索温斯卡问道。

"总监夫人给的。"

"哦,她今天这么好心肠!"

"她跟我说了一些伤心的故事……"

"真会演戏!如果她在舞台上也能表演得这么好就好了。"

"您是开玩笑的吧,夫人!她告诉了我她过去在利沃夫时的故事。"

"她就是个骗子,女魔头!她那时爱上的就是个轻骑兵,还造谣说是那些士兵把她赶出剧院的。在利沃夫的时候,她不过就是个唱合唱的罢了。嗬!嗬!她说那些故事不过就是些老把戏了……我们对此都是耳熟能详了!"

"告诉我,我现在看起来怎么样?"她不再理会索温斯卡说的故事,突然问道。

"很漂亮……我敢保证那些男人们一定都会来追你的!"

演出快开始了,詹妮娜越发地紧张。她不停地在舞台上走来走去,透过幕布上的洞不停地看着舞台,在所有镜子面前照来照去,然后想要坐下来等待,却发现根本坐不住。第一次上台表演时的紧张和兴奋感让她微微发抖,她坐立难安。

她好像根本没看到人,没看到她周围发生的一切,灯光甚至舞台本身,脑海里乱糟糟的。有时候她慌张地看着观众,心跳都好像停止了。

第二遍铃响的时候,她匆匆跑下了舞台,回到幕后合唱团里自己的位置上,等着进场。她无意识地画着十字,整个身体不停地发抖,有个合唱团女郎发现了她的紧张,就握着她的手。

"上场了!"舞台导演喊道。大家把她带上了舞台,并推到了台前。

大家突然安静了下来,舞台上耀眼的灯光才让她稍稍回过神来,投入到演出中。离开了舞台之后,她站在一块幕布后边,完全冷静了下来。

第二次上场时她只有一点点发抖。她唱着歌,听着音乐,眼睛看着观众。看到总编就坐在前排,对她露出友善的微笑,她又增加了几分信心。她一直看着总编,那张脸在观众之间愈发清晰。

有些场景,合唱团不用上台,而台前,一场滑稽的好戏正在上演,詹妮娜的同伴们就一直低声聊天。

"布洛娜,看!你的男朋友坐在左起第三排。"

"哇,看啊!达莎也在剧院……天啊,她打扮得好时髦啊……"

"赛文斯佳!给我系一下腰带,我觉得我的短裙老是下滑。"

"哎哟,你假发掉下来了。"

"还是管好你自己吧!"

"我明天会跟人去马瑟林,泽林斯卡,你也跟我们一起去吗?"

"看啊,那个学生在跟我使眼色!"

"我才不想为一点小事而受责备呢!"

"他们看上去多开心啊!"

"不了,谢谢你的提议。宴会也不过是威士忌和沙丁鱼罢了。那只是给街上乞讨的人一点吃的而已。"

"嘘,小点声!卡宾斯基夫人正坐在那个包厢里呢。"

"天啊,她今天打扮得可真像个小姑娘!"

"别说了,我们唱歌吧!"

幕后,一大帮人站在那儿:男女侍者,舞台工作人员,等着上台的演员都在看着舞台上的演出。

卡宾斯基家的奶妈带着两个大孩子,坐在幕布的拉绳下边的台阶上。

咪咪跟弗拉德克正在表演二重唱,瓦沃泽基一直在幕后朝她抛媚眼。轮到弗拉德克唱时,咪咪朝他吐着舌头。

"给我那房子的钥匙……我把鞋子忘在那儿了,我现在急需那双鞋!"弗拉德克低声恳求着。

"钥匙在更衣室里我短裙的口袋里。"她轻声答道,然后跟着音乐唱起来,退到舞台中央。

不知什么原因,弗拉德克突然停止了表演,在舞台上不停地摇晃着。休止符先生很生气,不停地用指挥棒敲着桌子。戏剧总监的愤怒更让人害怕,他更加紧张,更唱不好歌了。

"真见鬼,瓦沃泽基那家伙存心打扰我们,害我唱不下去!"弗拉德克生气地轻声抱怨着,拥着在唱歌的咪咪,表现出亲密的样子。

"该死的,别这么紧地抱着我!"咪咪喘着粗气,却对着他妩媚地微笑着。

"因为我疯狂地爱你……因为我疯狂地爱着你!"弗拉德克发狂似的唱着。

"你疯了吗?你抱我那么紧,我都快受伤了……"

弗拉德克结束了这场演唱,放开了她,掌声铺天盖地而来,她拉过他的手,两人一起到前台谢幕。

"请您告诉我,先生,那位编辑先生是哪家报社的?"舞台经理为下一场戏布景忙活着的时候,詹妮娜问道。

"他不属于哪家报社,就是个戏剧评论家。"

"但他告诉我……"

"哈哈!"舞台经理大笑道,"我就知道你是个新人,还不熟悉情况!"

"但他坐的地方可是报社编辑们坐的啊!"詹妮娜不解道。

"那又怎样?还有更多跟他一样的人呢。你看到那位浅色头发的了吗?那些人里,只有他是个作家,其他的都是做别的职业的。也只有上帝才知道他们到底是做什么工作的……不过他们在那儿跟大家一起欢呼，高谈阔论，又有钱，在哪儿都能坐到前排，因此也没人穷根究底地问他们都是些什么人。"

"啊呀，您真是太迷人了，太迷人了！"总编跑过来大声说，一老远就向詹妮娜伸出手来。"真是美神的化身啊！只要多一点点勇气，愿望就会达成的。我明天会写一篇对您首秀的评论。"

"谢谢。"詹妮娜连看都没看他一眼，冷冷答道。

总编讨了个没趣，随后就离开了，去了男更衣室。

"晚上好，绅士们！"他打着招呼走进来。

"大厅里情况怎样？您是从售票处过来的？"

"是的，票基本上售完了。"

"那演出怎么样？"

"很好啊……我看出来了，总监先生您的合唱团又添新人了吗？那个新来的漂亮的金发小姐吸引了所有人的注意……"

"那很好，很好……快点儿，帮我收紧一下肚子！"

"总监先生，请给我两卢布。我必须马上去取我的鞋子。"

有个演员请求着，快速穿上了自己的戏服。

"演出之后再说！"卡宾斯基喊道，把枕头放在肚子上，"给我紧紧地系上，安迪！"

他们像捆木乃伊一样地把他捆起来。

"总监先生，我在舞台上要穿那双鞋……没有它们，我无法演出！"

"见你的鬼去吧，你这小子，现在别烦我……打铃了！"他喊着舞台经理。不论什么时候演出，卡宾斯基都会把更衣室里弄得一团糟，所以总是有东西找不到。他总是怯场，因此他会大声嚷嚷，责备别人，为一点小事跟人争吵不休，来掩饰自己。服装师、裁缝和赞助者都知道他这一点，总是不断地提醒他，唯恐他又忘了什么东西。尽管他总是很早就开始准备上妆，却总是来不及。只有在舞台上，他才会平静下来。

现在也是一样：他的手杖不知道放哪儿了，他不停地转来转去，疯狂地喊着："我的手杖！谁拿了我的手杖！我的手杖！……该死！我现在就要上台了！"

"在更衣室里大声嚷嚷，在舞台上您的声音却小得像蚊子叫。"

斯坦尼洛斯基很讨厌这样的噪声，于是慢条斯理地说道。

"如果你不想听，就去大厅好了。"

"我就待在这儿，我想要安静。您再这么大喊大叫，没人会待在这儿换衣服的。"

"波蒂斯塔，上台了！"舞台经理喊道。

卡宾斯基跑了出去，从某人手中抢过一根手杖，往脖子上系了一条手帕，冲到了舞台上。

斯坦尼洛斯基去了后台，所有人都散开去，更衣室也空了，只有裁缝留了下来收捡着桌子上和地面上的衣物，放到储存间。

剧院的女更衣室里，卡科斯佳正和咪咪为一束花争吵不休，有人悄悄说卡宾斯基一下台，就会有好戏看了。

卡宾斯基演出完毕，到更衣室，卡科斯佳就从一边扑到他身上，而咪咪也从另一边扑过来，她们抓着他的手，大喊大叫，都想让自己的声音超过对方。

"如果您允许这样的事发生，总监，我就离开公司！……"

"总监，那不是真的！大家都看到了……如果她留下来，我就走！"

"总监！她……"

"现在不要再编什么谎话了！"

"你真是无礼！"

"你的话真可笑！"

"上帝啊，这究竟是怎么回事？"卡宾斯基绝望地喊道。

"我来告诉您这是怎么回事，总监。"

"应该由我来告诉您,因为她不会说实话的!"

"亲爱的,请你们安静一下,不然我出去啦。"

"是这样的。有人来送花,明明是送给我的,但这……这位小姐,她因为站得离送花的人更近,挡在我前边,把给我的花抢了过去……之后,她不但不给我,还厚着脸皮跟送花的人鞠了一躬,好像是送给她的!"卡科斯佳抹着眼泪,生气地说道。

听到这话,咪咪也哭了起来。

"咪咪,你刚化的妆要花啦!"有人喊道。

咪咪马上止住了哭声。

"那我能为两位女士做点什么呢?"卡宾斯基终于找到了说话的机会,问道。

"叫她把花束还给我并向我道歉。"

"我会的,不过也会用上拳头……"咪咪反驳道,"总监,您可以问问合唱团……她们可都看到了。"

"大家都过来一下!"卡宾斯基喊着。

一大群还没穿戴整齐的男女演员们聚拢了过来,詹妮娜也在其中。

"那么,我们就来一场公正的评判吧。"

越来越多的围观者都跑到更衣室来,嘲弄着平时就不怎么受人欢迎的卡科斯佳。

"谁知道那束花究竟是给哪位的?"卡宾斯基问道。

"我们可不知道。"大家说,谁都不愿得罪这两人中的任何一个。

只有詹妮娜看不下去,说道:"花束是给扎泽卡小姐的,我就站在她旁边,看得清清楚楚。"

"她是干吗的?她不过就是个街头要饭的,还自以为是地干涉别人的事,这跟她有什么关系啊?"卡科斯佳喊道。

詹妮娜走到前面,气得声音都变得嘶哑了。

"您没权利侮辱我,小姐!"她喊道,"你听着,还从来没有人敢侮辱我,我也绝不会容忍侮辱我的人!"

大家都被詹妮娜强烈的语气震到了,突然都变得异常安静。詹妮娜怒视着卡科斯佳,然后穿好鞋子离开了这个是非之地。

看到风波好像平息了,卡宾斯基飞快地卸了妆,跑去了售票处查看票房。

"啊呀,那个新人可真是个硬骨头,真不怕得罪人。"

"卡科斯佳不会放过她的……"

"卡科斯佳能怎么办?……奥罗斯卡小姐可是有后台的。"

一下了舞台,咪咪就赶到了合唱团更衣室,发现詹妮娜还在那儿激动不已。

"你真是善良的人!"咪咪感激地说。

"我只做了我认为对的事……就这样。"詹妮娜答道。

"跟我们去比兰尼吧,好吗?"咪咪请求着。

"什么时候?……去的都有谁啊?"

"我们几天之内就会出发。一起去的有瓦沃泽基和我,还有一个有名的作家,他是个非常有趣的小伙子,我们经常演出他的剧目,还有玛柯斯卡和托波尔斯基,当然,现在加上了你。你一定要来!"

咪咪竭力劝说着詹妮娜,要她同去,并亲吻她,她开始时很冷淡,但最终同意跟他们一起去。

她们等到瓦沃泽基卸完妆,又去了糕点店喝茶,刚好在那儿遇上了发传单的托波尔斯基,于是他们约好第二天十点不见不散。

 第五章

　　对卡宾斯基而言，有演出的日子都很重要，但只有三天例外：圣诞节、复活节和七月十九日，他妻子的命名日。这三天里，总监和妻子会大肆庆祝。

　　这些天里，卡宾斯基的守财奴特性会销声匿迹，转而像真正的波兰人一样，慷慨大方，非常热情。宴会上，对宾客的服务可谓大方而周到，从来不要宾客掏钱。之后一个多月，由于宴会支出太多，资金来源不够，总监经常抱怨，工资发放也不到位，但没有人会介意，因为他们都已经很满足了，尤其是在总监夫人的命名日这一天。

　　卡宾斯基夫人的本名是温森婷，但并没有人费神去想为什么她丈夫称她为"佩帕"，也没有人对这种事感兴趣。

　　命名日这天，托波尔斯基称，公司会准时开始排演邓纳瑞的《殉道

者》来庆祝。这部剧中的女主角,也是剧中哭得最多,最引人注目的角色,每年都是由总监夫人出演。她表演得真的很棒,投入了所有感情和力气,流尽了所有眼泪,也如愿打动了所有观众。

命名日的演出对所有新人都是很有利的,因为这可以让那些演技不佳的演员们欣赏到佩帕精彩的表演。

这次演出也如期举行。卡宾斯基夫人没跟任何人打招呼就直接走上了舞台表演,脸上始终是一副祥和安宁的表情。演出结束后,公司所有人都围在她身边,托波尔斯基走上前来。卡宾斯基夫人垂下眼帘,装出一副惊讶的样子,等待着。

"尊敬的总监夫人,请允许我,以您的同行的名义,在您的命名日向您致以我们最诚挚的祝福,真心希望您能永葆艺术青春,也祝福您的丈夫和孩子们。非常感谢您能与我们一起演出,愿我们的友谊永存。亲爱的夫人,您的善意我们无以为报,只能这样向您表达我们的感激,还望您能接受。"

托波尔斯基结束了致辞,并送上了一个打开的盒子,里边装的是公司人员凑钱买的一套蓝宝石。他吻过她的手,然后退到一旁。

然后大家分别送上了祝福,男士们吻着她的手,而女士们都亲热地拥抱她,送上美好的祝愿。

弗拉德克是托波尔斯基之后第一个吻她手的人,吻过之后就把托波尔斯基拉到后边。

"把你那些虚伪之词都收起来吧,不然你会中毒的。"

"但这不会毒害她。"

"哈!那些蓝宝石花费了一百二十卢布,这些钱够她一周的花费了。"

"谢谢,真的很感谢大家!你们对我这么好,我觉得受之有愧。"

台前,卡宾斯基夫人充满感情地说。这些宝石确实非常漂亮。

总监微笑着搓着手，演出之后便邀请所有人去家里。

詹妮娜出于慰问而来，还送了总监夫人一束玫瑰，并解释说大家的礼物是在她进公司之前就准备好了的，因此蓝宝石她并没有出钱，总监夫人特地给了她一个感激的吻。

卡宾斯基夫人要詹妮娜跟她在一起，并说会带她去出席晚宴。

"参加宴会的一定都是很好的人，也一定很爱您。"

在桌子旁，詹妮娜跟夫人说。

"一年才一次，不会让他们太破费的。"卡宾斯基夫人高兴地说。

她们一起去了糕点店，以便不打扰晚宴的准备工作。她坐在店里跟詹妮娜讲述自己以往的命名日庆祝活动，但这也掩饰不了她没收到总编贺卡的淡淡的忧伤。

命名日演出获得了巨大的成功。卡宾斯基夫人从观众那儿收了一大捧花，其实总编也送了一大篮，还有一只昂贵的手镯。

当时夫人非常高兴。总编一在幕后出现，她就把他拉到了最黑暗的角落里，热烈地吻着他。

从糕点店出来，詹妮娜就向夫人要求回去换装再来。

卡宾斯基家现在与平常乱糟糟的状况完全不同。第一个房间里，平常脏兮兮的地毯中央，环形的支架里放着一盆矮小的棕榈树，角落里的两面镜子嵌在大理石中。门窗上挂着厚厚的大红色天鹅绒的门帘和窗帘。窗户之间是一大丛杜鹃，与黄色的维纳斯石膏像相映成趣，更突显出石膏像美丽的曲线，雕像的底座上还铺了一块紫色的布。

房间另一头是一架钢琴，上边铺满了鲜花，花上金色的盘子里堆满了卡片。旁边有四张小桌子和蓝色的小椅子，这里是整个房间里最亮堂的地方。早已失去光泽的镀金镜框上被人精心地用红色的布遮住了，上边还别着花。墙上挂满了画，这样，就没人会看到那破烂的墙纸了。整个房间布置得整洁而富于艺术气息，卡宾斯基夫人从剧院一回来，就兴

· 93 ·

奋得大喊:"真漂亮!……约翰,你布置得太棒了!"

"天啊!……这就跟在戏里一样啊!"奶妈也惊叹不已,踮着脚从房间里穿过。

第二个房间比第一个更大,平常是做储藏室使用,堆满了各种什物,现在却变成了餐厅:洁白的桌布、锃亮的盘碟、鲜美的花束,一切都显得隆重且气派。

卡宾斯基夫人换好一件百合花色的长裙,原本有些疲惫的面容被化妆品遮掩好了,光彩照人,出来迎接公司员工。女士们去了卡宾斯基夫人的房间,男士们则脱下了礼服,留在了厨房里。厨房被一面屏障一分为二,屏障是从剧院借来的,上面的花纹是法国路易斯十五时期风格的。剧院杂工文森特也被请来,他穿的靴子是黄色的硬纸板制成的,身着一件紧身短上衣——不过对他来说,这衣服还是太大了点——和一条红色的灯芯绒裤,裤子上有很多金扣子,他神色庄重地帮客人们挂外套,像个从英式喜剧中走出来的新郎官,但他顽皮的个性与这样严肃的氛围格格不入。

"总监这真是把我当猴耍。穿着这样的衣服,我妈都会认不出我的吧?在这儿耍了之后,我肯定连晚饭也吃不上就会被赶走!"他低声说着,微微一笑。

女士们身着盛装,涂脂抹粉的,冷冷地进入了房间,矜持地坐在桌旁,一动不动。

詹妮娜来得很晚,因为从她住的旅馆过来这边有很长一段路,而她也想要精心打扮了再出门。她向所有人问好之后,打量着整个房间,为这里隆重的装饰而震惊。她穿着一条奶油色的丝质长裙,金红色的头发里插着龙胆根,胸部隆起,显示出柔软的曲线,面色红润,看起来非常自然,非常漂亮。她有一种天然而优雅的气质,步履轻快,非常适应宴会的氛围,但公司的其他成员觉得在这样的环境下很不自然,很拘谨。他们走来走去，交谈着，微笑着，像在舞台上一样，一举一动都十分小心翼翼。脚底下的地毯绊脚，他们坐下的时候都非常当心，他们都怕碰到房间里的东西。

酒水都是请餐馆的服务员送来的，糕点和甜酒摆在那些酒瓶中间。这让女士们难以取食。她们不知道要怎样优雅地进餐，害怕弄脏了裙子和餐具，也害怕有些男士只会盯着这时的自己，戏弄她们。

玛柯斯卡这天穿了条浅黄色的裙子，戴了一个玫瑰花环，头发乌黑发亮，像上过橄榄油似的，一张古典的维罗纳人的脸，她挽着詹妮娜的手臂，优雅地穿过房间，骄傲地看着那些看她们的人。

而玛柯斯卡的母亲则被人安排坐在一张小凳子上，人们都戏弄她。她一手端着一杯酒，一手拿着果馅饼，膝上还有一块蛋糕。她喝完了酒，却不知道要把杯子放在哪里。她用眼光询问女儿，女儿却没搭理她，她脸涨得通红，最终向坐在身旁的泽林斯卡问道："亲爱的小姐，我该把杯子放在哪儿呢？"

"就放在椅子下面好了。"

老妇人依建议而行。所有人都开始大笑，因此她又拿起杯子，握在手里。

弗拉德克·奈泽斯基的母亲在派纳街有一处房产，也很受卡宾斯基夫妇的尊敬，此刻，她正和卡科斯佳坐在棕榈树荫下，眼睛一刻也没离开过自己的儿子。

男士们都在餐厅里大吃特吃。

"你怎么会这么有幽默感呢，格拉斯？"雷泽维克问道，尽管他是公司里最为悲观的演员，却经常出演一些乐天派的嘻嘻哈哈的角色。

"这是公开的秘密啊。我性子不急，胃口又好。"格拉斯说。

"你所有的正是我缺乏的……你知道，我也试过你推荐的方法，但没见成效……真是无可救药了。不是胃痛就是背痛，不是背痛就是心痛，全身都痛，我觉得自己一定活不过这个冬天了。"

"想象力真丰富！还是跟我来喝一杯柯纳克吧……不要去想你的病，你自然就会好了。"

"你是在取笑我吧，但说真的，我有时候会整晚整晚地睡不着……"

"都是想象惹的祸，我告诉你！来跟我喝一杯！"

"没有经历过痛苦的人就是不知道啊。"

"哦，天啊，我也痛苦过的，我当然也痛苦过……还是跟我来喝一杯吧！我曾经在'星光下'饭店吃炸肉片，哦，那太硬了，吃过后我牙痛得满地打滚，在床上躺了一个星期。"

他们继续说着，走向了桌子靠窗的一头。一个抱怨着，叹息着，一个不停地大笑，总是说，"跟我喝一杯！"

"莫里斯。"玛柯斯卡掀起门帘走过来，低声打招呼。

托波尔斯基朝她鞠了一躬，靠近的时候，她在他耳边低声说：

"我爱你！……你知道吗？……"然后她一边和詹妮娜说着话，一边走了过去。

整个房间里，人们三三两两地聚在一起谈话。

卡宾斯基不断地跑来跑去，邀客人们喝酒，为他们倒酒，亲吻着所有人。

佩帕正跟总编和科特里基坐在一起，科特里基是剧院长期的资助者。佩帕正用快活的语调说着什么话题，因为总编不时地大笑，科特里基的脸上有时也会挤出一个微笑，他不时整理着衣服后摆。大家都知道他是个有钱却讨人厌的公子哥儿。

科特里基已经听得非常不耐烦，最终，他还是看向卡宾斯基夫人，冷冷地问道："请问，今天的晚宴什么时候才开始呢？"

"很快了……我们现在只等房主到场了。"

"心里越急，越吃不上。"他低声挖苦道。

"你总是把事情往最坏的方面去想！"她说着，向他扔了一枝花过去。

"我觉得总监夫人是今晚最迷人的一个，玛柯斯卡像只母老虎，还有她身旁的那位小姐……那是谁啊？"

"一个新来的合唱团的女孩儿。"

"我看得出来，她那么超凡脱俗，如果能来演戏真是太棒了，在那一群人里，她还真是鹤立鸡群。我觉得咪咪今天就像刚烤好的面包，白白的圆圆的软软的，罗欣斯卡像只掉进了面粉堆里的黑色贵宾犬，还没把面粉抖干净呢，她的女儿索菲就像一只刚洗过澡梳理好了毛发的小灰狗。卡科斯佳像是涂满了黄油的煎锅，派斯夫人像一只找小鸡的老母鸡，而格拉斯夫人像是穿着一件彩虹编织的衣服，她从哪儿弄来那么多颜色的衣服啊？"

"你说话还真不留情！"

"夫人，您快点上菜吧，就当是可怜我，我饿极了……"他说着，然后又变得沉默了。

总监夫人开始讲述玛柯斯卡最近跟托波尔斯基开的一个玩笑。科特里基听着，不耐烦地皱着眉头。

"用什么方法能让你们女人只听不说呢？真是糟糕！"他嘲弄地说着，自己抽起了雪茄，然后看到詹妮娜还在跟玛柯斯卡聊天。

她们两个人都在彼此身上找到了能吸引自己的特质，彼此欣赏。詹妮娜的眼睛里放出光彩，微笑着，红润的双唇间露出雪白的牙齿。

弗拉德克一直在跟自己的母亲聊天，眼睛也一直看着詹妮娜，一遇上科特里基，就把目光转开了。

很快，他们就都被索菲·罗欣斯卡吸引住了，她是一个有名的老演员的女儿，十四岁了，大嘴薄唇，面容白净，眼睛很大。短短的卷发随着头的摇摆而飘扬，双唇丰润，跟玛柯斯卡在说着什么，声音很动听。

"索菲！"罗欣斯卡夫人大声喊道。

索菲便坐到了母亲身边，低头闷声不语。

"我一直告诉你，不要去搭理玛柯斯卡！"罗欣斯卡夫人低声说，抚着女儿头顶的卷发。

"别跟我说你一直在唠叨的废话，妈妈！……我已经厌倦了！我喜欢梅拉小姐，因为她不像别人那么讨厌。"索菲顶撞了母亲，刚好遇到奈泽斯卡看向自己的眼神，就又对她露出孩子般的微笑。

"等回去了，我一定好好修理修理你！"

"好吧，好吧……您看着办，妈妈！"

罗欣斯卡夫人转向了坐在身边的斯坦尼洛斯基，虽然没喝酒，但她可是一直说个不停。罗欣斯卡夫人开始说玛柯斯卡的坏话，她们一直都是对头，她们总是竞争同一部剧目，玛柯斯卡有才华，又年轻漂亮，而罗欣斯卡夫人一条也不占。她憎恨所有年轻的女士，把她们都看成自己的竞争者，好像随时会抢走属于她的角色，让她得不到人气。

最近她开始接近斯坦尼洛斯基，因为她觉得他也跟自己一样。但他从来没跟她说过，也没有抱怨过什么，现在他看向她，她看到他苍白的脸上满是皱纹，黄色的眼睛里没有光彩。

"你注意到卡宾斯基夫人今天的表演了吗？"她问着他。

"我注意到了吗？"斯坦尼洛斯基答道，"我每天都在注意着啊。我很早以前就知道他们了……很早以前！卡宾斯基是什么人？……就是个小丑罢了，我们那时候连男仆都不找他来演！……还有弗拉德克！他现在可是个艺术家吧？……把舞台当酒吧的酒鬼！……他只为了女人而演出！他最崇拜的人是鞋匠和理发师，这些人不过就是在虚度光阴……他们能在舞台上干什么啊？……就是些无赖，说一些脏话……格拉斯？就是个酒鬼，不会思考问题，真正的艺术家可不会到酒馆和一群酒鬼鬼混的。真正的艺术家不会把喝过酒后的醉态和胡言乱语带上舞台……你应该看过泽科斯基演的《师徒俩》，他表演真正的酒鬼，一摇一摆的，醉醺醺的，但也是庄严的……格拉斯表演得怎么样？……他表现的就是一个社会最底层的令人厌恶的喝醉了的鞋匠。那就是他们的艺术！……派斯？派斯也好不到哪儿去，尽管他知道真正的艺术家是什么样的……但他的演出很糟糕，在舞台上，他还是很有感觉的，不过那也就像斗狗一样，并不高尚，也演得不真实……跟我们可不一样！……"

他沉默了一会儿，用手揉着眼睛，细长的手指枯瘦如柴。

"还有葛泽科维克、瓦沃泽基、雷泽维克，他们也称得上艺术家？……艺术家！……你还记得卡拉辛基？……他才是真正的艺术家！还有柯曾斯基、斯托宾斯基、费力克和车柯斯基，他们的表演才能赢得满堂彩！……这些演员们怎么能跟他们比呢？"他问着，鄙夷地把所有人都扫视了一遍，"这些都是什么人啊？鞋匠、裁缝、装修工、理发师……玩杂耍的、小丑、衣冠禽兽！……哈！哪有什么艺术啊，都见鬼去吧！很多年后，我们都死了，他们会把舞台变成酒吧间、露天广场或是储存间。"

"知道吗？……他们只给我老人和傻瓜等一些不重要的角色！……你知道吗？……我可有四十年古典戏剧的演出经验啊！哦！哦！"他轻声哀叹道，不停地弹着手指甲。

"还有托波尔斯基！……只有托波尔斯基有才，可是那又怎样？……一个强盗、疯子，一到台上就犯病，如果那些剧作家需要，他随时会把舞台当牲口棚。他们称之为现实主义，而事实上，这不过就是最低俗的行径！……"

"还有那些女演员……你都忘了说了，先生！……谁出演那些可爱的女主角？……谁在合唱团演唱？……女清洁工和女服务员，在舞台上花枝招展，放浪形骸。但那还无关紧要……总监们都喜欢那样。他们才不关心这些女演员是否有才，是否聪明，是否漂亮！他们给了她们最重要的角色。她们出演的女主角，就像是宾馆女招待或是妓女一样……而总监们所关心的是这戏的票房，是不是还能继续赚钱……这才是他们最关心和在意的！"罗欣斯卡夫人语速很快，血液冲上了她的脸颊，她脸上虽然化满了妆，但仍然涨得通红。

斯坦尼洛斯基曾经也是剧院中红极一时的演员，米洛斯加·罗欣斯卡夫人在舞台上仍然有一定的地位，她年纪大，饱经沧桑，经验丰富，曾经也很有名气。他们现在都如同站在岌岌可危的桥头，只是没有人听到过他们绝望的呐喊。

科特里基朝弗拉德克点头，要他给自己留个位置。

弗拉德克经过詹妮娜身边，火辣的目光扫过她，然后坐在了科特里基身旁，揉着自己的膝盖，不论什么时候，他一坐下来就会这么做。

"得了风湿了，是吗？……金钱和名誉可都还没挣到呢！……"科特里基嘲弄着。

"哦，见鬼去吧，名誉！……钱我倒是不介意……"

"你觉得你会赚到很多钱吗？"

"当然……我一直坚信这一点！有时候都觉得钱就在我口袋里。"

"那是真的。你母亲就有一栋房子。"

"还有六个孩子，债台高筑！……哦，不，我绝不会向她要钱的！……钱我会去别处挣……""当然，你也还会像以往一样，到处去借，是吗？"科特里基继续冷嘲热讽。

"哦，别担心。我这个月会还钱给你的，我保证。"

"我会等到1812年的彗星重现吧，你会一直拖一年左右……"

"不要以为我说过就忘……讥讽的话最伤人了。"

"这是我的武器。"科特里基答道，皱起眉头。

"也许，不久之后，我结婚了，那时我就会还掉所有债务了。"

科特里基猛地转过身来，直直地看着他的眼睛，开始大笑起来，声音嘶哑，做了个鬼脸。

"这真是我听过的最好的谎言！"

"不，我确实想要结婚了，而且也已经选好了地方：一栋赤褐色砂石房子，一个二十岁的姑娘，肤色白皙，金色头发，丰满的体型，优雅的仪态，坚毅的个性……如果我妈能帮我的话，这一季度末我就会结婚了。"

"那剧院怎么办？"

"我会成立自己的公司。"

科特里基又大笑起来。

"你母亲可是很明智的人，我敢肯定她才不会来干涉你这档子事呢，伙计！……你为什么老盯着那个穿奶油色礼服的女人不转眼啊？"

"哦，她就像可可果一样迷人！"

"确实是的，可那样的女人对你不合适。你啃不了她，如果你去啃了，牙齿都会不保的……"

"你知道野蛮人是怎么敲开可可果实的吗？……如果他们没有刀或者石头在手，就会点起火来，然后把可可果丢进去，高温产生的热量就会让它们膨胀开来……"

"那如果不能点火，怎么办？……你不回答我吗，小伙子？……那让我来告诉你：如果不能点火，他们就只能干看着可可，期待有人能教他们方法。"

他们的对话被房主的出现所打断。那些聚在一起的人们都开始小声嘀咕起来。卡宾斯基夫人张开双臂，毕恭毕敬地走上前去迎接她。

"很高兴见到您！……真的很高兴！"她微微地笑着，高傲地向卡宾斯基夫人给她介绍的客人伸出手去。她表面上虽然冷淡，但事实上，她从早晨开始，就一直想要见见这些她早有耳闻的知名女星。

卡宾斯基微笑着朝她走过来，手里还拿着酒和糕点，这时，佩帕请所有来宾坐下来,晚宴就要开始了。

女房主为自己的迟到向大家致歉,但她细小的声音很快就淹没在了桌旁来宾们的嘈杂之中。她坐在了佩帕、玛柯斯卡和总编之间的主位之上。科特里基则坐在了桌子另一头,靠近詹妮娜的地方,而弗拉德克坐在了詹妮娜和泽林斯卡之间。

总编向大家敬过酒之后,房间里就热闹起来了。所有人都在交谈,彼此开着玩笑,笑声不断。所有人都陶醉在这觥筹交错杯光酒影的氛围之中,都觉得非常快活。

晚宴进行到一半时,门铃大作。

"谁这时候才来啊?"卡宾斯基夫人问道,"奶妈,去开门!"

奶妈正在旁边一张桌子上忙着照顾孩子们进食,听到这话,马上起身去开门。

"谁来了?"卡宾斯基夫人问。

"哦,不重要的人!就是那位没受洗礼的小金鱼!"奶妈轻蔑地答道。

旁边的人都爆出一阵大笑。

"啊,是了。我们亲爱的无关紧要的金!"

金进来了,朝大家鞠了一躬,猛扯着自己稀稀拉拉的黄色的小胡子。

"你好啊,小金鱼!"

"嘿,会计先生!哦,亲爱的,过来到我们这边坐吧。"

金点了点头,没有理会周围那些取笑他的人。

"我来迟了,还请夫人原谅,因为我家里遵循的是犹太人的传统,我必须要等到安息日礼拜结束了才能过来。"他向卡宾斯基夫人解释道。

"请坐吧,先生。就算不能吃东西了,至少还能喝一点。"

卡宾斯基邀请他在身旁坐下。

金小心地坐下来,开始吃东西。当大家的注意力转开之后,他又开始说话了:

"我有一条最新的消息要告诉各位,我看现在你们中还没有人知道……"

他从衣服的口袋里掏出一张报纸,大声读了起来:"戏剧界最知名最有才华的女演员斯奈罗卡小姐,艺名妮可莱特,受邀参与华沙剧院的演出,也是她在华沙剧院的首次演出。演出时间:下周二;剧目:萨尔杜的《奥黛特》。我们希望斯奈罗卡小姐的经纪公司也能出席当晚的演出。"

他念完就折起了报纸继续吃饭。大家都被这则新闻震倒了。

"妮可莱特去了华沙剧院!……妮可莱特在那儿首演!……妮可莱特居然去那儿了!"大家惊叹的声音都压得很低。

所有人都开始看着玛柯斯卡和佩帕,但她们俩都没说话。

玛柯斯卡的脸上露出一副鄙夷的表情,而佩帕,无法掩饰自己内心的怒火,心烦意乱地扯着袖子上的蕾丝。

"我们戳穿了她的阴谋之后,她离开了我们,而这阴谋非但没伤害她,反而让她咸鱼翻身了。"有人说道。

"也许是她的才华助了她一臂之力。"科特里基故意添油加醋道。

"才华?"卡宾斯基夫人喊道,"妮可莱特有才吗?哈!哈!哈!那为什么在我们这儿她连一个服务员也演不了?"

"但是她会成为华沙剧院的主要演员。"科特里基插话道。

"华沙剧院!华沙剧院!那儿比我们这儿可差远了!"

"呵呵!华沙剧院和那儿的演员们有什么出路啊!……肯定不会成就非凡!"柯泽克维兹喊道,他给女主人倒了一杯酒,自己也因喝酒而脸红了起来。

"只有让我们的工资涨到跟他们一样,你才会看到我们会有多努力！"派斯说。

"真的，派斯说得没错！人还欠着债的时候，怎么会去过问艺术呢？"

"你说得不对！你的意思是，只要有钱，你能把养猪的培养成艺术家？"斯坦尼洛斯基的声音从桌子的另一头传过来。

"穷苦是炼金的火焰，只有经过了穷苦的考验，人才能变得更纯洁！"托波尔斯基快速答道。

"胡说！那不会让人变得纯洁，只会把人染黑，然后就会上锈。瓶子高贵不是因为它可能曾经装过最上等的葡萄酒，而是因为它现在装满了白兰地！"格拉斯说这话时已经醉了。

"华沙剧院！天啊！那里大都是地方剧院里去的渣滓，只有两三个人称得上优秀。"

"如果报社能把我们捧得像他们一样，那我们中的大部分人都会出名，每天都会有很多观众来看我们演出，就跟他们现在一样！……"

"那又怎样？……那时候你瓦沃泽基仍不过是瓦沃泽基！"科特里基讥笑道。

"是的，但那时大家看到的瓦沃泽基一点也不差，也许还比现在的著名演员要强。"

"让我说！"格拉斯带着哭腔低声说道，再也不能控制自己，却没能从椅子上站起身来。

"公众！……公众就是一群被牵着鼻子走的羊！"

"别这么说，托波尔斯基……"

"不要否认，科特里基！我就是要说，公众就是一群傻瓜，而他们的首领更是笨蛋！"

"让我说话。"格拉斯靠在桌子上，双眼蒙眬地盯着蜡烛，声音已经低到听不清楚了。

"格拉斯,你快去睡,你已经醉了。"托波尔斯基语气严厉。

"我……醉了吗?我……醉了吗?"格拉斯结结巴巴地说,脸红得就像朝霞一样。

大家酒兴大发,都从座位上站了起来。

弗拉德克坐到了玛柯斯卡和女房主之间,甚至都开始调戏女房主了。咪咪也变得兴奋起来,靠近了卡科斯佳,她们俩已经在桌上交换了友好的眼神,也说了很多话了。她们现在坐在一起,搂着彼此的腰,就像是最要好的朋友。

詹妮娜正用简单的语言回答科特里基的提问,因为听到咪咪和卡科斯佳在亲密地交谈,看到她们友好的神态,眼神中流露出疑惑。

"你很惊讶吗?"他问道。

"是的,她们不久前还对彼此很生气。"

"哎!那就是场小喜剧罢了,都因她们喜怒无常的情绪所导演……"

"一场喜剧?……我还以为……"

"以为她们会揪着彼此的头,当然……下台之后,在生活中,就算是最好的演员和同行之间有时也会发生这样的事。你是从哪儿来的啊,怎么对她们这些事那么惊讶呢?"

"我从乡下来,那儿的人们根本不知道什么是艺术家,只听说过剧院。"她直接回答道。

"啊,那样的话,请原谅……现在我能理解你的惊讶,我可以告诉你,所有这些争吵、阴谋、嫉妒甚至是斗争都只是神经紧张,神经质!他们只要一点点风吹草动就激动不已,像是老钢琴的琴弦一样。他们的眼泪、愤怒和憎恨都只是一时的,他们的爱最长也就持续一个星期。这就是这群神经质人们的喜剧生活,他们在生活中的演出技巧要比舞台上的演出技巧强一百倍,因为生活中他们的所有反应都是出自本能。我可以这么说:剧院里的女演员都是歇斯底里的,而男人们不论个头大小,都是神经衰弱的。在这里，你什么都能看到，但就是看不到真正的人。你来剧院有多久了？"

"还不到一个月。"

"难怪所有的事都让你觉得惊讶，但只要一个月左右的时间，你就不会觉得那么惊奇了，对你而言，所有的一切都会变得自然而平常。"

"你的意思是，我也会变得歇斯底里，我也会变得做作。"她高兴地说道。

"是的，我对你说的都是肺腑之言。你一定会认为你可以出淤泥而不染，不用担心跟他们一样，而我要告诉你，这种变化是很自然的，也必然会发生。也许我们可以详细谈谈……可以吗？"

"当然可以。"

"来自乡下，那你一定知道树林……现在，请你回想一下伐木工。他们每天想的就是有木头要砍，每天做的就是砍木头，他们因此变得像木头一样，强壮结实，僵硬呆板。而屠夫们呢？他们一直杀戮，只闻得到生肉和热血的味道，过一段时间之后就变得跟自己所杀的牲畜一样，麻木而冷血。屠夫的行为就像禽兽的行为一样，我可以这样说，他自己就是禽兽。还有农民，你很了解乡村吗？"

詹妮娜点点头。

"看看那一望无际的田野吧，春天绿油油的一片，夏天变得金黄，秋天转成了黄灰色，看上去让人觉得沮丧，冬天又成了一片雪白，像沙漠一样荒芜。然后想象一个农夫从生到死的过程……是个最普通最寻常的农民，他的一生如同四季的变迁。他的孩童时代是生命的春季，就像匹没上鞍的小马犊，就像春天里刚发芽的麦苗，呈现出旺盛的生命力。成年的他就好比夏天，是土地的统治者，像被盛夏的骄阳烤得坚硬而炙热的土地，犁过还未播种，有的是希望，有的是收获。像农作物在慢慢成熟一样，他也渐渐地变老。秋天就代表了农民的整个老年期，年岁不饶人，眼睛不再清澈，脸上满是皱纹，像是犁过的地一样沟沟坎坎，人已经不再那么有力量，穿着也不再整洁，像是被掠走了果实的果树，只散落了一些残枝败叶在地上。农民已经开始慢慢地回归到养育了自己的泥土，收获之后，泥土也变得沉默寡言，在秋日的阳光下，安静地、冷漠地、沉寂地躺着……然后是农民生命的冬季，生命已到了尽头：农民躺在白色的棺材里，穿着新的鞋子和干净的衣服，躺在了养育了自己的土地里，他曾深深地爱过的土地，如今他躺在这里，成为了这里的一部分，就像是那些曾经养育过他，冬天里被冰雪覆盖的土地，冷冷的，坚硬的……"

说完之后，科特里基沉思了一会儿，然后又说："你觉得你待在剧院里不会变得歇斯底里吗？那是不可能的！演员过的是虚幻的生活，他们每天出演新的角色，经历不同的情感，表达不同的思想，每个人都会潜移默化，受其影响，改造了，或者说是完全瓦解了他的精神存在，你可以替它贴上任何其他的标签。你必须变成一条变色龙，在舞台上，这是艺术的需要，而在生活中，这是一种必然。"

"那就是说，人想要做艺术家，必须先堕落。"詹妮娜又说道。

"成为艺术家又怎样？……就算你成不了艺术家，肯定也有人会成，然后他们就会明白，那当艺术家的梦想根本就不值得为之奋斗和努力，也不值得为它流泪，为它忍受痛苦……因为所有的一切都是幻觉，幻觉，幻觉……"

他们都变得沉默。詹妮娜突然觉得心寒失望。之前在布柯维克时那种未知的恐惧感再次包围了她。

科特里基一只手肘斜靠在桌子上，看着装亚力酒的晶莹剔透的瓶子。他倒出来，喝了一杯又一杯。这个话题让他觉得厌烦，他继续和她谈论着，但觉得说这么多只是对牛弹琴，这个涉世未深的姑娘还不明白。他淡红色的头发，黄黄的脸上长满了雀斑和深深的皱纹，映在红色的玻璃酒瓶上，看上去像一张马脸。

看着詹妮娜，他感觉到了内心里的力量，还有很多的欲望、梦想和希望，他不禁用一种空洞且不满的语气自问："为什么？……为什么会这样？……"

然后他又喝下了一杯酒，被大家的谈话所吸引。那些声音听上去很刺耳，大家的脸都已经红了，在酒精的作用下，眼睛里都放出光彩，说话都变得语无伦次。所有人都在高谈阔论，激烈地争辩着，喋喋不休地吵闹着，大声地咒骂，喊叫或是发笑。

蜡烛烧尽了，又换上新的。东方露出鱼肚白，晨光透过窗棂上的细条纹布进入房间，灯光也因此变得暗淡了。

宾客们从桌子旁站起来，分散在各房间里。一大群女士们跟着卡宾斯基夫人去了她的房间喝茶。第一个房间里，桌子都被摆好了，大家开始打牌。

只有金还坐在桌子旁，吃着东西，一边还跟已经喝了不少的格拉斯在说着什么。

"他们都是穷人……我姐姐是个寡妇，带着六个孩子。我尽我所能地帮她，但那根本解决不了什么问题……同时，孩子们一直在长大，需求也越来越多……"金说着。

"那就骗得更多的同情啊，我们都会借钱给你的，你这家伙！……"

"最大的打算去学医，第二个也长大了，在做店员，其他几个都还小，身体又弱，要照顾他们还真麻烦！"

"那就溺死他们啊，像溺死小狗一样！……溺死了他们，一切就都好了！"格拉斯嘟囔着。

"你喝得太多了……"金低声责备道，"你根本不知道孩子意味着什么！……"

"结……结婚吧，那……那你就会有……有自己的孩子……"格拉斯嘟囔道。

"不行……我必须等到条件成熟。"金悄悄地说着,双手捧起一杯茶,小口小口地啜着,"我首先要让他们成人……"他又说道,眼里放着光彩。

周围也都是嗡嗡声一片,像是一大群要飞出巢穴的蜜蜂一样。所有隐藏的欲望、嫉妒、仇恨和烦恼都以无法阻挡之势突然暴发出来。说话声越来越大,人们也不再道歉,无情地诽谤他人,斥责他人,嘲弄他人。聚集在这儿的人这时已经恢复了自我,没有谁还戴着假面具,只展现自己最好的一面。这里所有人都有一千张脸。隐藏在内心无法上演的喜剧这下找到了自己的舞台、观众和演员,都是非常有"才华"的。

詹妮娜也因为酒的作用而兴奋起来,与华沃泽基谈论着剧院。然后她在房间里走来走去,看男士们打牌,听着各种各样的对话和争吵。

科特里基拿着一杯茶站在她面前,用又细又尖的声音跟她说话时,詹妮娜才回过神来。卡特里基说:"小姐,你在观察大家吗?他们的行为都是充满力量的,他们现在看上去多么坚强啊!"

"你的思想也很有力量……"她慢慢地说着。

"也浪费在谣言和诽谤上,这是你想说的,是吗?"

"差不多吧。"

"我们很快就会知道的,会知道的……"他慢慢地说着,把杯子放在桌子上,然后他安静地离开了詹妮娜。

在前厅,睡眼蒙眬的文森特把科特里基的外套递给他时,他听到了孩子们在幕后无聊的悄悄话。他掀起帘子,看到卡宾斯基家的四个男孩子在奶妈的带领下,穿着睡衣做晚祷。

奶妈床头的一张圣像前,点着一盏灯,微光照着四个孩子和灰白头发的老奶妈,谦卑地磕着头,手搔着胸,哽咽地低声说:"哦,上帝的羔羊啊,洗去这世界的罪恶吧!"

孩子们也低声跟她重复着祷词,用他们小小的手捶着自己的胸口。

科特里基悄悄地退了回去,没有微笑。只在到达楼梯的时候,他才低声说:"我们会知道的,会知道的……"

詹妮娜也准备去夫人的房间,但尼泽斯卡拉住了她,并开始和她说话,后来弗拉德克也加入进来。

大家都开始散去,准备回家了。

"你住的地方离这儿很远吗?"尼泽斯卡问詹妮娜。

"在博德瓦尔街,但我最快会在一周内搬到维多克街。"

"啊,那太好了,我们住在派纳街,一起走吧……"

他们很快就离开了。尼泽斯卡挽着詹妮娜的手臂,弗拉德克则走在一旁,因为要陪伴母亲,所以他有点埋怨不能陪伴女士们,他在心里怨恨着,而嘴上却大声抱怨天气不好。

大街上冷清而安静。晨光已经照亮了黑暗,房屋的轮廓也变得清晰起来。气灯的火焰像一条长长的链条,跳跃的火光照在了路旁的露珠上,也照在了房子灰色的墙上。七月的清风安静地拂过街道。所有的房屋都还在酣睡中,没有醒来。

回到旅馆,尼泽斯卡友好地吻了詹妮娜,然后两人分别了。

第六章

"你觉得这儿还舒适吧?"

"确实是的。这里非常安静……在我之前,谁还在这儿住过?"

"妮可莱特小姐。她现在在华沙剧院……这是好事。"

"不,不完全是。他们不可能重用她的……"

"哦,他们一定会的……扎妮卡小姐很聪明。"安娜小姐说,她是索温斯卡夫人的女儿。詹妮娜才刚刚从旅馆搬过来。

安娜小姐二十四岁了,长相不算漂亮,但也不丑,头发和眼睛说不清是什么颜色,身材很苗条,但是脾气很坏。

她以安娜小姐的名字开了一个裁缝店,专做女演员们的衣服,她以此为生计,尽管经常获得剧院的免费票,但她从来不去看,也讨厌演员。她经常与她母亲争论应不应该当艺术家,但老索温斯卡可听不进任何劝她离开剧院的建议。尽管安娜小姐以自己的母亲是剧院女演员为耻辱，但她母亲已经深深扎根在剧院，离不开剧院了。她非常小气、无知、无情，喜欢猜忌别人。

安娜小姐检查着詹妮娜的全部衣物，难掩其厌恶的情绪。

"这些都要处理掉，因为它们充满了乡村的气味。"安娜小姐说。

詹妮娜开始有一点反对，称在街上经常会看到女性穿相同款式的衣物。

"是的，但那些穿这些衣服的人，都是女店员或是鞋匠的妻子，一个自尊自爱的女人是不会穿那种衣服的！"安娜小姐鄙夷地坚持说道。

"那好吧，就处理掉好了。我会很快付钱给您，还会先付一个月的房租。"

"哦，那不用着急。你还需要买一些化妆品。"

"我有足够的钱去买。"

詹妮娜付了三十卢布的房租。

"我已经安顿好了。"后来，索温斯卡夫人来看她时，她说。

"啊，你不会住太久的！两个月后，你就又该搬了。演员的生活就跟吉普赛人一样，到处都走遍了……"

"也许有一天我会安定下来的。"詹妮娜说。

索温斯卡苦涩地微笑了一下："那是人开始时的想法，但后来……后来就不会是这样了……你会衣衫褴褛地死在一家旅馆的房间里。"

"不是所有人都会那样的。"詹妮娜快活地说，并没把这话放在心上。

"你笑什么？……这一点也不好笑！"索温斯卡大喊道。

"我在笑吗？……我只是说不是所有人都会那样。"

"所有演员都是那样的，每一个演员都是！"索温斯卡愤怒地喊着，然后离开了。

詹妮娜不知道她为什么这么生气，也无从懂得她最后的这些话。

日子过得飞快。詹妮娜更加融入了剧院的生活。她按时参加排演，然后给卡宾斯基的女儿授课两小时，再回家吃晚餐，为晚上的演出准备，晚八点再准时去剧院演出。

遇上没有演出，合唱团也休息的日子，她会去夏之剧院，在听众席里为演出大声喝彩，整晚整晚地在那儿做梦，梦想着自己也跟他们一样。她一直看着那些女演员，她们的肢体语言，她们化的妆，她们的表演和声音。她边看边记，之后她会在心里细致地演一遍，通常，从剧院回来后，她会点好蜡烛，站在房间的大镜子前，重复表演着她刚看过的演出，仔细观察着自己脸上的每一个表情，尝试着表现出每一个可能的动作。但她总对自己的表演不满意。

后来，看得多了，她就觉得无趣无聊。她再不会为那些庸俗的剧中永远的斗争、冲突和挑逗的情节所打动。她冷冷地重复着剧中那些陈腐的台词，一旦说不下去了就会上床去睡。

她想让卡宾斯基在新剧中给她安排一个角色，但却总是不了了之。

"我经常想要给你个角色，但首先你必须自己熟悉舞台……如果有音乐剧表演，我们会给你安排一个更大的角色……"卡宾斯基总是这么说。

与此同时，他们一直都只排练小歌剧，已经排满了整个演出季。

尽管等得越来越心焦，詹妮娜对卡宾斯基模糊的答复却只是微笑。她已经学会控制自己的情绪，并戴上一副平静微笑的面具。她一直坚信自己迟早会退出合唱团，最终真正登上舞台，演出一场。

她已经完全适应了剧院生活的氛围。只是观众对他们的态度时冷时热，变化无常，有些人是因为无知而没有品位，有些人缺乏欣赏演出的热情，而无论他们是什么态度，演员们一律都要敬重他们，一看到他们，所有演员们就要上前去摇尾乞怜，只有这一点让詹妮娜尤为愤怒。

她的态度有点奇怪。她上台前会精心打扮自己，对演出服装非常挑剔，非常讲究，只为能吸引观众的眼球，但只要感觉到有很多人在注意她，她就又会怕得发抖。

"胆小鬼！"她鄙夷地低声说，心里还是有阴影。

在更衣室里，合唱团女郎们都对詹妮娜低声下气，因为她们都知道她和总监亲密的关系，所以都怕她，不敢得罪她。而且她们也都看出，弗拉德克一直紧紧黏着她，而科特里基，以前只是偶尔才到幕后来，现在却是整场演出都会坐在那儿，脱下帽子与詹妮娜交谈。大家好像都很尊重她，尽管有谣言称她和科特里基在交往，但没有人敢在她面前说这些话。

起初，詹妮娜想要成为公司的女主演，想要进入公司内部的圈子，但公司却没同意，不论什么时候她跟他们谈起公司或是演出，大家都会默不作声，因为大家觉得要进入圈子必须要有一定的经验，而她还根本没有正式演出过。

斯坦尼洛斯基和舞台经理是詹妮娜的好朋友。很多次演出间歇时，他们都会趁着楼上更衣室或台下储存间没人时去看她，他们会给她讲述这间剧院的故事和一些很有名气的老演员的逸事，那些人现在都已经不在人世了。他们给她描述的是伟大的形象，伟大的灵魂和伟大的爱情，正如她曾经梦想的一样。

他们给了她许多吐词发音、经典动作和背诵台词的建议！她极富兴趣地聆听着，但当她按他们的建议自己表演出来时，却总是做不好，然后他们就会流露出惋惜的眼神，表情僵硬，显得很不自然，她自己也感到非常抱歉。

詹妮娜对安娜小姐冷冷地以礼相待。而对索温斯卡夫人则更亲密一点，因为夫人会为了让房客先付房租而不断讨好她。索温斯卡大大咧咧的，不注重细节。有时候她会不进食，也不去剧院，只是把自己关在房里，坐着哭泣，有时候则是咒骂。

有时候，索温斯卡夫人会变得更精力充沛，也更热衷于在人背后玩手段耍诡计。她会在观众群中走来走去，跟来剧院闲逛的年轻人们说着悄悄话，暗示他们看中哪个女孩儿，她就带她出来。然后，她会邀女演员们吃晚饭，送她们花束、糖果和信件，以便接近她们。她会以监护人身份带女孩儿们去和这些闲逛的年轻人狂欢，然后会找一些重要的理由突然独自离开。这时你才会发现，她慈祥的满脸皱纹之下闪烁出的残忍的锋芒。

詹妮娜就曾听到过老索温斯卡是怎么跟谢普斯卡说的，那时的谢普斯卡才离开了合唱团加入了剧院。

"听我说，小姐！……你的恋人给了你什么？给你在酒厂街的一栋房子，陪你从早到晚吃沙丁鱼喝茶……你要在那种傻瓜身上浪费大好时光真不聪明！难道你不知道自己可以想要多快活就有多快活，不受卡宾斯基的约束！为什么要有顾虑呢？……人只有享受生活，才能受益于生活！……一个年轻漂亮的姑娘不应该为一个无关紧要的人浪费青春……也许你认为只要等待就会很快得到一个角色？……啊哈！那要等到猴年马月啦！那些有演出机会的都有人在背后支持她们！"

通常她都会达到目的，尽管女孩儿们都会送她昂贵的礼物，她却很少接受。

"我不需要礼物，我给你们提建议，完全是出于一片好心。"她简短地回应道。

詹妮娜已经了解了很多演员们私底下的生活，对索温斯卡带着一点敬畏之情。她看出了老妇人让那些年轻人深陷泥沼不是为了获利，而是另有隐情。有时候，索温斯卡专注地看着她，那种神秘的神情让她费解，觉得害怕。凭直觉，她感觉到索温斯卡是在等着发生什么事或是找寻什么机会。

在索温斯卡歇斯底里那段日子里的某一天，詹妮娜去剧院的时候，经过索温斯卡的房间，就顺便进去看看她。

一进入房间詹妮娜就惊呆了。索温斯卡正跪在一个打开的箱子旁，床上和桌椅上有一些剧院演出用的化妆品，地上还有一堆过去的角色台本。索温斯卡手里拿着一个陌生年轻人的照片，脸很长很瘦，连脸颊骨都清晰可辨。他的额头非常高，太阳穴很宽，头很大。苍白的脸，大大的眼睛深陷，像是死人头盖骨上凹陷的眼窝。

索温斯卡转向詹妮娜，手里拿着照片，声音颤抖着，低声说："看，这是我儿子……这些是我最珍贵的宝藏！"

"他是个艺术家吗？"

"艺术家？……我可以这么说，他跟卡宾斯基那儿的那些猴子可不一样。他的演出很棒！报纸都在报道他。他曾经住在普罗科，我也去看过他。《强盗》上演的时候，他一出现在舞台上，整个剧院里就充满了掌声和欢呼声。我在幕后坐着，当我听到他的声音，看到他时，我非常激动，甚至觉得我死在那里也不足惜！"

"我非常爱他，甚至可以为他倾家荡产！……他是个艺术家，艺术家！他身无分文，常常贫困潦倒，但我会尽可能地帮他。为了他，我含辛茹苦，只吃点简朴的食物，以节省开支来资助他。"

她不再说下去了，眼泪从她苍白又衰老的脸上掉落下来。

长时间沉默之后，詹妮娜平静地问道："您儿子现在在哪儿？"

"哪儿？"她答道，从地板上起身，"在哪儿？……他死了！自杀了。"

她喘着粗气。

"我的人生就是这样！"她又说，"他父亲是个裁缝，而我开了一家小店。刚开始，一切都很美好，我们很有钱，家庭和睦。但我丈夫是为马戏团工作的，不久他就看上了那儿的一个演员，后来马戏团走了，他也跟着走了。"

她重重地叹着气。

"我只好咬紧牙关挺过来。我像厨房里的女佣一样辛苦干活,来养活自己和女儿,我后来感染上了一种流行病。终于恢复了之后,生活却变得更糟,为了还债,我的店被转让了。我身无分文游荡在街头,心头涌起一种无法形容的愤怒。我满世界地借钱,和我的孩子一起去找我丈夫。他正和一个女老板在一起,过得非常快活,已经把我们忘得一干二净。我揪住他的衣领,把他拖到了华沙跟我们一起住……他和我生活了一年,又跟我生了一个孩子,然后又逃跑了。我女儿长大了,我们在家里做点针线活,以此为生。"

"几年之后,他们又把我丈夫送了回来,这时他已经全瞎了。我在家里给他留了个角落让他住,因为我的孩子们希望这样。他死了,我就觉得上帝对我已经够仁慈了。"

"后来,我把女儿嫁给了一个农夫。大约两年前的一天,我出席了我女儿命名日的聚会,只邀请了一些亲朋好友。宴会时,他们给我送了一张从苏瓦尔基来的电报,让我尽快赶过去,因为我儿子病了。"

她停顿了一会儿,空洞地看了一下房间,抬起头来面向詹妮娜,说话的声音很低,却充满了爱意和绝望:

"他已经死了……他们在等我去埋葬他……"

"后来他们告诉我,他爱上了一个合唱团的女孩儿,他自杀就是为了她!他们把那女孩儿带来见我。她真是个讨厌的人,是世界上最坏的女人,这也是他自杀的理由……"

"后来我在街上遇见她时,真恨不得杀了她,像只疯狗一样冲上去杀了她,为我儿子报仇!……"索温斯卡大声喊道,双手攥成了拳头。

"这就是我的生活,就是这样!我诅咒它,但却忘不了……所有这一切都还在我心头……我待在剧院,是因为我觉得他一定会回来,他已经穿戴齐整了,很快就会上台……"

"我的天啊,上帝啊!……啊,不该责怪他,但是她……你们女孩子把一个母亲的心撕得粉碎……我要把你们踩在脚底,像踩毛毛虫一样,让你们陷入沉沦,陷入贫困,你们就会跟我一样伤痛……那就有你们受的了,我要让你们痛不欲生,痛不欲生……"

詹妮娜一直站在那儿,完全被索温斯卡的话语和肢体语言所感染。索温斯卡简单却强烈的情感表达让她内心产生了强烈的共鸣。

从索温斯卡家出来,她一个人站在街头,思考着自己要去哪儿,这时,她身后一个声音说:"早上好,奥罗斯卡小姐!"

她很快转过身去。弗拉德克的母亲奈泽斯卡夫人正微笑着站在她面前。

詹妮娜匆忙跟她打过招呼。

"我正要去散步。"詹妮娜说。

"你能到我家来一趟吗?……"奈泽斯卡夫人轻声地问道,"我经常整天整天一个人独处,除了安娜和看门人,谁也见不到。"

"当然,演出开始前我还有一点点时间。"詹妮娜答道。

"你来剧院时间还不长,是吗?"

"还只有三个星期。"

"我一眼就看出来了!"

"您怎么看出来的?"

"我也说不清楚。我在卡宾斯基夫人的宴会上见到你,就知道你是新来的。我甚至跟弗拉德克也说过……"

"你请自便……我很快就来陪你。"一到家,奈泽斯卡夫人就热情招呼着詹妮娜,把她当成老朋友一样。

詹妮娜一个人待着,好奇地打量着房间,黑色的马毛装饰的大沙发,沙发前是一张老式风格的桃花心木桌子,靠背笔挺的椅子也同样是如此装饰。黄色的化妆台上,满是风格怪异的瓷器,淡绿色的水罐,五颜六色的小古玩,刻着字母的高脚玻璃杯和高脚花纹茶杯。钟形玻璃罩下有一面钟,上边有用沙皇时代的钢铁雕刻的花纹,另一张桌子上,放着一盏带绿色灯罩的灯,窗台上有一些罐子,上面雕刻的花纹奇特,还有两只装金丝雀的鸟笼。

"我们来喝杯咖啡吧……"奈泽斯卡夫人返回来,提议道。

她从化妆台上拿过两个精致的杯子,把它们放在桌子上。然后她又去厨房泡咖啡,用两个有缺口的碗装着,还带了一碟子不太新鲜的糕点。

"啊,天啊,我都忘了我已经把杯子放在这儿了……不过,那也没关系。我们不用这两个杯子也能喝得上咖啡,不是吗?……"她继续说道,"哎呀,居然忘了拿糖!你喜欢喝甜咖啡吗,小姐?"

老妇人离开了房间,詹妮娜从门里看到她拿过一个小茶碟,又从玻璃碗里取了两小块糖,放在里边。

"请让我在你的咖啡里放一点吧……你知道,在我这个年纪,不能吃一点加糖的东西。"她说道,咕咚咕咚地大口喝着。

女主人东拉西扯了近半个小时,詹妮娜也听得越来越不耐烦,终于决定离开,在门口,她正好遇上了弗拉德克。

"你怎么来看我妈妈啦?"弗拉德克大喊道。

"当然,这没什么好奇怪的。"她答道,对他的困惑只是微微一笑。

"天啊!她一定是抱怨我很会用钱吧。请原谅让你听了这些废话。"

"哦,还好。"

"我知道,让你见笑了。整个剧院都在嘲笑我大手大脚,因为所有女士都受邀来过我家。"

"你母亲很爱你。"詹妮娜认真地说。

"那种爱已经让我如鲠在喉,很不舒服了!"他痛苦地回道,还想要说点别的,但詹妮娜只是平静地鞠了一躬,然后离开了。

弗拉德克没有勇气跟着她走,只好上了楼。

"我家里怎么样了?"去剧院的路上,詹妮娜想起了自己家来,"我爸在做什么?……"

她突然开始有点同情父亲了。她现在明白了,父亲独自在家,古怪的性格又经常受人奚落,他会有多孤单。

整场演出中,她时常会回想起父亲来。她问着自己,自己离家时,父亲怎么会那么残忍,为什么会恨她。

科特里基送了她一束玫瑰。她冷冷地接了过来,都没看他一眼。

"你今天好像有点心不在焉啊!"他说着,握着她的手。

她把手抽了出去。

玛柯斯卡这时正好路过,低声对罗欣斯卡说:"多呆板啊!多落伍啊!她都不敢去表达自己的真实感受。"

詹妮娜身后,有个绅士正握着一个合唱团女孩儿的手。

"一切都很顺利,因为明天没有演出,我们下午就能去比兰尼了。你在家里等着我们,我们会过来带上你的。"咪咪过来低声对詹妮娜说道。

"我也会去的。"科特里基说,"你也会去,不是吗?"

"也许吧……要是我不能去就太好了。"

"那样的话,我也不去。"

他朝詹妮娜弯下腰去,以便靠近她,她都能感觉到他的呼吸吹到了自己脸上。

"我听不懂你是什么意思。"她说着,抽身离开他。

"我只是为你才去的。"他用更小的声音说道。

"为我?"她问道,狠狠地瞥了他一眼,突然产生了一种厌恶感。

"是的……我想你已经猜到我有多爱你了。"科特里基说着，抿着发抖的嘴唇，祈求地看着她。

"在舞台上，他们也说这样的台词，只是他们表演得更好一点！"她鄙夷地说着，手指向了舞台。

科特里基直起腰来，马脸上露出一丝不悦，眼神带着威胁。

"我警告你！……"

"很好，还是明天到比兰尼再说吧，现在免谈。"詹妮娜冷冷地伸出手去，以示道别，然后去了更衣室。

科特里基贪婪地看着她的背影，咬着嘴唇。

"真是个喜剧演员！"他最后说道，离开了剧院。

 第七章

第二天詹妮娜醒来时,已是上午十点。索温斯卡刚好送了早餐过来。

"有人来找我吗?……"她问道。

索温斯卡点点头,并递给她一封信。

"大约一个小时前,一个可恶的家伙送了这个来,要我把它给你。"

詹妮娜心惊胆战地拆开了信封,一眼便认出了格泽斯科维克兹的笔迹:

我亲爱的奥罗斯卡小姐:

　　我有一件很重要的事要来华沙见您。如果您十一点钟刚好在家的话,我就会准时过来。请原谅我的冒失打扰了您,

并允许我向您致以最亲切的问候。

您忠诚的奴仆格泽斯科维克兹

"会有什么事?……"詹妮娜想着,迅速穿好了衣服。"他提到的重要的事究竟会是什么?跟我爸有关?……他病了,想我了?可能吗?……哦,不!不!"

她很快喝完了茶,打扫了一下房间,耐心等待着格泽斯科维克兹的到访。想到就要见到一个从自己家乡布柯维克来的人,她就觉得兴奋。

"难道他想再跟我求婚?"詹妮娜想着。她记起了他饱经风霜的脸,被阳光晒成了古铜色,亚麻色的头发下,蓝色的眼睛里放射出温柔的光芒。她也还记得他因为局促不安而害羞的样子。

"他真是个善良真诚的人!"她对自己说,在房间里踱来踱去,但一想到他来可能会让她去不了比兰尼,她的热情骤然冷淡下来。她决定只用简短的语句应付他。

"他到底为什么来见我?"詹妮娜不安地问着自己,想象着最不可能的可能。

"我爸一定病得很重,希望我回去见他。"她自己又回答道。

她呆立在房间中央,害怕自己不得不回到布柯维克。

"不,不可能!……我不能忍受在那儿哪怕是一周的时间……另外,是他把我永远赶出家门的……"

詹妮娜的内心里,怨恨、伤心和一种前所未有的思乡情绪开始无休止地战斗着。

前厅的门铃丁零丁零地响了。

詹妮娜坐了下来,平静地等待着。她听到门打开的声音,格泽斯科维克兹和索温斯卡说话的声音,和外套被挂好的声响。

"我能进来吗?"一个声音在外面问道。

"请吧。"她低声说着,从椅子上站起来,因不安而觉得窒息。

格泽斯科维克兹进来了。他的肤色比以往更深了,蓝色的眼睛也更蓝了。他身板挺得笔直,僵硬地走过来,像一大块被塞进男装里的肉,步履蹒跚。他把帽子扔到了门边的一个篮子里,吻着詹妮娜的手,快速说着:"早上好……"

他站直了,眼睛打量着她,然后重重地坐进一把椅子里。

"要找您还真难……"他说着,又突然停止了。然后,好像是要鼓足勇气,他试着推开一把妨碍到自己的椅子,但由于用力过猛,椅子倒在了地上。

他马上站了起来,脸涨得通红,开始道歉。

詹妮娜微笑了,眼前这一幕让她想起了上次他们之间的对话,和那次不成功的求婚。有那么一会儿,她觉得他们现在就坐在布柯维克安静的客厅里,他正准备向她求婚。那副虽然因苦难而变得沧桑,却依旧忠诚的面庞,那双蓝色的眼睛,让她想起家里可爱的田野和树林,和那幽静的山谷、金色的阳光、无拘无束的生活,这些为什么会留给她美好的印象,她无法解释。有那么一会儿,她忆起了这些美景,但同时,她也想起了过去所经历的苦难和被父亲赶出家门的事。

她递给他一盒烟,用轻快的语调打破了长时间的沉默:"你勇气一点也没见长吗,还这么紧张……你还是那么善良,经过那些事以后,还能来看我……"

"还记得我上次告诉你的话吗?"他说着,声音低了下去,"我不会退缩,会永远爱你!……我不会退缩,我会继续爱你!"

詹妮娜不耐烦地走开了,因为他深情的话刺痛了她。

"对不起……如果这让你生气,我不会再说了……"他体贴地说。

"家里发生了什么事吗?"她问着,抬起眼来看着他。

"这让我怎么说呢?……我真的说不出口。你不会了解你父亲,他现在处理公事独断专行，除了办公就去打猎，吹着口哨去邻居家串门……但他变得很瘦，很没精神，你很难认出他来。他现在非常焦虑，都不成人样了。"

"为什么？……我爸爸还有什么放不下的？"

"上帝啊！你怎么能这么问呢？你是开玩笑的吗，还是，你心里已经没有感觉了吗？……他有什么放不下的？……因为你离开了……因为他，就跟我们所有人一样……非常希望你回家！……"

"那克伦斯卡夫人呢？……"詹妮娜表面虽然恢复了平静，但心里还是因他告诉她的话而深深自责。

"克伦斯卡夫人跟这个有什么关系？……你离开后第二天，他就赶她出去了，之后几天里，很多工作人员辞职了，离开了布柯维克……一周之内，他就变得愁眉苦脸面容憔悴，我们都快认不出他来了。就连陌生人都会为他落泪的，而你，一点也不可怜他，从家里出走后一直没回来……那，你现在过得怎样？……"

听到这里，詹妮娜猛地从椅子上跳了起来。

他又接着说："是，如果你愿意，你可以生我的气，但是我爱你，我很爱你，我们都很爱你，所以不会指责你。如果你愿意，你尽可以撵我走，我不会抱怨什么，只会在门口等着你，或者到别的地方去找你，告诉你，你父亲没有你都快要活不下去了，他的情绪越来越糟糕，人也越来越虚弱了！我妈不久前在树林里遇到他，他正躺在灌木丛下，哭得像个孩子。你会要了他的命的。你们都用自己的骄傲和倔强无情地伤害着彼此。你是这世上最优秀的女人，我觉得你不会丢下他的，你会放弃剧院和演出，回家来的……跟这样一群坏蛋在一起，你不觉得羞耻吗？……你怎么可能登上舞台去作践自己呢？……"

他不再说话，重重地喘着粗气，用自己的手绢擦着眼睛。他以前从来没有一次说出这么多话过。

詹妮娜低着头坐在那儿，脸像纸一样苍白，双唇紧闭，心里很乱很痛苦。她刚听到的话是那么有力量，让她泪眼盈盈，心灵受到了极大的震撼，还有那些话："你父亲很痛苦……你父亲在痛哭……你父亲很想你！"这让她也非常难过非常痛苦，这时候她甚至想跳起来收拾好一切，尽快回到家里，但过去那些记忆很快又浮现在她脑海里，让她冷静下来，下定了决心不回去。最后她又想起了剧院，完全冷静了下来。

"我不会回去的！他已经把我永远从家里赶了出来……我现在完全独立了，以后也会是一个人。没有剧院，我也活不下去！"詹妮娜自己对自己说着，心里又燃起了在舞台演出的欲望之火。

格泽斯科维克兹也沉默了，泪眼朦胧，全神贯注地看着她，很想要在她面前跪下来，吻她的手、脚和裙边，请求她听他的话……然而，他再想起这个悲剧发生的过程，就很想从椅子上跳起来，砸碎眼前的一切，由于太过伤心他绝望得大声哭泣。

他坐在那儿，看着詹妮娜可爱的脸，现在已经变得苍白而没有生气，剧院的夜生活已经在她脸上留下了痕迹，他觉得只要她愿意回去，让他去死也无所谓。

最终，詹妮娜下定了决心，转向他。

"你一定知道，我爸有多恨我，你也知道，因为我拒绝嫁给你，他才把我从家里永远赶了出来……他几乎是诅咒着把我赶出来的……"她痛苦地回忆道，"我不得不离开，我也不会再回去了。我不会用现在自由自在的生活去换自己在家时像奴隶一样的生活。我爸那时候说，他再没我这个女儿，而我也说过，我再没有他这个父亲。我们分开了，就不会再团聚。我现在完全可以养活自己，艺术会给我想要的一切。"

"那你是不会再回去了？"格泽斯科维克兹只听懂了这一句，问道。

"是的！我没有家，我也不会离开剧院！"詹妮娜平静地答道，冷冷地面对他,但她发白的双唇微微发抖,她的胸口不停地起伏着,那里像是起了一场风暴。

"你会要了他的命的……他那么爱你……他怎么经得起这样的打击……"格泽斯科维克兹柔声说着。

"不,不会的,安德鲁,我爸根本不爱我。爱你的人不会总是折磨你,把你从家里赶走,就像赶走……就算是狗,也不会赶自己的孩子走的……不论什么动物都不会像我一样!"

"我都看到了,只有我知道,他说过那些话后有多后悔,没有你,他过得非常艰难。我发誓,你只要回去,他就会很幸福!你会让他死而复生!"

"那他告诉过你他想要我回布柯维克吗?也许他请你给我带了封信?请你如实告诉我所有真相!"她很快说道。

"没有。他既没有提到过,也没有让我给你带信。"他回答道,声音低了下去。

"那么,他就是这么爱我,这么想让我回去了?哈!哈!哈!"她疯狂地笑道。

"你还不了解他吗?就算是渴死了,他也不会请人给他倒杯水。我离开时,告诉过他我要去哪儿,做什么,他什么话也没说,只是那么看着我,紧紧握着我的手,我想我完全能了解他……"

"不,你根本就不了解他。我爸一点儿也不关心我,他只关心邻里们对我离开家进入剧院的流言蜚语……当然,克伦斯卡也一定会和盘托出……他只会关心那些风言风语。他觉得我让他丢脸了。他希望看到我一无所有,然后回去跪在他脚下乞求他的原谅。这才是他担心看不到的!"

"你什么也不知道!他对你的心……"

詹妮娜快速打断了他:"不要说心好吗,这根本不是问题所在,这问题与心无关,只有一种疯狂的……"

"所以呢?……"他问着,站起身来,愤怒已经让他坐不住了。

大厅里的门铃响了起来,明显是有人来了。

"我不会回去的。"詹妮娜最终下定了决心。

"詹妮娜……仁慈一点儿……"

"我不懂这个词的意思。"詹妮娜重重地回答,"我再说一次:我绝不回去!除非……我死了。"

"别这么说,因为……"

他话还没说完,门就突然打开了,咪咪和瓦沃泽基冲了进来。

"嘿,你去吗?快点穿好衣服,我们很快就要出发了!"咪咪喊道,正好看到格泽斯科维克兹摘下帽子,机械地向她鞠了一躬,她还来不及反应,又低声说道,"啊,请原谅,我不知道你现在有客人。"

"再见。"

格泽斯科维克兹说完这句,就离开了。

詹妮娜跳了起来,像是要留住他,但科特里基和托波尔斯基正好走了进来,笑着跟她打招呼,后边还跟着一个陌生人。

"那个胖绅士是什么人啊?长这么大,还第一次看到这么胖的穿着大衣的人!"陌生人说道。

"这位是戈洛高斯基先生。一周内我们就会上演他写的剧本,一个月内,他就会轰动欧洲啦!"瓦沃泽基介绍着这个陌生人。

"三个月内我就会扬名宇宙啦!……如果要说瞎话,就编个好点儿的瞎话,哈哈。"戈洛高斯基笑道。

詹妮娜向大家问好,咪咪正问着格泽斯科维克兹的事,于是詹妮娜低声介绍着:"是我的一个老朋友,也是以前的邻居,他是个很真诚的人……"

"他一定很有钱,那个家伙……看起来像!"戈洛高斯基说道。

"是的,他很有钱。他家里有波兰最大的牧羊场……"

"牧羊人!……他看上去像是养大象的!……"瓦沃泽基戏谑道。

科特里基只是微笑着,仔细地观察着詹妮娜。

"这里边一定有什么事……她的声音听起来很伤感。"他想着,"难道是她以前的恋人?……"

"快点过来,梅拉还在楼下马车里等着呢。"咪咪不耐烦地催促道。

詹妮娜快速穿戴好了,和大家一起走出门去。

他们乘车去了维斯拉河岸边,在那儿又乘上了去比兰尼的船。

除了詹妮娜,大家都很高兴。她独自坐在一旁,陷入了沉思之中。

科特里基快活地说着什么,瓦沃泽基和戈洛高斯基开着玩笑,而女人们也加入其中,只有詹妮娜什么也没听到。她仍然在想着和格泽斯科维克兹的对话,沉重的感觉一直压抑在心头。

"你有什么烦心事吗?"科特里基不安地问道。

"我?哦,没事!……我只是在想人为什么会痛苦烦恼。"她答道。

"不要想不开心的事,那不值得,那些问题一辈子都烦扰着我们……"

"不要再说这些废话了。这就像你舔光了面包上的黄油,然后啃着干干的面包皮,说你做了件蠢事一样。"戈洛高斯基插话道,"我看出来了,你根本不想吃面包,只想舔舔东西。"

"亲爱的,我还是学生的时候就知道了这一点。"科特里基挖苦道。

"这不是重点,重点是你所吹捧的不过是些愚蠢的观点。比如放纵自己,你总有足够的理由来证明那种无聊的理论。"

"不论在生活中,还是你的作品中,你都是这么矛盾。"

"我敢打赌你肺不好,有关节炎和神经衰弱……"

"数到二十,平静一下。"

他们激烈地辩论着,后又发展成争吵。

船经过了铁路桥下,乡村以其宽阔的胸怀接纳了他们。阳光虽然明媚,但肮脏的河面上还是升起了一丝寒意。小小的浪花在阳光下闪烁着,跳跃着,像蛇在吐着芯子。长长的沙滩像是水怪一样,敞开胸膛躺在阳光下。一队平底船从他们眼前驶过,引航员坐在队伍前边的一艘小艇上,不时大喊一声,这声音混杂着一些说不清楚的其他声音,掠过水面,飘到他们这里。船员们机械地划着船,那悲伤的号子传到他们身边,在他们头上萦绕不休。他们都变得非常安静。

岸上一片青葱,在阳光的照耀下,水面波光粼粼,船夫们有节奏地划着船,船儿轻轻驶过水面,那划桨的声音更添一份静谧,让每一个人都变得心平气和。

"我不会回去的!"詹妮娜想着,不断地在心里重复着这句话,她看着蓝色的水面荡漾起的波纹,"我不会回去的!"

她觉得自己愈发孤独,心灵愈发地空洞。她想起那些伤心的往事,她的父亲和格泽斯科维克兹,她以前所有的同伴好像都离她越来越远了,她只能远远看着那些模糊的身影,只有一种低声恳求或是哭泣的声音不时传到她耳边。

不!她没有勇气回头,回到原来的生活轨道上。然而,她却能感觉到自己心里在痛苦地落泪。

他们在比兰尼的港口上岸,并开始爬山。

詹妮娜和科特里基遥遥领先,科特里基一刻也不想离开她。

"你还欠我一个答复。"过了一会儿,他温柔地说道。

"我昨天就回答你了,今天你该给我一个解释。"她严肃地说道,现在,在跟格泽斯科维克兹交谈之后,经历过这一切,她觉得自己已经开始讨厌科特里基了，觉得他面目可憎，让她心生厌恶。

"一个解释？……人能够解释爱或是别的感觉吗？……"他说着，不安地咬着嘴唇。他不喜欢她说话的语气。

"我们还是真诚相待吧，你告诉我的是……"詹妮娜脱口而出。

"就是真诚。"

"不，只是一出闹剧！"詹妮娜明确地反驳道，很想上前去扇他的耳光。

"你真让我反感！你不直说，我也会感觉到的。"他说话声音更低了一些，以便不让其他同伴们听到。

"现在，请你听我说！我告诉你，你出演的这场闹剧不只让我觉得厌烦，还让我生气。我只是个名不见经传的女演员，而且还很歇斯底里，是个再平常不过的女人，感受不到这种闹剧的乐趣。我妈可没教过我怎样应付男人，也没人告诉过我男人有多虚伪多卑鄙。我很快就自己领教到了，我每天都会在幕后看到那样的男人。你以为你跟剧院里的任何女人大胆示爱，只是在谈论一件再寻常不过的小事，希望她吞下你的诱饵，骗她上钩！女演员是这么愚蠢这么好戏弄的吗？"她语气尖锐地说，"如果是在我家里，你也敢这么说吗？不，你才没这个胆量说你爱我，在我老家，我是个再寻常不过的女人，而在这儿，我是个女演员；在我家，我背后会有父亲、母亲、兄弟们或者一些什么风俗习惯阻止你干出什么见不得人的勾当。但在这儿，你不必顾虑，不必犹豫。为什么？因为我是一个人在这里，一个女演员，你可以无所顾忌地说谎并占有我，然后你可以洒脱地离开，不必担心名誉受损。哦，科特里基先生，你放心，如果我不先恋爱，是绝不会去做你或其他任何人的情妇的！我已经想过太多被甜言蜜语引诱的事儿了！"她疯狂地说着，而在科特里基听来，这些话无异于晴天霹雳。

他非常焦躁，惊讶地盯着她。他不了解她，也从没想过一个女演员会当面跟他说这样的话。他半闭着双眼看着她，因她的勇气而更爱她，说话也更加结巴起来。她的勇气和诚实吸引了他，她说过的话，脸上的表情，无不反映出她内心的感情，她语气的真诚让他开始相信她是个非同寻常的女子，并且还那么漂亮！

"柔软的皮鞭抽起人来很痛。你这复仇女神既抽了犯了罪的人，也抽了无辜的人。"科特里基说，看到詹妮娜并没回话，就又接着说，"对你来说，这还不够吗？如果你抽的时候我能吻到你的手，那么请你继续……"

"科特里基！……过来帮我们提篮子！……"瓦沃泽基喊道。

大家沿着坎坷的河岸边走，男士们提着装了生活用品的篮子，找寻一个合适的宿营地。

他们找到了一片橡树林，微风吹过，树林发出沙沙的声音，树下长着一丛丛灌木。他们在岸上一棵青翠的橡树前停了下来。身后是幽静的树林，下边是维斯拉河，在阳光的照耀下，河面波光粼粼，蓝色的浪花不时拍打着岸边。

喝过一点饮料，吃过餐前的小点心之后，大家都变得活跃起来。

"现在，让我们为这次外出的发起者们干杯！"戈洛高斯基喊着，给所有人倒满了酒。

"我们祝你的新剧演出成功。"好几个声音一起喊道。

"不，不会成功的……不论怎样努力都不会成功的……"

"托波尔斯基有一个秘密计划，但我们还不知道是什么。"科特里基平静地躺在詹妮娜旁边的长毯上。

"不要说那些。我们准时开餐。女士们，去打开那些包裹。"

瓦沃泽基喊道。

大家兴高采烈地把餐巾纸铺好放在草地上，拿出了很多美味的食物。

"多丰盛啊,但茶在哪儿?"詹妮娜问道。

科特里基听到这话,跳了起来。

"这儿有茶壶,只要先生您去取点水。我们一起去维斯拉河取吧!"玛柯斯卡喊道,从罐子里摇出木炭。

科特里基皱起了眉头,不太情愿地跟她一起去了。几分钟之内茶壶就开始烧水了,戈洛高斯基在这方面可是行家。

"这是我的专长!"戈洛高斯基喊道,像风箱一样吹着火,"女士们,注意了,我这里可没有煤。然后我独特的天赋就发挥作用了:我用纸或是一块木地板把火点好,不知不觉地,茶就烧好了。"

"那你的生活还蛮丰富多彩的啊!"托波尔斯基大笑着说。

"小事一桩!只是小事一桩……但我可不承认我喜欢做。"

"我特别提醒各位,茶已经沸腾了!……现在,女士们,来上茶了!"戈洛高斯基喊道。

詹妮娜为所有人倒好了茶,然后坐到了咪咪身边。

"我正组建一个戏剧协会。"托波尔斯基说。

"我告诉你组建的办法:高薪聘请一大群演员,然后小额贷款,再找一个懂记账但又个性淳朴的女会计来管账,让她准备一些必需品,并向你报账,然后你开始演出。两个月内,你不断地这么做,就能赚到钱。"瓦沃泽基开着玩笑。

"瓦沃泽基,不要再说这些令人讨厌的废话了!"托波尔斯基生气地抗议道,一杯接一杯地灌着白兰地,"那种破公司什么笨蛋都可以组建,像卡宾斯基一样。我可不想要那种演员,只要有人承诺高薪聘用就跟着走了,我想要的是一个强大的组织,有明确的计划安排,坚不可摧的公司!"

"你自己就老跟公司解约,你能确定可以管好你的演员们,不让他们解约?"瓦沃泽基坚持着。

"当然，我很确定。大家听好了！我会这么做：条件一：启动资金约五百卢布，我会挖出各公司最棒的演员，最多三十个；条件二：我会如期发放适量的工资，给他们分红……"

"去你的吧，最好不要梦想分红！"科特里基怒吼着。

"会有分红的！一定会有的！"托波尔斯基的兴致越来越高，喊道。"我会选择一座典雅的古典建筑，高大的墙壁，坚实的地基，另外，更重要的是新戏、新角色，我要的是正宗的剧院演出，而不是小歌剧、木偶剧！所有与真正的艺术无关的东西都统统不要！不要马戏团，不要小丑，小丑可不是艺术家！"他的声音变得更大。

托波尔斯基开始剧烈地咳嗽，脖子上青筋暴起，像鞭绳一样。他咳了很久，然后喝了一口白兰地，又开始说起话来，但声音放低了，语速也更慢了些，不看任何人，除了自己一生追求的梦想，他什么也看不到，只用了一些简短而混乱的句子去描述这梦想。

科特里基并没因那段鼓舞人心却又不合逻辑的话而激动不已，只是说："你行动迟了一点。巴黎的安东尼很早就把你的这个梦想付诸现实了，你说的不过是他的观点……"

"不，那是我的想法，我的梦想，二十年里，这一直都是我的梦想！"托波尔斯基喊道，脸色发青，像是被雷击中了一般，茫然地盯着科特里基。

"别人都已经快要实现梦想，并为之命了自己的名，你这白日梦又算得上什么啊？"

"贼！他们偷了我的理想，偷了我的理想！"托波尔斯基大叫道，跌坐到草地上，用手捂着脸，抽泣着，喝了酒，话都说不清楚了："他……他们……偷……偷了我的理想！帮帮我！他们……偷了……我的理想！"他继续在草地上滚来滚去，像个伤心的孩子一样抽泣着。

"不是由于已经有人这么做了，我才来劝你放弃。"戈洛高斯基冷静地说，"只是我们的观众还不需要这样的剧院，也不需要这样的舞台。这个时代，观众们只喜欢看热闹的戏，满是惊险的动作，性感撩人的噱头，半裸的芭蕾舞，夸张的动作，不需要阳春白雪，只要一点点多愁善感，一些有关价值观、思想、家庭、责任、爱等的空洞词汇……"

"哈哈，冷静点儿……"科特里基笑道。

"观众是这样的观众，剧院也是这样的剧院，两者不过是半斤八两。"玛柯斯卡说。

"想要控制并统领观众，必须先奉承他们，做他们想看到的事，演员必须按他们的需求给予；要想成为他们的主人，必先成为他们的奴隶。"科特里基慢慢地评论道。

"我不同意！我可不想对一群乌合之众卑躬屈膝，也不想成为那样的人的主人，我更喜欢走我自己的路……"戈洛高斯基断然说道。

"这观点不错！这样，你就可以尽情嘲笑所有人了。"

"詹妮娜小姐，请给我倒点茶！"戈洛高斯基喊道，他生气地从地上跳起来，把帽子丢到了树上，发了狂似的把自己稀疏的头发弄得乱七八糟。

"你真是个不折不扣的激进分子。"科特里基和气地说道。

"你就是条鱼、海豹、鲸鱼……"

"冷静点儿，不要吵了！"

"这确实是一场激烈地辩论！……比之前讨论的要精彩多了。"

瓦沃泽基喊着，把手杖递给了戈洛高斯基。

戈洛高斯基平静下来了，四处看了看，然后开始喝茶。

玛柯斯卡静静地听着，而咪咪却躺在瓦沃泽基的外套上，睡着了。

詹妮娜忙着给所有人倒茶，所有的对话她都听在耳里。她已经忘了格泽斯科维克兹，她的父亲，和科特里基的对话，专心听着他们在谈论的话题，而托波尔斯基虚幻的梦想让她着迷。这些艺术和与艺术有关的话题完全吸引了她。

"你的戏剧协会准备得怎么样了呢?"托波尔斯基抬起头来,她问着他。

"它会……会成立的!"托波尔斯基答道。

"我跟你保证它一定会成立的。"科特里基插话道,"不是托波尔斯基所理想的,而是比他所理想的更完美,甚至可以引进新的剧种来增加剧院的吸引力,但这些改革我们得让其他人来进行,因为那需要很多钱,只有去巴黎才能发展壮大。"

"剧院管理者是不会改革剧院的外部环境的,而剧种创造又是个什么东西?这也与管理者无关……就好比在黑暗中找东西,像狗身上的跳蚤一样,漫无目的,乱来一气。必须要有个天才来改革现代的剧院,我已经感觉到这个人快要出现了……"戈洛高斯基声称。

"那是怎么回事?……凭现在的戏剧杰作还不能成就理想的剧院?"詹妮娜问道。

"不能……现在的杰作属于过去,我们需要别的作品。对我们来说,那些杰作是文化宝藏。"戈洛高斯基答道。

"那么,你觉得莎士比亚已经太过陈旧了?"

"嘘!我们还是不要谈论他吧,他是整个宇宙,我们只能仰视,而别想理解他……"

"那席勒呢?"

"是个著名的不切实际的幻想家,推崇法国大革命,百科全书似的人物。他象征着高贵、制度、教条主义,是个可怜又讨厌的雄辩家。"

"歌德呢?"詹妮娜对戈洛高斯基矛盾的论调非常感兴趣,问道。

"代表作品只有《浮士德》,而浮士德是太复杂的机器,作者一死,就没人知道怎么转动它了。别人推着它、拆开它、清洗它,替它掸去灰尘,而机器一动不动,甚至都生锈了……你对它可不能轻举妄动。

浮士德可不是理想主义者，而是个实践者；他就是个学者，一生都在琢磨进入犹太教堂要先迈左脚还是迈右脚；他用自己的实验伤了玛格丽特的心，又害怕受监禁，目光短浅，除了学习研究什么也不顾，抱怨着生活不好，知识无用。事实上，如果你自己有病还坚称他人同样有病，这就是心理变态。"

"相比而言，我更喜欢您说的这话，而不是您的剧本。"

科特里基低声说。

"我倒希望自己说的话不受人欢迎，创作的剧本更受欢迎。"

戈洛高斯基说完这话，很快去了科特里基那儿。

"哦，那么雪莱和拜伦呢？"詹妮娜的兴致已经完全被调动起来，问道。

"啊哈，拜伦！……拜伦就是蒸汽机，你很难控制他暴发的能量，他既不喜欢待在英格兰，也不喜欢去维纳斯，尽管这些地方气候不错，他又很有钱，但他总觉得无趣。他是个很叛逆的人，一个很坚强很激昂的怪物，容易冲动，用他绝妙的口才讽刺他的对手。他用自己的著作扇了英格兰一记耳光。他是个无聊的自高自大的人。"戈洛高斯基接着说。

"那雪莱呢？"

"说到雪莱，他可是个农民天才，他是个实在的诗人，我们这种普通人可比不上。"

戈洛高斯基沉默了，给自己倒了杯茶。

"怎么不说了？我们都还在听着呢，至少我就在等着你继续这非常有趣的阐述，已经等得不耐烦了。"见此情景，詹妮娜问道。

"是吗？很多不朽的人物我都准备跳过去，不再说下去了呢。"

"不用热烈欢迎就能做的话，你就继续吧。"

"科特里基，安静点儿！你真是卑鄙自私，别人都说话的时候你不说，现在倒是说个不停！"

"先生们，不要争吵了好吗，我一点也睡不着。"咪咪可怜地恳求着。

"就是啊，一点也不好玩！"玛柯斯卡打了个大大的哈欠，说道。

瓦沃泽基又开始往杯子里倒水。戈洛高斯基靠近了詹妮娜，兴致勃勃地给她讲他的观点："我觉得易卜生很奇怪，他能预见比自己更强的人什么时候出现，他就像黎明前的曙光。对于那些年轻气盛、个性张扬的德国人而言，苏德曼和哥白尼所做的研究不过是庸人自扰。他们只是想告诉世界，穿裤子系裤带是多余的，没有裤带，你也能穿好裤子。"

"现在我们的戏剧艺术受到重创。"科特里基插话道，"头上遭到了重击，胳膊下也受了伤，还被人踢了一脚，诸如此类……"

"不是的，先生，我还在这儿呢！"戈洛高斯基又说道，滑稽地鞠了一躬。

"我们为了几个肥皂泡浪费了大量的精力。"

"也许吧，不过在肥皂泡里也能看到折射出来的阳光。"

"那我们就再喝一杯白兰地吧。"托波尔斯基沉默良久，这时才开始说话。

"去他的争辩吧！……我们来喝酒吧，什么也别再想了。"瓦沃泽基附和着。

"最后一句可是你说的，瓦沃泽基！"戈洛高斯基说道。

"喝酒吧，彼此相爱！"科特里基说着，自己兴奋起来，用杯子撞了一下瓶子。

"这个我同意，我是戈洛高斯基，我同意，只有爱才是这世界的灵魂！"

"等等，我来给你们唱一首有关爱的歌。"瓦沃泽基喊着，唱起了一首爱情小调。

"唱得好，瓦沃泽基！"大家高兴地欢呼着，都不再去争论那些无聊的问题了。

"尊敬的女士们先生们！天空阴沉了下来，而我们的酒瓶也空了。我们回去吧！"终于，瓦沃泽基提议道。

"怎么回去啊？"一些人问道。

"走路回去吧，从这儿到华沙还不到一里路程。"

"我们雇几个壮汉给我们提篮子吧。我去找找看。"

瓦沃泽基说着，去了附近的一所修道院。

他离开之后，大家很快收拾好了场地。他们越来越兴奋，咪咪跟戈洛高斯基还在草地上跳起了华尔兹。托波尔斯基已经大醉，不停地自言自语，甚至跟玛柯斯卡吵了起来。科特里基一直跟着詹妮娜，她现在显得非常快活，对他微笑，跟他说话，好像不再记得他之前的示爱。他觉得她已经完全把那件事抛在了脑后。

和往常一样，他们俩仨人一组地往回走。詹妮娜把橡树叶编成环状，科特里基在一旁帮忙，用挑逗性的话来逗乐她。她跟着他走，他们一起进入树林，走在铺满厚厚落叶的地面上，她马上就陶醉在其中，非常快乐地看着那些树，轻柔地抚摸着树干和树枝，双眼放着光，科特里基指着树，问道："它们一定是你的好朋友吧？"

"当然，是关系非常好，也非常真诚的朋友，可不是滑稽的人类朋友！"她说的话带着点讽刺的意味。

"你报复心理很强。既不容易相信人，也不容易原谅人。我只求能告诉你……"

"那就娶我啊！"她转向他的方向，很快说道。

"我真心想和你在一起！"他用同样的语气低声说。

他们相互对视，都变得沉默。詹妮娜眉头拧成了结，下意识地把还没编好的橡树叶环放在嘴里咬着，科特里基也低下头，不再说话。

"快点儿,我们演出要迟到啦!"有人喊道,他们都加快速度赶去公司跟其他人会合。

"那明天就会排演我写的剧啦?"戈洛高斯基问托波尔斯基。

"确切地说,只是熟悉剧本,杜贝克还没安排好角色。"托波尔斯基答道。

"天啊!那这个剧什么时候才会正式演出啊?"

"别担心,很快观众们就会来为你的剧喝倒彩了!"科特里基讽刺道。

"自下周二起的一周之内,我们就会安排演出了……至少我会去催一下。"托波尔斯基答道。

"严格地说,我们只剩四天时间了解角色和排练。这么短的时间里,没有人能够充分了解并把握好分配的角色。那可是致命的,绝对致命的!一定会演砸了的。"戈洛高斯基嚷嚷道。

"你只要给杜贝克灌一点威士忌,他就能确保不搞砸你的剧本。"瓦沃泽基建议道。

"是的,他会为所有人大声叫好……照目前的状况,最好是宣布,有一场新戏需要尽快熟悉角色。"

"不用担心我,我会熟悉自己的角色。"玛柯斯卡说。

"我也会的。"詹妮娜也说。

"我知道女士们总会自觉去了解角色,但男士们……"

"男士们不用了解角色就能演得很棒。"瓦沃泽基说,"知道吗,格拉斯就从来不去熟悉自己的角色!几次排演他就能搞定状况,只要偶尔提几句词就行了。"

"他是个能干的角色!"戈洛高斯基冷笑道。

"你这话什么意思?他是个好演员,喜剧演得也不错。"

"因为他总能即兴编造一些废话来掩饰自己的缺陷。"

"请认真地回答我。你刚才说要我娶你是你的期望,还是你开的玩笑?"科特里基突然想到了什么,低声问詹妮娜。

"每一句都是真诚的,你以前听过吗?"詹妮娜不耐烦地答道。

"谢谢!我会记得你的话……但要知道,耐心是成功的首要条件。"

科特里基怀疑地看着她,朝她点点头,就赶上了其他人。但是他打定了主意,决定不顾一切地选择等待。

科特里基可不是遭到女人轻视或辱骂就打退堂鼓的人。不论遇到什么伤害他都能接受,并一直埋藏在心头,伺机报复。他轻视女人,而且直言不讳地表达出自己的这种观点,同时又一直渴望女人和爱情。他一点也不介意自己的外貌,因为他清楚自己很有钱,足以买到任何他看上的女人。他是个自负的人。

他现在微微笑着,走着,想着什么,手杖压折了路旁的野草。

天黑了,豆大的雨点砸落下来。

"我们会淋成落汤鸡的。"咪咪笑道,打开了伞。

"詹妮娜小姐,和我共伞吧。"戈洛高斯基喊道。

"非常感谢,不过我不喜欢躲雨,反而更喜欢在雨中淋得湿透。"

"你真像……"他突然不再说下去了,而是戏谑地用手压着嘴唇。

"请把话说完……"

"你还真像鱼一样,离不开水……我很好奇你怎么会变成这样的。"

詹妮娜微笑了,想起从前经常在秋冬季节风雨交加的时候穿过整片树林,她兴高采烈地答道:"我喜欢这样。从小我就习惯了下雨等糟糕的天气……我就是很迷恋暴风雨。"

"天啊!性子还真烈!是遗传的吧。"

"只是习惯了,或者说是我内心的需求。"

戈洛高斯基一手搂过了詹妮娜,她并没有反感,还用轻松和友好的语调给他讲述自己以前在乡下远足的冒险经历。她对他的接近毫不顾忌，就像她和他从小就是好朋友一样。她甚至都忘了这是她第一次见他。她被他阳光快乐的外表和真诚温和的性格迷住了，她觉得他就像个大哥哥一样亲切友好。

戈洛高斯基听她说话，回答她的问题，也好奇地观察着她。终于，詹妮娜停下来了，他直率地说："天啊，你真是个有趣的女人，非常有趣！我想告诉你，刚刚我有了个发现，所以我就直说了，你不要见怪。我不喜欢恪守陈规、虚伪、矫情的女演员……而我在你身上一点也见不到。啊！那些缺陷你一条也不占。说实话，你是个与众不同的人。这一点很有意思，非常有意思！"他不停地说着，像是在自言自语，"我们会成为好朋友的！"他高兴地大声说着，"尽管女人经常让我失望，因为她们迟早都会原形毕露，但你能带给我全新的体验。"

"那我也有话直说了。"詹妮娜说着，他如此快速客观地对她做出评价让她觉得好笑，"你也是个有趣的家伙。"

"那么，我们是好朋友了！来，握握手吧。"他说着，伸出手去。

"但我的话还没说完，告诉你，我还没有什么真正的朋友和知己。那种感情可能会给人带来伤害，不太安全。"

"胡说！友谊可比爱情重要多了。友谊需要真诚。拒绝友情的人是不聪明的。我以后还会有机会见你吧？你可真是不简单……常人很难遇见的那种。"

"我每天都会在剧院排演，几乎每天都有演出。"

"哦，那足够了！如果我每周只来看你一次，流言蜚语就四起了。"

"我可不介意别人怎么看我！"詹妮娜快活地说。

"嘀！嘀！我看出来了，你很好斗……就是只斗鸡！我喜欢不在乎大家的看法的人。"

"我只要自己问心无愧，就能冷静地去听别人对我的评价。"

"有个性，极强的个性！"

"你为什么不去华沙剧院发展呢？"

"因为他们不想排我的剧。你知道，那儿是个高雅的殿堂，只有情感丰富且细腻的人才适合去那儿，而我的剧本可一点也不高雅，相反的，我的剧本都是充满着田园风味，讲述的也是农夫的家事。华沙剧院要的不是这种真实地反映生活的作品，而是浮华缥缈不切实际的。另外，我也没有背景，而他们已经有了专业的剧作家。"

"我想只要有好剧本，他们就一定会上演吧。"

"说得真好！才不是这样！……真实情况恰好相反。想想看，卡宾斯基这样的家伙答应排演我的剧之前，我忍受的那一切！……不要看我现在在剧院好像有点名气，他们好像愿意排我的戏，刚成为剧作家时，我还不懂得怎样让剧本受人欢迎，曾经低声下气地恳求他们。"

他们都安静了下来。雨下个没完，路面已经出现了很多大大的水洼。戈洛高斯基忧郁地盯着雨雾中城市塔的轮廓。

"去他妈的城市！"他嘟囔着，"三年来，我一直想要引人注意。我一直奋斗，努力，但现在还是连只狗都不认识我。"

"如果你一直抱怨别人没有眼光，那就不要想吸引他们的眼球。"

"我会做到的。他们不会爱我，但戏是会去看的。而剧院里则满是演员、歌手和舞者。他们只要上台表演，就能获得鲜花和掌声。"

"他们的荣耀不过只有一天罢了。他们一离开舞台，所有的光环就都消失了，就像丢进水里的石头一样！"詹妮娜说着，语气中带着一些苦痛，心里一直想着华沙剧院越聚越多的观众群。直到这时她才明白，自己以前追求的名气不过是暂时的。

"我觉得你的脾气跟我一样。"戈洛高斯基说。

"是的！"她重重地答道，声音像是被压抑了很久突然暴发出来一样。

"是的！"她重复说，不过这次声音低了一些，也不再那么充满激情。詹妮娜眼里的光彩黯淡了下去。他们都漫无目的地看着远处高高低低的建筑物，詹妮娜想着荣誉不过是过眼云烟，想起了卡宾斯基夫人过去的故事，斯坦尼洛斯基不再的风华，她想起了那些已经过世的著名演员们，现在人们大都不记得他们的名字了。詹妮娜觉得心里在进行一场无休止的战争。她紧紧地偎着戈洛高斯基，路上没再说一句话。

在扎克兹姆街他们搭上了一辆马车。科特里基也跳了上去，和他们一起走。詹妮娜生气地看着他，但他却假装没留意，一直微笑着看她。戈洛高斯基和科特里基陪她回到了家。离演出的时间越来越近，她一到家就冲了进去，换了衣服，带上必需品，很快去了剧院。

因为下雨，一些合唱团的女孩儿也迟到了。卡宾斯基一想到糟糕的天气里会没什么票房效益，就开始恼怒不已，在舞台上下跑来跑去，对所有进来的人喊道："你们这群女孩儿们越来越懒了。已经过了八点了，你们还没换好衣服。"

"我们在圣查尔斯·波罗缪斯教堂做晚祷。"泽林斯卡分辩道。

"别用晚祷来糊弄我！见鬼去吧，晚祷！还是想想你吃的面包是谁给的！"

"在这方面，您对我们很慷慨啊，总监先生！"路易斯生气地回嘴道。

"怎么，难道我没付你工资？那你是怎么过日子的啊？"

"我们是怎么过日子的？……当然不是靠您少得可怜的工钱了！"

"哦，你今天也迟到了？"詹妮娜刚一进来，卡宾斯基就喊道。

"我只有第三场的演出，我的时间足够啊！"

"文森特！快去找罗欣斯卡小姐。索菲在哪儿？快过来，要开始了！见你们的鬼去吧！"卡宾斯基越来越恼怒，喊道。

他掀开幕布往台下看了一眼。

"观众席已经坐满人了，而更衣室里还都是空的！你们还抱怨我没付工资！先生们，拜托快点穿戴好，准备演出！"

"快了，我们玩完了这局就来。"

一些男演员妆还只化了一半，衣服没换，在玩扑克。只有斯坦尼洛斯基坐在更衣室一角里的镜子前，往脸上补妆。这是他第三次用毛巾擦去旧妆换上新妆了。他噘着嘴，眉头紧锁，额头上都是褶子，不时斜眼看一下打牌的人。他还在低声背诵台词，表情也随之不断变化，不时漫不经心地丢过一些零钱："给我押四……十个铜板！"

"观众们都在吵闹啊！要摇铃开始演出了！"卡宾斯基请求着。

"别打扰我们，总监。让他们等会儿吧……一张王！……你输了，拿钱来！"

"一个J……你才是输家，出钱！"

"一个红桃Q……五个舍科尔！"

"都准备好了！总监，为苔丝狄蒙娜赌一把吧。"

一个演员喊道，洗好了牌并放好。

"她会出卖我的！"卡宾斯基低声说。

"那她从来没出卖过你？"

"打铃了！"卡宾斯基听到大厅里传来舞台经理沉重的脚步声，对舞台总监喊道。

有那么几分钟时间，只能听到洗牌声和打牌人的争吵声。

"四个A，你们输了！"

"出钱出钱！"

"一个J！"

"一个5……很好。我至少能赚点儿。"

"一个红桃Q。"

"为女士们考虑一下，她们已经准备好了！"卡宾斯基不停地恳求着。

"黑桃Q。输者出钱！"

"够了够了！快点换装！观众们都开始咆哮了！"

"如果那让他们开心，为什么要打扰他们呢？"

"如果他们离开剧院不看演出并要求退钱，你们就不会这么想了！"卡宾斯基喊道，恼怒地冲了出去。

演员们都丢下了牌，开始快速换装化妆。

"我们首场剧目是什么？"

"《承诺》。"

"斯坦尼洛斯基！"

"你打铃吧，我就来了！"斯坦尼洛斯基大声喊道，慢慢地朝舞台走去。

"快点儿！不然他们会踩塌整座剧院的！"卡宾斯基在门廊里催促着。

他们要上演的是一场所谓的独幕剧，也就是一场小戏剧，独幕的小歌剧，一部剧作中的一小场，一段独舞。几乎所有演员都要参与这一场演出。

詹妮娜坐在幕后，看着舞台，等着自己上台。白天发生的所有事都让她觉得很烦。她闭上眼睛，静静地回想着格泽斯科维克兹的话，她又想起了科特里基嘲弄的表情与淫荡的微笑，一股寒意突然涌出来，让她发抖，然后戈洛高斯基又浮现在她的脑海中，大大的头，和善的面容。她擦了擦眼睛，好像这样就会擦去那些幻影一样，但科特里基的微笑，她怎么也擦不掉。

"老罗欣斯卡真让人讨厌！"玛柯斯卡站在詹妮娜面前，低声说道。

听到这话，詹妮娜才从冥想中回过神来，抬起头，不满地看着玛柯斯卡。现在她为什么会出现？玛柯斯卡与所有人闹矛盾让詹妮娜不想搭理她。罗欣斯卡的表演是否让人难以忍受，那种多愁善感是否让人恶心，詹妮娜才不会去关心呢。

"卡宾斯基最好不要让她上台表演。"玛柯斯卡并没留意詹妮娜的沉默，但很快她没再往下说了，因为她看到索菲·罗欣斯卡正朝她们走来，她正围着一条披巾，准备上台跳舞。

索菲·罗欣斯卡已经准备好演出了，站在玛柯斯卡身边。穿成那样，看上去像个十二岁的小女孩儿，她还未发育完全，脸又瘦又小，看到玛柯斯卡和詹妮娜，脸上勉强挤出一个笑容，眼睛是灰色的，嘴唇涂成了大红色，一副专业妓女的表情。她看到母亲的表演，嘴里发出不满的嘘声。她朝玛柯斯卡俯过身去，用詹妮娜听不清楚的声音说：

"看，那个老女人演得真不怎么样！"

"谁啊？你妈？"

"是的。只要看看她是怎么给那个小丑一样的家伙抛媚眼的就知道了。像只老母火鸡！太惹眼了，她怎么会打扮得这么花枝招展的！她一心想让自己看起来年轻，又不懂得怎样化个合适的妆。我都替她觉得羞耻。她觉得所有人都那么笨，看不出她是靠化妆品才有那么点姿色的。哈！哈！不过她可骗不了我。她换衣服的时候，总是房门紧闭，那样我就看不到她是怎么用软布头把自己裹丰满的。哈！哈！"她大笑道，带着对母亲的蔑视，"那些男人都是头脑简单的家伙，他们相信自己所看到的一切……她只给自己买东西，我买一把伞她都不肯出钱。"

"索菲，哪有人这么说自己的母亲的？"玛柯斯卡责备她道。

"唉，去你的！母亲也不过如此而已，又不伟大！四年后，我自己就能做母亲了，如果我愿意，可以生好几个孩子，但我可不那么蠢……我不会有孩子，也绝对不要孩子！我可不是自找麻烦的笨蛋！"

"你真是讨厌的小孩儿！我马上就去跟你妈说……"玛柯斯卡气愤地说道，走开了。

"尽管她是个有一定地位的女演员,但她也是个笨蛋。"索菲大声说道,不满地噘起了嘴。

"不要再说了!你让我听不清楚舞台上的台词。"

"詹妮娜小姐,你不会错过太多的!那老女人的声音像破锣一样,你不会听不清楚的。"索菲满不在乎地继续说道。

詹妮娜做了个不耐烦的手势。

"你不知道她是怎么骗我的!在卢布林时,我家附近有个男的名叫库拉斯维克兹,因为他来我家从来不给我买糖果,我就只叫他库拉斯,而她居然为此揎我巴掌,说他以后是我父亲……哈!哈哈!我可知道他们是什么样的'父亲'……在卢布林,她遇到了库拉斯,在罗兹,遇上的是卡民斯基,而现在,她有很多那样的情人……她想要隐藏这些事,不让我发现,觉得我会嫉妒她。我才不会那么笨呢!像他们那样的男人我随便在哪儿都能抓一大把……"

"别说了,索菲,你真坏!怎么能那么说呢?"詹妮娜低声说,因那孩子讥讽母亲的言辞而愤慨不已。

"我说了又怎么样?难道说错了?"她极其无辜地问道。

"你还问我!哪有你这样批评自己妈妈的?"

"那么,她为什么这么蠢呢?其他的女演员找的恋人至少还有点钱,而她……看看她找的是什么样的啊?如果她找个有点儿钱的,我也能过得好点儿……相信我,我以后长大了,绝对不会像她一样!……"

詹妮娜吃惊地看着她,但索菲可不管那些,朝她凑了过去,低声说:"你有情人了吗,詹妮娜小姐?"

幕布拉了起来,索菲的舞蹈马上就要开始了,因此问过了话,她就立刻离开了。

詹妮娜微微发抖,像是有什么不干净的东西掉在她身上一样。她全身发冷,脸因受到羞辱而发红。

"多肮脏啊！"她低声对自己说，而索菲一点也没注意到她，满脸笑容，容光焕发地登上了舞台。

演出时，索菲又大又薄的嘴唇随着华尔兹的节奏不时张合着，她的舞蹈很有激情，也很富于技巧性，掌声如潮涌。有人甚至扔给她一束花。她拾起来，像个资深的女演员一样，露出迷人的微笑，深深地吸着气，从舞台上退下来，演出赢得了观众们的喜爱。

"詹妮娜小姐。"到了幕后，她喊道，"看，我得了一束花！今晚卡宾斯基一定得多给点报酬。他们都是来看我跳舞的……听，他们一直在叫我的名字，希望我再登台呢！"她快速返回了舞台，向观众们鞠躬。

"你们的演出也不过如此！"她对其他女演员们说，"如果不是因为我的舞蹈，估计这会儿一个人也没有。"她踮起脚来，得意扬扬地笑着去了自己的更衣室。

大家开始表演一部非常伤感的戏《法氏女儿》。托波尔斯基扮演父亲，而玛柯斯卡扮演女儿。尽管托波尔斯基因酒喝得太多而不太能弄得清状况，但他的演出非常完美，两人配合得也不错，都没有人留意到托波尔斯基的状况。只有有经验的斯坦尼洛斯基站在幕后，看出了破绽，大声嘲笑他呆板的动作和空洞的眼神。托波尔斯基有时差点就倒在了舞台上，因此玛柯斯卡要不时去扶他。

"米洛斯卡！过来看他们演出！"斯坦尼洛斯基眼里闪现出不屑的神情，喊着一个老女演员，她今天情绪有点低落。

"那是我的角色！本来应该是我去演的。看他演的那样，那个酒鬼！"斯坦尼洛斯基咬紧了牙齿说道。掌声响起来，他的脸因愤怒涨得通红，掀开一块幕布，看着舞台，嫉妒已经让他忍无可忍了。

"畜生！畜生！"他低声说着，声音嘶哑，向观众们挥舞着拳头，样子很吓人。

然后他去找舞台总监,却怎么也找不到,于是返回来。他继续生气而激动地走来走去,坐立难安。

"我的女儿!……亲爱的孩子!你不嫌弃你年老的父亲吗?……你心里还容得下我这个可耻的父亲吗?……你不再躲着他了吗?"台上,托波尔斯基的感情真挚而热烈,台下斯坦尼洛斯基这样的老演员也受到了感染,完全忘了自己的嫉妒,他呆立在那儿,轻声念着那些台词。他表现出的父爱那么强烈,那么有感情,有血有肉,双手伸向空荡荡的地方,头向前倾,把拉幕布的绳子当成人,看着它。在幕后昏暗的灯光下,这一幕是如此有趣,文森特一看到他,就跑去了更衣室喊道:"先生们,去看看斯坦尼洛斯基在幕后上演的好戏吧,真是前所未见啊!"

大家一窝蜂地跑去看,见他仍然保持着那副可怜兮兮的样子,都不约而同地大笑起来。

"哈哈!真像只猴子!"

"那就是只非洲猛犸,已经有一百岁了,吞噬了人物、角色和剧本,直到他撑死为止。"瓦沃泽基模仿着主持人的声音和语调,大声说道。

听到这话,斯坦尼洛斯基突然回过神来,转过身去,看到大家嘲弄的眼神都聚焦在自己身上,他颤了一下,头低到胸前,很伤心的样子。

詹妮娜看到了这整个过程,陶醉在斯坦尼洛斯基在后台的演出之中,一动也不敢动,生怕打扰到他,当看到他眼里流着泪,而那群演员们却戏弄他时,她再也看不下去了,走到斯坦尼洛斯基身边,不由自主地满怀敬意地吻了吻他的手。

"我的孩子!我的孩子!"他声音柔弱,转过头去,不让人看到已控制不住的眼泪,他紧紧握住詹妮娜的手,然后放开她走了出去。

斯坦尼洛斯基沉浸在剧情之中,痛苦得无法自拔。他进入了大厅里,绕着舞台和观众们转了一圈,眼神里露出无法言说的痛苦,穿过通往街头的门廊,但又突然转身停了下来。

"他会是个很有安全感的情人!"斯坦尼洛斯基离开后,有人对詹妮娜说。

"他会组建一个新的公司,和你比翼双飞!"另一个人也对詹妮娜说。

"你们说得太过分了!太过分了!"詹妮娜大声叫道,愤恨地看着他们。她真想往他们脸上吐口水,她觉得,他们都太残忍太无耻了,让她非常反感。她努力压抑着自己的情绪,坐在座位上,但很长时间都不能平静。

与合唱团一起去舞台上表演时,詹妮娜仍然在发抖,仍然很难平静,在观众席里,她竟然看到格泽斯科维克兹坐在前排。他们的目光交汇了一下,他好像要离开,而她在舞台中央只呆立了一秒钟,就很快镇定下来,因为她还看到科特里基就坐在不远处观察着格泽斯科维克兹,然后看到奈泽斯卡站在小隔间附近朝她友好地微笑着。

詹妮娜虽然没有再看格泽斯科维克兹,但仍然能感觉到他的目光一直在跟着她,这让她更加难以平静。她这才想起自己穿着短裙,一想到自己在他面前打扮得如此花里胡哨,她竟然觉得羞耻。她现在无法说清自己为什么会有这样的感受。她以前从来没有这种感觉。原来在舞台上,她一直都只是冷冷地扫视着观众们,但今天她感觉自己就像是一只被放在大笼子里的动物,而观众们只是来观赏她,以她滑稽的举动为乐趣。她第一次觉得笑容不是友善特有的表情,而且所有来看演出的人脸上都挂着这种表情,他们的笑容无所顾忌,居高临下,具有讽刺意味,像在看马戏一样。她在剧院的每个角落都能看到,让她极不自在。

后来她看到格泽斯科维克兹目不转睛地看着她。她竭力不让自己看他,目光转向其他方向,尽管如此,她后来还是注意到格泽斯科维克兹站起身来,离开了剧院。她当然不会等他再来,也不想再见到他,然而，他的离开却让她痛苦。她看着那个座位，上一秒钟他还坐在那儿，现在空空的，她觉得有点失落，但她还是镇定下来完成了演出，与合唱团的女郎们一起退到了幕后。

舞台上，格拉斯正准备演唱，却忘了词。他走到了提词者的箱子前，悄悄地跺着脚，暗示杜贝克。休止符先生拿着指挥棒朝他比画了一下，格拉斯就装模作样地清了清嗓子，唱起来，但还是用力拉耳朵暗示杜贝克，希望他给一个提示，但杜贝克没有出声。

休止符先生用力敲着桌子，但格拉斯总是一遍一遍地重复同一句歌词，演唱的间隙里对杜贝克低声请求着："提词！提词！"

幕后，合唱团也被这种状况弄得手足无措，有人开始大声提醒着格拉斯那首悲伤的歌的歌词，但格拉斯因生气脸涨得通红，都出汗了，一直不断地唱："你是我的，可爱的玫瑰！"其他的什么都听不见，也不知道后边的人比他更急。

"提词！"他再次绝望地低声喊道，因为乐队和部分观众已经看出来了，观众等着继续看他的笑话。他一拳打到杜贝克脸上，然后就呆住了，眼神空洞地看向观众，而杜贝克牙齿受到了重击，一把拖住格拉斯的腿，紧紧地控制住他。

"明白了吗，你这家伙，下次可不能再这么闹了。"杜贝克低声说着，紧紧抓住了格拉斯的腿，让他动弹不得，"被我抓到了吧。你还想修理我，结果被我修理了一顿！扯平了！"

休止符先生立刻控制了场面，让卡科斯佳上台开始演唱下一曲目。卡宾斯基在幕后朝他们威吓般地挥舞着拳头，杜贝克放开了格拉斯的腿，退回到箱子里，平静地继续提词，并朝卡宾斯基赔着笑脸。

詹妮娜一点也没留意到台上发生的事，只看到格泽斯科维克兹捧着一束花返了回来。他回到之前的座位上，当合唱团再次上台演出时，他才站起身来，把花束扔到了詹妮娜脚下。然后他平静地转身离去，穿过大厅,消失了,一点也没留意自己的举动在剧院引起的骚动。

詹妮娜只觉得观众们都在看她,她机械地拾起了花,回到了舞台后,避开了同伴们。

泽林斯卡指着花束,低声问道:"这里边有一颗'心'吗?"

"看看花中间,也许你能在那儿找到点什么。"另一个女孩儿也低声提醒詹妮娜。

詹妮娜并没有看花,但还是很感激格泽斯科维兹送了这束花过来。演出散场后,她独自离开了,并没有留意格拉斯和杜贝克激烈的争吵。

格拉斯气得上蹿下跳,而杜贝克只是慢慢地穿上了外套,平静地嘲讽道:"以眼还眼,以牙还牙。复仇真是让人快乐的事。"

之前的一天,格拉斯把杜贝克灌醉了,然后和弗拉德克一起把他打扮成一个黑人,开他的玩笑。那天,杜贝克并不知道自己的异样,醒来之后就去了剧院,遭到大家的取笑,弄得他无地自容。杜贝克发誓要报仇雪恨,并真的这么做了,还威胁说他也会向弗拉德克报仇的。

卡宾斯基对这件事相当气愤,重重地训斥了格拉斯一顿,但格拉斯只觉得舞台上的表现丢脸,卡宾斯基的训斥他就像没听到一样。

詹妮娜换好了平常的衣物,只等着和索温斯卡一起回家,而弗拉德克这时走了过来,柔声问道:

"我送你回去吧?……"

"我跟索温斯卡一起走,你跟我又不在同一个地方。"詹妮娜答道。

"索温斯卡让我来告诉你她还要一个小时才能回去。她现在在导演家。"

"那好,我们走吧。"

"花束可能会让你不方便,我帮你拿吧……"他说着,伸出手去拿花。

"哦，不，谢谢你……"詹妮娜说。

"这花一定很贵吧，哈哈！……"他说着，暴出一阵大笑。

"我不知道它的价格。"她冷冷地答道，露出一副不想和他说话的表情。

弗拉德克笑着，然后提起了自己的母亲，说道："你能来我家吗？我妈病了，会在床上躺几天。"

"你妈妈病了？真的吗，我今天还在剧院见到她。"

"真的吗？"他困惑地喊道，"我发誓她确实病了……我妈告诉我，她好几天都起不了床。"

"我妈想要偷偷地监视我……"最后，他皱着眉说道。

老奈泽斯卡确实在不断地监视他，了解他跟谁在约会，只要想到弗拉德克可能会娶一个女演员为妻，她就觉得无法容忍。

到了詹妮娜家门前，他说想回去确认一下母亲的病情，于是与詹妮娜告别。

詹妮娜一进入房间，弗拉德克根本没去确认母亲的病情，而是去了剧院，遇上了索温斯卡，与她私下进行了一番长谈。老妇人嘲弄地打量着他，并承诺会支持他。

然后他匆匆去了柯泽克维兹家约他打牌，因为他们晚上总有这样的活动，今晚是在另一个演员家里，他们还邀请了很多圈内的朋友。

詹妮娜一到房间，就把花插进了一个装满水的瓶子里，临睡前再次看了一眼那些花，温柔地低声说道："他多好啊！"

 第八章

"小姐,这是通知,给!"文森特走进詹妮娜的房间,喊道。

"有什么事吗?……"

"有新戏要排,或者还有其他事!"文森特答道,窥探着房间。

通知上,经理要求全公司所有演员都要在中午来排演戈洛高斯基的剧本《农夫》,詹妮娜也在通知上签了名。

"花束真漂亮!"文森特盯着花瓶里的花,叹道,"这香味能把人融化……"

"说人话!"詹妮娜说着,递过签好名的通知。

"我的意思是这花还能卖出去。"

"谁去卖,有谁会买啊?"

"请原谅,小姐,我看你还是新人。有些女士一收到花就把它们卖

给晚上在剧院售花的老妇人们。我只要替她们联系，就能赚一卢布。如果你把花给我……"

"花我可不能给你……但钱倒是可以给你。"

詹妮娜给了文森特一卢布，他欣喜若狂，还很恭顺地吻了她的手。

文森特离开后，詹妮娜给花换了水，并把花瓶放在桌子上，这时，索温斯卡把她的早餐送了上来。

索温斯卡今天看上去容光焕发，圆圆的眼睛里透着非同寻常的友好。

老妇人把咖啡放在桌子上，指着花束，微笑着说："多漂亮的花啊！这是昨天那位来这儿的男士送的吗？"

"是的。"詹妮娜简短地答道。

"我知道一定会有个人乐意每天给你送同样的东西的……"索温斯卡打扫着房间，装作一无所知地说道。

"送花？"詹妮娜问道。

"当然还有别的，如果你愿意接受的话。"

"那样的话，那个人还真笨。"

"你难道不知道爱会让每一个人都变成傻瓜？"

"也许吧。"詹妮娜简短地答道。

"你不想知道那人是谁吗？"

"我一点也不好奇。"

"但是，他是你很了解的人。"

"谢谢你，但我不想听。"

"别生气……我说错什么了吗？"索温斯卡慢吞吞地问道。

"没有，是你想跟我说这个的吗？"

"是的，我……你知道，我就把你当自己的女儿一样看待。"

"你把我当自己的女儿一样看待？"詹妮娜慢慢地说着，正视着索温斯卡的眼睛。

索温斯卡垂下眼帘，平静地离开了房间，但关上门后，她停了下来，挥着拳头，一副很吓人的样子。

"你这圣洁的天使！等着瞧吧！"她咬牙切齿地说。

詹妮娜去了剧院，只看到了派斯、托波尔斯基和戈洛高斯基。

戈洛高斯基一看到她就微笑着朝她走过来，伸出了手来打招呼。

"早上好。我还在想昨天的事。你必须为那件事好好谢谢我。"

"我很感谢你！但我很想知道……"

"你知道，我对你没有非分之想……其他男人会很迷恋你这么漂亮的女人，但我没有，也不会！如果我这么想了，就是畜生！我只是在想……你的勇气是从哪儿来的？"

"当然跟我的缺点一样，来自同一个地方，这是天生的。"詹妮娜答道，坐了下来。

"你心里一定有个人给了你坚持的动力。那个人有红褐色的头发，年薪一万卢布，戴着一副眼镜，还有……"托波尔斯基打趣道。

"还有……都忘了吧！总有时间说废话，总也不烦。"戈洛高斯基打断了托波尔斯基的话。

"跟我们喝一杯吧，詹妮娜小姐。"

"谢谢，我不喝酒。"

"你一定得喝……不然我就要送到你嘴边啦。我新剧的葬礼这就开始了。"戈洛高斯基开玩笑道。

"真爱说笑！"派斯嘟囔道。

"我们走着瞧吧。过来，派斯，托波尔斯基，再喝一杯。"

戈洛高斯基喊道，倒了两杯柯纳克酒。

他不停地开着玩笑，微笑着带客人们到餐桌旁，看上去很热情，但人们也能看出他强颜欢笑的面具下藏着对新剧演出成功的焦虑和担忧。

阳台上，一场小小的庆典已拉开序幕，戈洛高斯基热情款待大家，但人们的热烈情绪好像被天空中正下着的毛毛细雨浇熄了。卡宾斯基不时抬头看着天，摘下帽子，不满地挠着头。佩帕情绪很低落，不停地走来走去……玛柯斯卡双唇发白，眼睛发红，不是刚哭过就是刚睡醒，不满地看着托波尔斯基，好像有重重的心事。格拉斯在前一天的演出失败之后，像中了毒一样，走路歪歪斜斜的，也没有了平常的幽默感。雷泽维克在镜子前查看自己的舌头，对派斯夫人诉苦。瓦沃泽基"身体状况不佳"，还一直在跟人说着自己的小病。

"晚上十二点半了，玩得差不多了，我们来熟悉剧本吧。"

舞台经理托波尔斯基说道。

大家安静下来，把一张桌子推到舞台中央，椅子放在桌子周围，托波尔斯基手里拿着一支铅笔，开始朗读。

戈洛高斯基没有坐下来，而是一直转着圈，每次经过詹妮娜身边，他都会悄悄地跟她说些什么。她听了只是静静地笑，而他继续转，把帽子扔到天空，胡乱地揉着头发，一支接一支地抽烟，却是很认真地听着台词。

外面的雨还在继续，雨水顺着排水管滴落下来。黎明的曙光照到了舞台上。格拉斯把烟蒂伸到杜贝克的鼻子下逗他取乐，而弗拉德克在打着瞌睡的米洛斯卡头顶敲了一下。更衣室里，舞台工作人员正为晚上的演出准备搭建舞台的材料。

"戈洛高斯基先生，我们现在想暂停一下。"

托波尔斯基突然说道。

"好吧。"戈洛高斯基答道，继续在他们周围转。

大家说话的声音越来越大。

"卡民斯卡，你能陪我去城里吗？我想做条裙子，需要一些材料。"

"好吧，顺便可以去买几件斗篷。"

"那是怎么弄的？……钩针吗？"看到派斯夫人正在做女红，罗欣斯卡问道。

"是的,你看,这件多漂亮啊,是总监夫人送我的一件样品。"

然后,大家一片安静,除了舞台经理的声音,雨水滴落的声音和更衣室里锯子锯木头的声音,什么也听不到。

"给我支烟抽吧。"瓦沃泽基对弗拉德克说,"昨天打牌你赢了没啊?"

"跟往常一样,还是输了,我开始还想赢二三百卢布的。这手气真背!……我有主意啦!……"弗拉德克俯身朝瓦沃泽基的耳边偷偷说了什么。

"你的房子怎么样啦?"柯泽维兹问着格拉斯,递给他一根烟。

"没怎么样啊,我还住在老地方。"

"你付房租了吗?"

"还没,但很快就会付的!"格拉斯答道,对着他挤眉弄眼。

"知道吗,格拉斯?听说卡宾斯基在莱什诺街买了一栋房子。"

"你说的是真的吗?天啊,我还在等他付工资,好去交房租。他买房的钱是从哪儿来的?"

"谢派泽维兹看到他和房产中介在一起谈话,应该是在谈房子的事。"

"奶妈!"卡宾斯基夫人喊道。

奶妈很快进来了,围裙下还藏着一封信。

"是菲尔迦喝多了打碎了镜子,不是我。她把一个香槟酒瓶砸向吊灯,却不小心砸到了镜子。嘭的一声,就多了三十卢布的支出。她那个胖子情人对此只是皱了皱眉头。"一个合唱团女郎正在叙说。

"别说假话了!我可没喝多,我清清楚楚地记得是谁砸坏了它。"菲尔迦反驳道。

"你还会记得吗?那你记得你跳下桌子,脱下鞋子,然后……哈!

哈！哈！"

"你们安静点儿！"托波尔斯基厉声对合唱团女郎们喊道。

她们降低了声音，但咪咪又开始大声跟卡科斯佳讲在长街看到一种新款的帽子。

"如果再不换个公司，我可过不下去了！房东已经命令我搬家了。因为得给我的儿子约翰尼买果酒，昨天我已经把最后一点东西也典当了。我儿子病了，很久都还没好。他脾气越来越暴躁了，很想起床活动。如果谢派泽维兹再不聘用我并提前付我工资，房东会把我赶出去的。"沃尔斯卡低声对一个合唱团女伴说道。

"那你确定谢派泽维兹是在组建公司吗？"女伴问道。

"当然，这是毫无疑问的。几天后我就会跟他签合同了。"

"那你不留在卡宾斯基这儿了吗？"

"当然不留，他根本就不想把我应得的工资爽快地发给我。"

三十年的岁月在沃尔斯卡的脸上烙下了深深的痕迹，浓厚的脂粉丝毫掩盖不了脸上的皱纹，疲惫的眼神透出她生活的艰难。她六岁的儿子从春天一直病到现在。她衣不解带地照顾着他，自己却常常忍饥挨饿。

"顾问先生！欢迎回公司！"格拉斯一眼看到了已经有好几周都没在剧院露面的老顾问。

顾问走了进来，问候大家。大家都从座位上起身回应，排演就此被打断。

"早上好！早上好！我打扰大家了吧？"

"没有，没有！"演员们异口同声地回答。

"请坐，顾问先生。我们一起听剧本吧。"卡宾斯基夫人说。

"啊，你真是天才啊！向你致敬！"顾问对戈洛高斯基喊道。

"真是个老家伙！"戈洛高斯基低声嘟囔道，朝顾问点点头就去了幕后，没去搭理他，他已经被这不断地干扰和对话弄得心烦意乱。

"安静一下！天啊，这里就像集市一样吵闹！"托波尔斯基不堪其扰，抗议着，然后又开始继续读剧本。但没有人再继续听了，总监夫人和顾问一起离开了，大家也就一个一个地跟着悄悄走了。雨倾盆而下，打在剧院锡制的屋顶上，像在演奏着交响乐一样，所有其他的声音都听不见了。天阴沉沉的，周围的一切黑黢黢的，托波尔斯基都看不清剧本，读不下去了。

大家都去了更明亮也更暖和的男更衣室里，开始聊天。

詹妮娜和戈洛高斯基站在门口，兴奋地说着一些剧院演出的事，却被罗欣斯卡冷冷地打断了："天啊，你好像对演出上瘾了！……哎哟，要不是我刚听到的话，还真是不敢相信……"

"为什么不敢相信？我上瘾的理由很简单啊，这里有我想要的一切。"

"我跟你不一样，我希望远离剧院。"

"那你为什么不告别舞台呢？"

"要是我能做到就好了，我不会在这儿多待一个小时！"她痛苦地答道。

"你只是说说罢了，只要真心想离开，我们就都会离开剧院。"沃尔斯卡轻声说，"我这一生比你们任何人都要艰难，我知道，我要是放弃了剧院，就能过得更好，但只要一想到我某天会离开舞台，我就觉得恐惧，好像我离开了就会死掉一样。"

"剧院就是慢性毒药，你来了，毒素就一天一天地侵入你体内，直到死亡。"雷泽维克抱怨道。

"别哀号了，你的病不是来自剧院，而是你的肚子。"瓦沃泽基说。

"这种慢性毒药就是一种迷幻剂。"詹妮娜说。

"哦，这迷幻剂药效不错！如果你饿了，嫉妒了，活不下去了，就来一剂！"罗欣斯卡不屑地说道。

"那些没感染上的和已经治愈的人还真是幸运。"

雷泽维克又加了一句。

"艺术是你的梦想，为梦想活着，痛苦着，并死去不是更好吗？我就想要这么活下去，而不是成为我丈夫的仆人，孩子的奴隶，背上家庭的负担！"詹妮娜冲动地说出这一句。

弗拉德克怜悯般地回击道：

"你说得真好！对你而言，在这个艺术的殿堂，我已经高不可及了，你别想超过我！"

"请原谅。"弗拉德克继续说，"我自己也曾说过，我的生命里除了艺术，什么也没有！如果不是为剧院，我……"

"你会成为修鞋匠！"格拉斯突然插话道。

"只有单纯幼稚的小女孩儿才会那么说呢。"卡科斯佳不屑地说道。

"还有不知道卡宾斯基会发多少工资的人。"罗欣斯卡说。

"哦，那你还真值得同情！你的激情全部被贫穷吞噬了，你的灵感、青春、才华和美貌也都被贫穷吞噬了！"派斯像个圣人一样严厉地说。

"不，这一切都不算什么！……这样的公司，这样的同行，这样的剧本才会毁了一切。如果你能忍受这里地狱般的生活，你会成为一个伟大的艺术家！"斯坦尼洛斯基酸酸地说。

"既然天才都这么说了，那就低下头来，承认我们必须忍受！"

瓦沃泽基讥讽道。

"蠢货！"斯坦尼洛斯基咆哮道。

"迂腐！"瓦沃泽基反驳道。

"我还是来告诉你我是怎么开始我的事业的。"弗拉德克说，"读四年级的时候，我去看了罗斯饰演的《哈姆雷特》，从那时起，我就深深迷上了剧院。我偷了父亲的钱买悲剧作品,然后加入了剧院。我不分白天黑夜地了解角色,梦想着有一天轰动整个世界……"

"你现在不过是卡宾斯基公司的赚钱工具而已。"

杜贝克嘲弄地说道。

"我小的时候,听说著名的雷特已经到了华沙,并准备开办一个戏剧艺术学校。"弗拉德克继续说,"我觉得自己有这个天赋,想学习,就去见他。他住在圣约翰街。我去了他家,摁响了门铃。他出来开门,邀我进去后锁上了门。我紧张得直冒汗,不知道要说什么为好。我不断改变身体的重心,从一只脚换到另一只脚。他很平静地在清洗一只平底锅,然后又往煤油炉里倒了点油,脱下外套,换上便服,开始削土豆。"

"长时间的沉默之后,我实在不知道该怎么开口,就开始结结巴巴地说我为什么来访,我对艺术的热爱,对学习的渴望……而他继续削土豆。最后,我请他给我上课。他瞥了我一眼,低声问:'你多大了,孩子?'我站在那儿不知所措,他继续问:'你是跟母亲一起来的吗?'这时眼泪开始涌上我的眼眶,他好像看出了什么,继续说:'你若是偷偷跑出来的,就少不了挨父亲的揍,学校也不会收你的。'我觉得很受打击,很沮丧,一句话也说不出来,'给我背一段吧,孩子。'他平静地说着,一直削着土豆。"

"你在舞台上咆哮的爱好就是从那时培养起来的吗?"

格拉斯讥讽地问道。

"格拉斯,别打扰我!……哈!我想,我要好好秀一下自己!尽管我紧张得发抖,我还是装出一副可怜的样子开始背诵……我像奥赛罗一样痛苦一样喊叫,激动不已,结束时已大汗淋漓。'继续。'雷特说,并继续削他的土豆,脸上没有一丝表情,让人捉摸不透。我觉得情况还不糟,于是就选了《无常》。像尼俄柏一样绝望,如李尔王一般痛苦,恳求着，威胁着，最终变得精疲力竭。他还是说：'继续。'他不再削土豆，转而切肉。听到这话，我很兴奋，就选了斯瓦斯基的《悲剧》第四场牢里的一段，我全部都背诵下来了。我全情投入，声音也嘶哑了，后来还带着哭腔，非常激动，头发都立了起来，颤抖着，忘了周围的一切，像是在火炉里一样。我非常伤心，整个房间都像在随着我摇晃，眼前一片迷朦，上气不接下气，我变得脆弱不堪，嗓子都开始哽咽，我都快昏厥过去了……然后听到他打喷嚏的声音，用袖子擦着眼泪。我停止了背诵。他放下了正在切的洋葱，递给我一个水罐，平静地说：'去给我倒点水来。'我就去倒了来。他把土豆倒进去，放在火炉上，点好了火。我害羞地问他能不能来听他的课。'好，来吧。'他答道，'你可以替我擦地板，为我提水。你会说中文吗？''不会。'我说，不知道他为什么要问这个。'那就去学吧，学好了再来见我，然后我们可以讨论演出。'……我一生都忘不了那一刻。"

"别再这么多愁善感啦，戈洛高斯基可不会再给你拿啤酒的。"格拉斯说。

"随你怎么说吧，只有艺术能让生命有价值。"弗拉德克坚称。

"那你再没见过雷特吗？"詹妮娜好奇地问。

"怎么可能再见，他还没学过中文呢。"格拉斯插话道。

"我没有再去拜访他，另外，我父母发现后，带我离开了学校，后来我偷偷从家里跑出来，进入了柯赞诺的公司。"弗拉德克说。

"你过去在柯赞诺那儿啊？"有人问道。

"一整年我都和他本人及他的妻儿走得很近，他们夫妇的名声可是无人可及的。我说走得近，是因为那些日子我们很少用别的交通工具，经常一起步行外出。我经常没东西吃，但我可以尽情演出，日子过得很充实。我的行程排得很满。只要有四个人，我们就能上演莎士比亚或席勒的戏，由柯赞诺导演，我们自得其乐，除此之外，柯赞诺还自己写了很多优秀的剧本，那时我们收获很大。"

雨不停地下，他们围得更拢，谈得更欢。突然，舞台上一声大喊打断了他们的交谈。

"安静！出什么事啦？"大家都问道。

"啊哈！玛柯斯卡正和托波尔斯基在上演一场自由恋爱的戏。"

詹妮娜出去查看情况。在黑黢黢的舞台上，男女主人公正在激烈争吵。

"你昨晚去哪儿了？"玛柯斯卡双手攥成了拳头，朝托波尔斯基挥舞着，大声喊道。

"让我一个人待会儿，梅拉。"

"你昨晚一整晚都不在，去哪儿了？"

"我说，你还是走吧……要是病了，就回家休息。"

"你又去打牌了，是吗？我连买衣服的钱都没有！我昨晚都没去买晚餐吃，你居然还拿了钱去打牌？"

"你可以赚到钱啊，为什么不去赚呢？"

"哦，是啊，你希望我有钱，这样你就能拿去赌博。为了达到这个目的，你甚至可以把我卖了赚钱……你这卑鄙的浑蛋！"

她发狂似的扑到他身上，俊俏的脸因生气涨得通红。她抓住他的手臂，狠狠地掐着他摇晃着他，她自己都不知道自己在做什么。

托波尔斯基也失去了耐性，用力推开了她。

这时玛柯斯卡低低地叫了一声，好像失去了理智，神经质地笑着，喊着，双手扭在一起，在他面前跪了下来。

"莫里斯，我的最爱，原谅我！……你是我生命的阳光！哈！哈！哈！你这该死的浑蛋，就是你！……最亲爱的，甜心，原谅我！……"

她趴在他脚下，紧紧抓住他，疯了一般地狂吻着他的双手。

托波尔斯基只是呆呆地站在那儿。他为自己的愤怒而觉得羞愧，因此他只是叼着烟头，平静地低声说："从地上起来吧，不要再演了……你难道不知道羞耻吗？……很快你就会让他们都来这儿看你的笑话。"

玛柯斯卡的母亲，年纪很大了，像个巫婆一样，跑到了她身旁，想扶她起来。

"梅拉，我的孩子！"她喊道。

"妈妈，把这个疯女人带走吧，她总是这么闹，真是可耻！"托波尔斯基说着，去了大厅里。

"孩子，现在你明白了吧。我告诉过你，也曾经请求你不要跟这个没用的蠢货在一起……看看你爱的人带给了你什么呀，梅拉！来，起来吧，孩子！"

"不关你的事，你走开吧，妈妈！"玛柯斯卡喝道，推开了母亲。

然后她从地上起来，疯狂地围着舞台跑上跑下，来尽情发泄自己的愤怒，不久她累了，平静了下来，开始微笑着哼歌，后来她甚至用最自然平和的声音叫住了詹妮娜："你能陪我散会儿步吗？"

"那再好不过了，现在雨也停了……"詹妮娜答道，观察着她的脸色。

"我的情人还真不错，不是吗？你看到所发生的一切了吗？"

"我看到了，现在都平息不了心底的气愤。"

"哦，真是愚蠢！有什么好气愤的？"

"你怎么能忍受这些的？"

"我很爱他，所以对这点小事也就不计较了。"

詹妮娜不无担忧地微微一笑，说："这样的事只有在戏里才能看到，只有在家里才能发生。"

"哈哈，我会自己报仇的！"

"报仇？我很想知道怎样……"

"我会嫁给他……我会让他娶我！"

"那就是你所谓的报仇?"詹妮娜惊讶地问。

"没有比这更好的办法啦。我会让他感觉到温暖!……来,陪我去买点巧克力。"

"你不是没钱买晚餐吗?"詹妮娜脱口而出。

"哈!哈!哈!你还真是嫩啊!你看到男人们不断送花给我,向我示好,居然还觉得我没钱?你是在哪儿长大的?"

突然,她改变了语气,非常好奇地问道:"告诉我,你有情人了吗?"

"有,艺术!"詹妮娜严肃地答道,甚至都没反感她提的这个问题。

"我不知道该说你是有抱负还是有智慧……我以前一点都不了解你……"玛柯斯卡说着,更有兴致地听着。

"有抱负……也许吧,我来剧院的唯一梦想就是艺术。"

"去,别跟我说笑了。哈哈!艺术,是你生命的梦想!要以此为题作诗还差不多,不过这种诗我听得多了!"

"那要看做梦的人是谁啊!"

玛柯斯卡沉默了,陷入了沉思之中。

"要赶上你们还真难!"有人在她们身后喊道。

"哦,是什么风把您给吹来啦,顾问先生?您的事都忙完了?"玛柯斯卡低声问道,她很清楚顾问喜欢的是卡宾斯基夫人。

"我想换个情妇……我也在找新的工作。"

"我的职责范围可是很明确的,我可帮不了您。"

"哦,那样的话,谢谢你!我已经太老了……我需要的是能更贴心的伴侣。"他说着,有意礼貌地朝詹妮娜点点头。

"跟我们一起走吗,顾问先生?"玛柯斯卡问道。

"当然,女士们,我给你们带路吧。"

"很好,您推荐的地方我们一定去。"

"我们去凡尔赛餐厅吃早餐吧。"

"我必须返回剧院。"詹妮娜说。

"他们的剧本还没读完呢。"

"没有你,他们也会完成的。我们走吧。"玛柯斯卡说。

雨完全停了,阳光使街头湿润的泥土变得干燥,他们慢慢地走着。顾问不停地扭动着身体,看着詹妮娜的眼睛,意味深长地微笑着。遇上任何人他都朝他们点头,装出一副很绅士的样子。

他们到凡尔赛餐厅时,那里没有顾客。他们选了窗台附近的桌子坐下,顾问精心挑选了几样美食作为早餐。

他们回到剧院的时候,都已经过了三点了。白天演出的排练工作正在紧张进行中。因为他们迟到,卡宾斯基不停地抱怨着,但玛柯斯卡挑衅的眼神让他只皱了皱眉就走开了。

玛柯斯卡的母亲递给她一封信。玛柯斯卡读过后,潦草地写了几行字作回复,然后又递给老妇人。

"马上把信送出去,妈妈。"她说。

"梅拉,如果他不在呢?"她母亲问道。

"那就等着,到他回来为止。一定要交给他本人!麻烦你了,妈妈……"她用手指轻轻拍着喉部,之后递给母亲四十个铜板。

老妇人绿色的眼睛里闪着感激的光,她很快带着信离开了。

詹妮娜寻找着戈洛高斯基,但他已经离开了,因此她去了大厅里找陪她们一起回来的顾问先生,她还记得他承诺过告诉她在她手掌上看到的一切。

"顾问先生,您还欠我一点东西。"她说着,在他身边坐下来。

"我真的不记得我欠你什么了。"

"不久前,您答应过我会告诉我您在我手掌上看出了什么。"

"啊,是的,但不是在这儿说。来,我们还是去更衣室说吧,那样不会引起别人注意。"

他们去了合唱团的更衣室。

顾问拉着她的双手,仔细地观察了一会儿,然后非常窘迫地说:

"老实说,这是我第一次见到这么奇怪的手。"

"哦,请把您看到的都告诉我。"

"我不能说……我也不确定这是不是真的。"

"真假都无所谓,但请您务必告诉我,顾问先生!"詹妮娜恳切地请求道。

"心理有某种不正常,看起来像……当然我不确定,也不敢相信。我告诉你的只是我看到的,但是,但是……"

"那我的事业呢?"詹妮娜问道。

"你会出名的……你会很有名气。"他低声快速地说着,不敢看她。

"那不是真的,你没看出来!"她读到他眼神中的慌张,大喊道。

"我发誓!我发誓我看出来了,你的手相就是这样的!你会功成名就的,但是必先经过苦难、眼泪……你现在要小心呵护自己的梦想,不要虚度了大好光阴!"

他说着,吻了她的手。

乱哄哄的吵闹声和音乐声打破了两人的沉静。

顾问离开后,詹妮娜独自一人坐了一会儿,隐隐有了一种不祥的预感。

"你会很有名气的!不要虚度了光阴!"她不断地自言自语着。

那天晚上,顾问送了詹妮娜一束花、一箱糖果和一封信,邀她晚上去牧歌餐厅吃晚餐,还说托波尔斯基和玛柯斯卡也会去。

詹妮娜读了信,拿不定主意该怎么做,就去问索温斯卡。

"把花卖了,糖吃了,然后去赴宴。"

"你的建议就是这样？"詹妮娜问道。

索温斯卡不屑地耸耸肩。

詹妮娜以前把顾问当成一个非常认真且诚实的人，而现在她觉得顾问像是另有所图，所以她生气地把顾问送的花束丢到一边，糖都分给了合唱团女郎们，演出后直接回了家。

第二天排演结束后，玛柯斯卡嘲弄地对詹妮娜说：

"你还真是纯洁的天使啊！"

"不，我只是有自尊心罢了。"詹妮娜说。

"把你送去修道院好了！"玛柯斯卡继续开着玩笑。

下午，詹妮娜如约去了卡宾斯基家教嘉泽弹钢琴，但她怎么也忘不了索温斯卡耸肩的动作和玛柯斯卡的话。

她授课结束后，继续坐在那儿弹肖邦的《小夜曲》，弹了很久，那忧郁的琴声安抚了她内心的伤感。

"詹妮娜小姐，我丈夫这次给了你一个角色！"卡宾斯基夫人在另一个房间里喊道。

詹妮娜盖好钢琴，去卡宾斯基夫人的房间拿来台词，开始阅读。这只是戈洛高斯基新戏里的一个小片段，只有几句台词，一点也满足不了她的表演欲望。然而，这可是她第一次真正上台表演。

正式的演出被推迟到了下周四，由于戈洛高斯基的强烈要求，每天下午都要进行排演，他每天都亲自参与，以确保每一个人都充分了解自己的角色。

接到角色几天后，詹妮娜第一个月的租赁期满了，索温斯卡一早就要求她尽快交房租。

詹妮娜给了她十卢布，含含糊糊地承诺会在几天时间内把剩余的钱结清。她从家里带出来的钱已经所剩无几了。她很惊讶自己从家里带出来的两百卢布是怎样花完的。

"接下来我该怎么办呢？"詹妮娜问自己，决定尽快去找卡宾斯基索要自己应得的报酬。

第二天排演结束后她就去找卡宾斯基。

"我没有钱！"卡宾斯基立刻答道，"另外，新人第一个月我是不付钱的，奇怪，难道没人告诉过你吗？其他人整个季度都在这儿演出，他们也还没来管我要钱。"

詹妮娜惊愕地听着，最后直接说道："总监先生，再过一周，我可一分钱也没了，无法继续生活下去了。"

"那个……老顾问……不会给你钱吗？众所周知……"

"什么呀，总监先生！"詹妮娜低声说，脸红到了脖子根。

"你还真会骗人！"他对她冷嘲热讽。

詹妮娜强压住心头的怒火，说："这段时间，我需要十卢布为新戏演出买一套衣服。"

"十卢布！哈！哈！哈！那真是一大笔钱！连玛柯斯卡都没一次性问我要过这么多钱！十卢布！你还真是天真！"卡宾斯基纵声大笑，转身准备离开的时候又说："今晚提醒我一下，我会通知财务。"

那天晚上詹妮娜得到了一卢布。

詹妮娜知道合唱团的女孩儿们，演出再怎么棒，最多就能得到五十个铜板、两块金币或是四十格罗希。现在，她才回想起那些老女演员们悲苦沧桑的面容来。她已经见识了许多过去从不知道的和从不了解的事情。她现在的收入状况让她明白了剧院里的每个人都是贫穷的，他们外表光鲜亮丽，而实际上他们也在为了生活无休止地挣扎。

科特里基一直都围着詹妮娜转，却不再向她示爱，好像在等着某个合适的机会。

弗拉德克是最贴近詹妮娜的人，并一直告诉别人詹妮娜已经见过自己的母亲了。奈泽斯卡已经察觉到弗拉德克喜欢詹妮娜，因此不断地暗中观察着他。

詹妮娜对弗拉德克和对科特里基同样的平静,同时,她也很平静地接受顾问每天送的鲜花和糖果。这三位追求者一点也打动不了她,她只是冷冷地与他们保持着刚刚好的距离。

其他女演员们私下里都说詹妮娜是很冷淡的人,而实际上,她们都很嫉妒她。她对那些谣传置若罔闻,因为她很明白要是回应了她们只会惹来更多的谣言。

詹妮娜只喜欢与戈洛高斯基在一起,现在他的戏就快要上演了,因此他每天都会待在剧院里,他公开带她出来,和她讨论重要的问题,非常尊重她,她觉得很受用。她最喜欢他,因为他从来不跟她提"爱"这个词,也不在她面前夸夸其谈。他们常常在瓦金基公园散步。詹妮娜只把这种散步看作友谊的象征。

最后一场排演结束后,戈洛高斯基和詹妮娜一起离开了剧院。他看起来比往常更心事重重了,因为晚上的正式演出他会很紧张,但他表面上若无其事地谈笑风生。

"我们去植物园走走吧,你觉得呢?"他提议道。

詹妮娜同意了,他们就一起去了。

他们在一个池塘边的一棵大悬铃树下找到了一个空座椅,然后在那儿安静地坐了一会儿。

公园里相当空旷。几个人坐在不远处的长椅上,像幽灵一样。夏天快要结束了,红红的玫瑰从树荫下探出头来,吐露着最后的芬芳。鸟儿不时发出的鸣叫让人昏昏欲睡。树木们一动不动地站在一旁,像是也在享受这平静的时光。只有一些树叶不时从树上掉落下来。金色的阳光透过树枝照下来,像是给草地和水面镀上了一层金。

"都见鬼去吧!"戈洛高斯基突然说出这一句,打破了沉默,心烦意乱地揉着头发。

詹妮娜只是看着他，不想说话，不想打破这平静时光。温暖的阳光照耀下来，让人昏昏欲睡。她内心相当平静祥和，世间的纷扰全都抛在了脑后，进入剧院后，她很难享受这样的平静时光，这种平静像是从太空，从蓝天白云间飘浮下来，萦绕在树丛中，包围着她。

"天啊，说点什么吧，不然我会疯了的，或者得狂犬病！"戈洛高斯基突然说道。

詹妮娜听到这话，大笑不止，提议道："哈哈，那我们来谈谈今晚吧，反正也没别的话题。"

"你想让我彻底疯了吗？请原谅我说的话，我只是怕我撑不过今晚！"

"你不是说这不是你的第一部戏吗，那么……"

"是的，但每一次排演我都会紧张得打冷战，我总觉得每次写出来的都是垃圾，是一文不值的废物……"

"我不想当评委，但我真的很喜欢你写的戏。你的戏很直白。"

"是吗？你说的是真的吗？"他喊道。

"当然。"

"你知道，我告诉过自己，如果这部戏不成功，我就……"

"你会放弃写作吗？"

"不会，不过我会退出几个月的时间，再写一部。我会写第二部、第三部……我会一直写，直到我终于写出一部完美的戏。我必须这么做！"

"告诉我，你觉得玛柯斯卡会演好我戏里的女主角吗？"他突然问道。

"我认为那个角色非她莫属了。"

"莫里斯也会演得很棒，但其他人就不怎么样了，甚至可以说糟糕。演出注定会失败！"

"咪咪根本不了解农民,她说的那些方言让人听不懂。"詹妮娜评论说。

"我也听过,哎哟,那真让我头痛!你了解农民吗?啊,我都忘了!"他突然大叫了一声,"为什么你没出演那个角色呢?"

"因为他们没给我那个角色。"

"你为什么不早点告诉我?请原谅,就算要毁了剧院,我也要逼他们把那个角色给你。"

"导演让我演菲利普的妻子。"

"那只是个跑龙套的角色,又不是主角……任何人都可以演。我觉得咪咪只是个演小歌剧的轻浮女人。你看,我怎么会说出这种话来?天啊,我头脑不清醒啦!你不可能这么轻易地得到出演主角的机会,如果你认为生活就是一部美好的音乐剧,那就大错特错了!"

"我已经对你说的有所了解了……"詹妮娜说着,露出一个痛苦的微笑。

"目前为止,你还什么都不知道呢……你以后就知道的。通常,女人们只要明白了,就都会过得不错。而我们男人们不得不靠自己拼搏来争取到想要的一切,我们付出了昂贵的代价。只有上帝才知道那代价有多昂贵。"

"你不觉得女人也付出了代价吗?"

"是这样的:女人,尤其是女演员们,她们的成功只有一小部分是出于她们的才华,而大部分则是出于供养她们的男人,还有的则要归功于那些梦想着供养她们的追求者。"

詹妮娜什么也没说,她想到了玛柯斯卡和托波尔斯基不为人知的故事,咪咪和瓦沃泽基的故事,卡科斯佳和一个记者的故事,等等。

"别生我的气。我只是说出了我的真实想法。"

"不,我没生气。我承认,你说的一点都不错。"

"我觉得,你不会变成那样的。来,我们走吧。"他突然说着,从椅子上跳起来。

"我还有话要说……"他们返回的时候,戈洛高斯基说,"我想把在比兰尼第一次见你时说的话重复一遍:我们做朋友吧……毋庸置疑,男人是社交性的动物,他总希望有人陪在他身边,一路有人支持他……男人不希望一个人去承受,他必须要有所依靠,不被人冷落,不孤单,然后才能达成梦想。物以类聚人以群分,这话一点也不假。我们做朋友吧!"

"好吧。"詹妮娜说,"但我有一个条件。"

"快点说,求你了!不然我可不接受。"

"是这样:请你发誓你不会跟我谈论爱情,你不会爱上我。如果你愿意,你可以告诉我你所有的爱情故事,当你失望、失落、受挫折的时候,你都可以向我倾诉,我会做你忠实的听众。"

"同意,全部同意!我以我的名义起誓!"戈洛高斯基喊道。

他们紧紧握着彼此的双手。

"金兰结义!"戈洛高斯基笑道,眨着眼睛,"我现在真是太高兴了!"

"这是你新戏演出成功的预兆。"

"别跟我说这个。我知道前边等着我的是什么。但我现在必须跟你告别了。"

"你不送我回去了吗?"

"不……哦,好吧,不过我告诉你,我想跟你谈论……爱情!"他高兴地说道。

"那样的话,就再见吧。愿上帝保佑你不再犯这样的错误。"

"我只不过提了一下就让你这么不开心,你以前一定听过不少这样的废话吧。"

"如果你不想送我就快走吧……我以后再告诉你……"

戈洛高斯基跳上了一辆马车，快速往美丽街方向赶去，而詹妮娜回到了家里。

她试穿着安娜小姐为她的演出特制的农妇衣物，想起和戈洛高斯基结的盟誓，微微一笑。

剧院里，《农夫》的首映很快就要开始了。所有演员都提早赶到，穿衣化装要比平常认真许多，只有柯泽克维兹，仍然如往常一样，手里拿着一支口红，在更衣室里晃来晃去。

斯坦尼洛斯基只要有演出，就会提早两个小时赶到，而现在他已经穿戴好了，只是不时地给自己再添一点妆。

瓦沃泽基手里拿着剧本，在更衣室里不断转来转去，低声复述着台词。

舞台总监比平常跑得更快，女更衣室里，争吵声也比以往更大。所有人今天都很紧张。提词者在管理舞台布置，看着那些进入大厅的观众们。合唱团女郎们戏份不多，现在都穿好了自己的戏服，聚集到了舞台上。

"杜贝克！"玛柯斯卡喊道，"亲爱的，要好好配合我……我知道自己的台词，但第二场那段独白要大点声提示我。"

杜贝克点点头，但还没回到自己的位置上，就看到格拉斯正和他打招呼。

"杜贝克！要喝一杯威士忌吗，还加一个三明治？"格拉斯关心地问道。

"一个三明治加一杯啤酒。"杜贝克答道，高兴地微笑着。

"亲爱的，不要毁了我！我今天确实记得词，但是偶尔也会需要你提示。"

"好的，好的。只要你自己不倒下去，我就不会让你难堪。"

每一个演员都来跟杜贝克说好话，他都答应会"支持"他们所有人。

"杜贝克！我只需要每段开始的一点点，要记住！"最后，托波尔斯基提醒道。

戈洛高斯基在舞台上转来转去，穿着农夫的服装，给演员们安排着角色场景，不安地扫视着观众席前两排报社代表的座位。

"明天的报道应该不错！"他低声自言自语，坐立难安，焦虑地走来走去。后来，他去了花园，靠着一棵栗子树站着，远远地看着自己的戏开场，心里怦怦直跳。

观众们面无表情，安静地听着看着。大厅里也静得出奇，像是有人在控制着一样。戈洛高斯基看着那些目不转睛的观众们，他甚至还看到了站在阳台椅子上看演出的餐厅侍者。演员们的声音回荡着，飘进了黑压压的人群之中。

戈洛高斯基从花园来到了幕后，坐在最黑暗的角落里的一堆装饰板上，脸埋在手里，仔细聆听着。

戏一幕一幕地上演着，而观众们仍然保持着安静。但戈洛高斯基可无法平静地坐下来！他听到了托波尔斯基低沉的男中音，玛柯斯卡尖锐的女高音，和格拉斯稍稍带点嘶哑的嗓音，但却不是他希望听到的声音。不是那样的！他狠狠地咬着自己的手指，痛得眼泪都流了下来。

第一场演出结束了。

掌声稀稀拉拉的，不一会儿就又恢复了沉寂。

戈洛高斯基跳了起来，伸长了脖子，睁大了双眼期待着，但他只听到了幕布落下的沉重的声音和大厅里响起的嗡嗡声。

在这间歇里他再次观察着观众席。他们脸上的表情很奇怪。报社的人皱着眉，相互之间低声谈论着，有一些还做着笔记。

"好冷！"戈洛高斯基低声说着，像是真冷得刺骨一样地发抖。他心烦意乱地围着剧院转。

"我祝贺你!"科特里基说道,握着戈洛高斯基的手,"剧本写得糟,但总是新的。"

"你这根本不是祝贺!"戈洛高斯基说着,勉强挤出一个微笑。

"我们会看到未来的……观众们都很惊讶地看到一场没有舞蹈的戏……"

"他们究竟想看什么啊?这又不是芭蕾舞剧!"戈洛高斯基焦躁地抱怨着。

"但你也知道,他们最喜欢歌舞表演。"

"那就让他们去看歌舞杂耍表演好了!"戈洛高斯基回道,然后便离开了。

第二场演出结束后,掌声比第一场时大了,持续的时间也长了。

更衣室里,演员们的吵闹声一如既往。

卡宾斯基两次让文森特去售票处询问票房情况。第一次得到的回复是"不错",第二次是"票卖光了"。

戈洛高斯基仍然心烦意乱,不过没有之前那么紧张,坐立难安了,听到自己一直期待的掌声与喝彩声之后,他稍稍地平静了一些,在观众席前边坐下来看演出。不过他很快就看不下去了,脸气得通红,摘下帽子扔到地上,狠狠地踢着,焦躁地咬着牙齿。他这部戏想要反映的是农民的真实生活,但演员们表演的都是一群呆板的木偶,说的台词都是些陈词滥调。男演员的表演至少还算说得过去,而女演员们,除了玛柯斯卡和扮演老乞丐的米洛斯卡之外,表演得都很糟糕。她们像诵经一样念着台词,仇恨、热爱和笑容表现得都很夸张。所有的表演看上去都很呆板突兀而不自然,一点也不真实,没有激情,戈洛高斯基绝望到快要窒息了。这场戏完全就是个化装舞会。

"表演得更有热情一点!"他低声喊道,跺着脚,但没有人留意到他。

突然,他嘴角开始上扬,因为他看到詹妮娜出现在舞台上。她紧张得说不出话来,一直在发抖,灯光似乎太过明亮,她看不到舞台,看不到演员们,也看不到观众,但她却看到了他友好的笑容,瞬间又恢复了冷静和勇气。

詹妮娜的表演很简短,只不过是演一个农妇抓过一个扫帚,揪着喝醉了酒的丈夫的领子,大声抱怨并且咒骂几句,拖着男演员从门里走出去。但她把那种气愤和激动表演得很真实,人们感觉她就是个脾气暴躁的农妇。

戈洛高斯基走向詹妮娜。她正站在通往更衣室的楼梯上,从她的眼神中可以看出她对自己的表演非常满意。

"很好!……真是个农妇。你的脾气和声音都表现得很到位,一级棒!"戈洛高斯基说着,踮起脚又走回了座位。

"那我们把那一幕重演一次?"卡宾斯基对他耳语道。

"住口!见你的鬼去吧!"戈洛高斯基同样低声说道,突然很想把卡宾斯基揍一顿。但他突然发现卡宾斯基家的奶妈就站在一旁,于是,有了一个新的主意。

"奶妈!"他喊着她。

奶妈不情愿地靠近戈洛高斯基。

"告诉我,你觉得那出戏怎么样?"他特意询问她。

"这个标题真不怎么样……'农夫'!大家都知道农民虽然不是什么圣人,但用这么个羞辱性的称呼来让人开心可是犯低级错误!"

"嗯,你说的不是那么重要……但你觉得那些演员们演的是真正的农民吗?"

"你这话问到重点了。戏的内容体现了农民的生活,只是他们穿着没那么华丽,他们的言行举止也没那么考究。但请原谅我接下来要说的，先生，这些打扮有什么用？如您所愿地，让他们扮成圣人、犹太人，或者是小乞丐的样子演一场在地里耕作的农民的戏真让人感到羞愧。上帝会为这么轻浮的表演而惩罚你。农夫就得有农夫的样……注意细节！"她说完这些话，更严肃地看着舞台上的表演，眼里因生气而盈满了泪水。

戈洛高斯基还没来得及去思考奶妈的态度和言辞，第三场演出就结束了，大厅里响起了雷鸣般的掌声和欢呼声，观众们呼喊着剧作者上舞台去，戈洛高斯基却没有出去。

一些记者过来跟他握手，对他的戏大加赞赏。他只是冷冷地听着，心里却一直在想着要怎么改进这部戏。他挑出了戏里一些情节矛盾的地方，与生活不符的地方，马上就在头脑中修改好了，加入了新的场景，他想得太投入了，都没顾得上去看第四场的表演。

掌声和喝彩声再次盈满了大厅，大家齐声欢呼："作者！作者！"

"他们在叫你呢，上去跟他们见面吧。"有人对戈洛高斯基耳语道。

"鬼才去呢！你也滚吧，兄弟！"

大家也在呼喊着玛柯斯卡和托波尔斯基。

玛柯斯卡气喘吁吁地跑到戈洛高斯基身边来。

"戈洛高斯基先生，快来！"她招呼道，牵着他的手。

"让我一个人待会儿！"他怒吼着。

玛柯斯卡离开了，戈洛高斯基一个人坐着，继续思考着。掌声、欢呼声和新戏的成功上演再也打动不了他，他只担心评论员们对自己的戏评价不高。他很清楚这部戏的缺点，他担心这次的努力又将是白费，这让他非常痛苦。他听到观众们只对那些表演粗俗的演员们鼓掌，而那些人表演的只是很肤浅的外在，戏的主题和中心则被大家遗忘了。

"戈洛高斯基先生，如果他们第五场还呼喊你的名字，你一定要上台。"詹妮娜坚决地对他说。

"但你看看,都是什么人在叫我!你没看到都是些什么观众?你看到那些报社和观众席前两排的人脸上那种嘲弄的微笑了吗?我告诉你,这戏很坏、很糟,糟糕透顶!等着看吧,看他们明天会怎么评价它!"

"明天会怎样我们明天才会知道。今晚是成功的,你的戏真棒!"

"真棒!"他痛苦地喊道,"如果你知道我现在已想好的计划,如果你知道我现在想把它改得多么完美,你就知道这部戏不怎么样。"

很快,卡宾斯基、托波尔斯基和科特里基都到了戈洛高斯基身边,请他上台去见观众,但他仍然坚持不上台。直到演出全都结束了,所有观众都鼓掌欢呼着作者的名字时,戈洛高斯基才整理一下乱糟糟的头发,和玛柯斯卡一起上台,深深地向他们鞠躬,然后再退到幕后。

"如果这戏有舞蹈、歌曲和音乐,我保证会一直上演到这一季结束。"卡宾斯基说。

"住口,喝你的酒去吧,不要跟我说这些废话。"戈洛高斯基说,"你知道,接下来,餐厅经理会跑来这里,严厉地责怪我,因为这出戏,啤酒和威士忌的销量不怎么好,观众们只是听着、大笑着,连热茶都不喝一口。"

"但亲爱的,没人写戏是为了只给自己看,戏都是写给别人看的。"

"是的,但看的人应该是文明人。"戈洛高斯基反驳道。

科特里基又来到戈洛高斯基身边,跟他说了很久。戈洛高斯基只是皱着眉头说:"第一,我没有钱,而那件事需要一大笔钱;第二,我一点也不想成为'知名人士',那会玷污人的才华!"

"只要你愿意,钱的事我来解决……我想我们在学校时的老情谊……"

"不要再说了!"戈洛高斯基粗鲁地打断了他,"但你这话给了我灵感……也许我们可以安排一次晚宴,只邀几个人参加,行不行?"

"好啊！我们这就来确定名单。卡宾斯基夫妇、玛柯斯卡和托波尔斯基、咪咪和瓦沃泽基，格拉斯，当然，你来请客。我们还应该加谁？"

科特里基想要提詹妮娜，但又没有明说出来。

"啊哈！我知道……奥罗斯卡小姐……我这部戏里的费丽卡！你们知道她表现有多棒吗？"戈洛高斯基说。

"是的，她演得很棒……"科特里基答道，疑惑地看着戈洛高斯基，以为他也对詹妮娜有想法。

"去邀请他们吧，我马上就来。"

科特里基去了花园，戈洛高斯基匆匆跑上了楼，在更衣室门口喊道："奥罗斯卡小姐！"

詹妮娜朝外面看着。

"快点穿好衣服下来，我们准备去吃晚饭，你可不能拒绝。"

半个小时后，他们就都坐在了新世界街一家餐厅的一个房间里了。

酒和食物顿时缓解了他们的紧张情绪，大家胃口大开。他们话说得少，酒喝得可一点也不少。

詹妮娜并不想喝酒，但戈洛高斯基嚷嚷着请求道："你必须喝，这才够意思。你必须喝，我们今天可是来庆祝的。"

她试着喝了一杯，之后就不得不接着喝了一杯又一杯，另外，喝过酒之后，她也觉得自己不再像上舞台表演时那么紧张，也不再担心戏的命运如何了。

上过一些菜之后，侍者们送上了很多酒。

"我们来庆祝演出成功，不醉不归！"格拉斯高兴地喊着，用一把刀撬着瓶子。

"你不要被这一时的胜利冲昏了头脑，哈哈！"瓦沃泽基笑道。

"你们想聊就聊，我们来喝酒！"科特里基说着，举起了杯子。

"让我们为剧作者的健康干杯！"

"小子，别呛着了！"戈洛高斯基低声吼道，站起身来与所有人碰杯。

"愿你健康长寿，每年写一部新戏！"卡宾斯基喊道，已经喝得有点站不稳了。

"总监先生，您每年排了很多新戏，也没人责怪您啊！"格拉斯开玩笑道。

"都是靠了上帝和大家的帮助，先生们！"卡宾斯基说道。

咪咪大笑，所有人也跟着大笑起来。

"来，让我抱抱您！您这可是破天荒第一次没说谎！"格拉斯喊着。

佩帕笑得都快喘不过气来了。

"为总监和夫人的健康而干！"瓦沃泽基喊道。

"愿您二位健康长寿，在上帝和大家的帮助下创作更多好作品！"

"为全公司人的健康干杯！"

"现在轮到观众了，我们为观众干杯。"

"请你们停一下，我们来做个游戏。我扮演观众，你们可要尊重我，为我干杯。你们可以来吻我，向我诉说你们的愿望。我会考虑你们的要求，并达成你们的愿望。"科特里基兴高采烈地嚷嚷道。

他从桌上拿了一个杯子，站在镜子前，等待着。

"你可要当心点！我可是第一个来提愿望的哦！"戈洛高斯基喊道，倒了满满的一杯酒，靠近了科特里基，他的手有点颤抖，酒都溢出来了。

"最美丽而尊贵的夫人！我的戏可是我的心血，请公正地看待它！"他极度痛苦地喊道，吻着科特里基的脸。

"哦，先生，如果您是为我而写的，对我彬彬有礼，并且以我为原型塑造剧本人物，那样我就会很享受，并让您成功！"

"我会先踢你一脚,让你苦不堪言!"戈洛高斯基不高兴地回应道。

下一个是卡宾斯基。

"最尊贵的来宾!您是太阳,是完美、全能、智慧的上帝,是最高的评审!您是缪斯女神,他们演戏,歌唱都是为您服务!告诉我,女神,您为什么不对我们仁慈一点儿?我恳求您,女神,让我们的剧院每天都座无虚席吧!"

"亲爱的先生,你来华沙时还是个穷人,凭你的能力,和你严格挑选的演员阵容,美丽的合唱团成员,上演受我们喜欢的戏,你的金库就会满满的。"

"尊贵的来宾!"格拉斯喊道,吻着科特里基的胡须,那表情虽然悲苦,却让人觉得好笑。

"说话!"科特里基说。

"尊贵的女士!给我一点钱,然后剃光你的头,穿一件黄色的夹克,再给你糊上一层绿色的纸,然后我们会把你送到你该去的地方。"

"我不能保证你能得到钱,但我担保,你会得……疯病,孩子。"科特里基回道。

"托波尔斯基,轮到你了!"

"让我休息一下!我受够了你们的把戏了。"

卡宾斯基夫人也不想参与这样的娱乐节目中来,但咪咪滑稽地鞠了个躬,拍了一下科特里基的脸。

"亲爱的,尊贵的观众!"她用轻柔的语调说,"不要让弗拉德克总是爱上新的美女吧,还有,秋天我想要一条新的手镯、一件绿色的外套,冬天想要毛皮大衣……还有,总监要付我工资。"

"你都会得到的,你的愿望是真诚的,这是地址,按上面的提示走,你会达到目的的。"

他递给她自己的邀请卡。

"很好,太棒了!"大家喊道。

"玛柯斯卡小姐可以提愿望了,我原来说过很多次要帮她实现愿望。"科特里基宣称。

"你真是个老骗子,亲爱的!你不断地给出承诺,却不兑现!"梅拉·玛柯斯卡说。

"我会兑现的……从现在起,一年内,你就能去华沙剧院举行首映,他们一定会聘用你的。"

玛柯斯卡很不以为然地耸了耸肩,然后坐下了。

"奥罗斯卡小姐!"

詹妮娜站起身来,觉得有一点点晕,但她也非常高兴,这游戏看上去也很有趣,她走近了科特里基,恳切地喊道:"我只希望一件事:能上台表演。我希望能获得主演的机会。"

"我们去和总监商量一下,然后你就能得到。"

"不要再玩了,越来越乏味了,科特里基!过来,我们要再加点酒。"

他们喝酒的兴致越来越高。整个房间里都是嗡嗡的说话声,充满了烟气。在场的所有人都争论不休,每个人都在胡言乱语。

玛柯斯卡手肘放在桌子上,用一把刀有节奏地敲着香槟酒瓶,快乐地唱起歌来。

总监夫人跟咪咪大声争论着什么,托波尔斯基安安静静地一个人喝着酒。瓦沃泽基和詹妮娜说着各种各样的趣闻轶事,而戈洛高斯基、格拉斯和科特里基正在讨论观众们的反应。

詹妮娜大笑着,和瓦沃泽基争辩着,但酒精已经让她有些神智不清了,她不知道自己在做什么。整个房间都在她周围打着转转,蜡烛看上去像火炬一样。她视线模糊,手舞足蹈,又再次拿起了酒瓶。她努力地想要听清戈洛高斯基在讲什么。而戈洛高斯基，脸通红，站也站不稳了，头发凌乱不堪，领带都到了背上，大喊大叫着，挥舞着双手，本来想要打在桌子上的，却一拳打到了格拉斯的肚子。

戈洛高斯基嚷嚷道："让观众的评价见鬼去吧！我告诉你们，这戏很糟！如果观众们现在鼓掌了，而你们也很赞赏，那我的话就一定没错。观众是个大群体，一千个人，就有一千个哈姆雷特。人独处的时候就能思考，人聚集起来就成了一群无知的笨蛋。"

"而真理掌握在大多数人手里，老谚语是这么说的。"科特里基简单地低声说。

"那不过是废话！人多了就吵，就虚伪，不实在。"戈洛高斯基反驳道。

"先生，你太过自信了。"

"你只说中了一半，我只是很了解我自己。"

格拉斯贴近了戈洛高斯基的胸膛，低声说："太有活力了！这么虚弱的身子骨居然有这么强的力量！"

"天才可不是吃肉吃出来的。胖子纯粹是脂肪多的动物罢了。高尚的灵魂讨厌肥胖。胃口好的都是些普通人，他们都是不用想事的人。"

"你说的都是谬论。"

"这都是说给那些傻瓜笨蛋们听的。"

"这话太武断了，兄弟！你想要造反吗？"

"再来一次！"格拉斯打断了戈洛高斯基和科特里基的对话，搂着两人的脖子。

"喝酒就加我一个，但如果要吵架，我可就走了！"科特里基抗议道。

"那我们喝吧！"

"瓦沃泽基，你这猪头！快叫上咪咪和一个女孩儿，我们就能来欣赏合唱了。"

他们很快就组织好了,唱了一首快乐的歌。只有戈洛高斯基没有唱歌,他靠着卡宾斯基,很快就睡着了,詹妮娜的头很沉,迷迷糊糊的,也不能唱歌。

大家兴致越来越高,但詹妮娜却睡意沉沉地蜷缩在椅子上。

然后她迷迷糊糊地觉得有人扶住了她,替她披上了衣物,她感觉自己倒在了某人的背上。她觉得有什么在靠近她,却不知道那是什么,只感觉脸上吹来一阵火热的呼吸,手臂环着她的腰,她听到轮子滚动的声音,还有个声音在她耳旁低声说:"我爱你,我爱你!"但她却不清楚发生的都是什么事。

突然她发抖了,因为感觉有人在吻着自己的嘴。她猛地跳了起来,恢复了神志。

科特里基正坐在她身旁,搂着她的腰,亲吻着她。她想要推开他,但双手没有力气,想要大声喊叫,也没有力量,那种昏沉的感觉再次包围了她,让她昏睡过去。

终于,马车停了下来,她也再次清醒了过来。她看出自己正站在一条匝道上,科特里基正摁着某栋房子的门铃。

"天啊,天啊!"她疯狂地低声喊道,还分辨不出自己是到了什么地方。

科特里基靠近了她,甜蜜地低声说:"来吧!"这时,詹妮娜才回过神来,想起了一切。

她非常恐惧地从他身边抽身跑开。他想要再次搂住她,但她的力气很大,把他推到了墙上,又继续跑,她觉得他好像追了上来,快要抓住她了,她一路疯跑,心脏剧烈地跳动着,脸因为害羞和恐惧而发红。

"天啊,天啊!"她喘着粗气,跑得更快了。

街道空空荡荡的,她自己的脚步声、马车驶过的声音、房子的影子都让她觉得害怕,沉睡中的城市里,好像有哭泣声和可怕的淫荡的笑声以及喝醉了酒后的喊叫声,这一切都让她战栗不已。她停在了一条门道的阴影里,恐惧地打量着周围的一切,逐渐地记起发生过的一切:演出、晚餐,她怎样喝醉了,唱歌,有人逼她喝酒,除了这些,还有科特里基那长长的马脸,和她一起坐在马车上,还有他的吻!

"真是卑鄙!下流!"她低声自言自语,完全恢复了理智,一直紧紧攥着拳头,直到指甲刺进了皮肤,愤恨如潮水一样涌上心头。回家的路上,她因受到的羞辱而抽泣着,无助的泪水不断流下来。

到家的时候已经是黎明时分了。

索温斯卡替她开了门,不满地抱怨道:"你该早点回来,不能在这时候把人吵醒啊!"

詹妮娜没有回答,像受到责备一样低下头来。

"太下流了!真是下流!"这是她心底唯一的呼声,她心中充满反感和憎恶。

詹妮娜不再觉得羞辱,只是非常愤怒。她疯了般地冲进房间,实在控制不了那种愤怒,手不停地扯着衣服,觉得衣服很脏,不知不觉地把内衣都扯断了,后来,衣服都还没脱就倒在了床上,疲倦地入睡了。

她的睡眠状态真是场可怕的风暴。她疯跑着,好像有人在抓她,然后又举起她的手,像是举着一只装满了酒的杯子,喊道:"万岁"!后来,她时而唱歌,时而愤怒地喊叫:"卑鄙!下流!浑蛋!"

 第九章

《农夫》首映几天之后,虽然仍然在演出单上,但来看的观众少了一些。戈洛高斯基去了詹妮娜家。

"你怎么来了,有什么事吗?"她说着,友好地朝他伸出手去。

"没事……我对戏做了一点点修改。你看到评论了吗?"

"看了一点点。"

"我带了所有的评论文章过来。"戈洛高斯基说,"我来读给你听。"

他开始朗读起来。

一份重要的周报称,《农夫》是一部非常优秀的原汁原味的现实主义作品,戈洛高斯基终于给不景气的戏剧界带来一股清新的自然的空气,为我们展示了最真实的田园生活。唯一的不足之处在于,除了一两

个演员的表现还可以外，戏的舞台布景不够真实，表演也不够到位。

一位著名日报的评论员用两天的时间在专栏内回顾法国剧院和德国演员的历史，他大谈特谈新的剧院艺术，每两段左右就有这么一句："我在剧场见过他这样的""我在伯格剧院听到过""我在伦敦时也欣赏过"等。然后他援引了很多戏为例，赞赏那些已过世半个世纪的演员们，回忆舞台演出的历史，大段大段地谈论舞台上的激进主义，大肆赞扬那些参与《农夫》演出的演员们，恭维卡宾斯基，称自己会在作者的下一部新戏完成之后再给出自己的评论，而这一次戏刚上演，他暂时不作评论。

第三位评论员说，这部戏很完美，如果剧作者能尊重剧院演出的传统，演出时加上音乐和舞蹈就更好了。

第四位则是直接批判，坚称这部戏没有价值，纯粹就是垃圾，但剧作者至少没有中途上台打断演出，也没有加入平常戏剧中的歌舞表演，对于演出就是积了德。

第五份评论是一位花园剧院的"专家"写的，长篇大论的主要内容如下："戈洛高斯基先生的《农夫》……并不坏……还是一部相当不错的作品……但是……尽管，再仔细考虑一下……不论怎样……要说实话还是很需要勇气的……无论如何……不论怎样……作者还是很有才华的。这部戏嘛……嗯……我们该怎么评价呢？两个月前，我已经写过一点东西了，因此我也不改变之前的评论……这部戏很棒。"然后他详细描述了整部戏的内容，把每个女演员都奉承了一遍，用的语言都是非常彬彬有礼且极为空洞虚华的。

"你念的都是什么啊？"詹妮娜问道。

"戏的内容啊。而标题是戏剧评论，文章内容都是谈剧本，这样的评论会让全国人民都趋之若鹜。"

"那你打算怎么回应那些评论呢？"

"我？当然什么都不回应。我不理他们就是了，既然已经有了新戏的安排，那我马上就要开始工作了。我会去雷德蒙戏剧学校授半年时间的课。现在我只在等最后的通知。"

"你有必要去吗？"

"是的，我必须去！教学是我唯一的经济来源。两个月内，我没赚到一点钱，所以现在身无分文。我用自己的钱来排戏演戏，给观众们看，在这里好好享受了一段时间，现在该是离开的时候了。该落幕了，我也好准备下一场演出。离开前来这儿跟你告别，等下我还要去一趟剧院。再见了，詹妮娜小姐。"

他和她握手，说："我走了！"然后就匆匆离开了。

詹妮娜很难过。她已经习惯了戈洛高斯基，习惯了他的怪癖、疯狂，害羞而敏感的个性，她觉得很遗憾，以后就少了一个志同道合的人。

她没有多少钱了，平时只靠剧院发的一点点工资维持生计。詹妮娜不敢承认想家，但每次一有新的开支，她就会想起在家时，什么也不用操心的时光，在家里她想要的一切总能得到。而在这里，她每天过的是近乎乞讨般的生活，同伴们也比她好不了多少，这令她感到屈辱，何况还要每天看索温斯卡的脸色。

几乎每个晚上，詹妮娜都会经过剧院广场。如果她下班很晚，经过那儿时，只稍稍看一眼中心剧院后就回家。但如果她时间充裕，她就会在广场上找一个座位或是在电车站旁找一把长椅坐一会儿，凝视着剧院里一排排的长柱子，和高耸的剧院大堂，全神贯注地梦想着。那里的世界总有一种神秘的力量深深吸引着她。经过剧院广场时，她总是非常兴奋。在宁静而明亮的晚上，她总能看到剧院那灰色的轮廓。巨大的石墙像是在对她说话，她会聆听着那里传来的各种各样的声音。黄昏的柔光下，刚刚上演过不久的戏的画面一幕一幕地在她面前浮现。

她热衷于演戏的另一个理由是想摆脱贫穷，现在她越来越没钱用，演出季的后半段时间比前半段时间更难熬。由于不断地下雨，天气变冷了，演出也相应减少，自然，演员的工资也越来越少了。

通常，卡宾斯基总是在演出过半时把票房收入装进一个盒子里，假称自己病了，拿走几乎所有的钱，只留下几个卢布供大家分，然后偷偷跑了，如果逃跑前被人发现了，他就会大声哭喊。

卡宾斯基和金早就商议好了，如果有人一定要钱，他就会热情地带那人去票房查看，管账的金会说那里没有支付的钱了。如果他没有带人过来，而是让人在外边等着，金就会假装焦急地抱怨着："我连付瓦斯的钱都没有，哪儿来的钱来付租金啊？哇，就连现在的日常开支都没钱了。"

"给他一点吧，其他的我们可以延迟一些……"卡宾斯基假装来调解。

然后，他留下一份付款单，就离开了。但这种情况太频繁了，金常常没有钱来支付。支出的钱很少很少，就算只几个铜板有时也拿不出。演员们背地里骂得很难听，其实每次不论给多少钱演员们都会接受，心里也会舒服些。

总监夫人只要不演出，就会坐在售票处，金就向她诉苦，说演员们经常抱怨他给钱太少。卡宾斯基夫人就会大声责备演员们，夸赞金的忠诚。金的那一点点工资不仅要供自己的花费，还得供养妹妹。只要一提起妹妹，金就会非常开心，眼睛里闪着柔光，然后他就会特意大声说自己第二天一定会想办法还清欠演员们的工资，但他从来都没付清过。

由于卡宾斯基拖欠得越来越厉害，大家越来越没劲，表演也越来越糟，而他们就快要离开华沙了，所有的欠账都无法兑现，冬天也快到了，大家都忙着找新的演出公司，所有人都不再热衷于演出。

卡宾斯基一直安抚着大家，承诺会给钱，但一直没付钱。他很懂得怎么有技巧地演好这一场戏，成功地扮演了一个为大家的利益而着急的人，只有詹妮娜相信了他，觉得他为难，于是总没有勇气提醒他还欠自己的钱。另外，她也知道总监夫妇为钱也是争吵不断，奶妈对孩子们出手阔绰，所花的钱总超过预支，而卡宾斯基夫人为了不听抱怨，在糕点店停留的时间也比之前长了不少。

慢慢的，詹妮娜越来越拮据，也越来越着急。

詹妮娜过去在布柯维克跟父亲吵过架之后，就会一个人待着，而现在她不能再像过去一样避开所有人，这让她越来越难过。她现在不能狂吼一通，吼累了就自己平静下来。她在城里到处逛，总会遇上很多人。她想要跟戈洛高斯基倾诉自己经历的所有烦恼，但却出于骄傲而不敢开口。戈洛高斯基似乎猜到了她的处境，知道她的烦恼，经常说他愿意替她分忧，要她告诉他所有的事……所有的事。但她什么也没说。

她很少留在家里，不论什么时候进入房子，她都是静悄悄的，没有人会听到。她不敢去想某天可能会被赶到大街上去，怕遇上安娜小姐或是索温斯卡，怕听到她们不容商量地说："把房租钱给我。"

那一刻终于到来了。吃晚饭的时候，詹妮娜就知道所担心的就要发生了。她在盛汤的时候看了一眼安娜小姐，在那眼神里她看到了她最害怕的东西。

这天的晚饭真是折磨人，饭后，安娜小姐马上跟住了她，假装无意地提起了一个有趣的顾客。突然间，像是记起了什么，她说："哦，我差点忘了！你最好给我那半个月的房租，我今天必须交给房东。"

"我今天没钱……"詹妮娜本来还想说点什么，但没说出口。

"你什么意思啊？请把房租给我。你可别指望我免费供养房客，任他们随意进出我的家！你确实是个漂亮的花瓶，整晚都在外边，只早上在家待一小会儿！"

"不用担心，我会付给你的。"詹妮娜突然激动地喊道。

"我现在就需要钱！"

"你会得到钱的……只要一个小时！"詹妮娜回应道，突然下定了决心，她鄙夷地看着安娜小姐，而安娜离开的时候什么也没说，只是重重地带上了门。

詹妮娜从同伴那儿听说过当铺，她很快就去那儿当掉了自己的金手镯，那也是她现在唯一的财产。

一回到家她就付清了钱，安娜小姐很惊讶，态度还是不太好。

之后，詹妮娜说："我会去餐馆里吃饭。我不想麻烦你。"

"随便你。如果对这里不满意，你可以随意去留。"安娜小姐面露愧色。

这件事使詹妮娜感到了这一家人对她的敌意。

"我要卖掉我所有的东西……直到最后一粒扣子！"詹妮娜痛苦地下定了决心。

詹妮娜估计着，刚刚付给安娜小姐的钱只要留一半，就能买到她需要的所有食物，但她没留。沃尔斯卡介绍了家廉价的小餐厅给她，她决定去那儿吃饭，如果没有足够的钱，她就会买一个难以下咽的沙丁鱼卷为食捱过一天。

然而，不久后的一天，剧院关门了，因为金库里只剩了二十卢布，而第二天下起了瓢泼大雨，演出也不得不推迟。跟其他人一样，詹妮娜也没能从卡宾斯基那儿拿到一文钱，那两天基本断食了。

这是她第一次挨饿，无法填饱肚皮让她觉得恐慌。她觉得非常痛苦。

迄今为止，她才领教了饿的滋味。她现在很惊讶这种饥饿的感觉。她现在连买面包卷的钱都没有，却很想吃东西，这种感觉对她来说还很新鲜。

"我居然没东西可吃了，这可能吗？"詹妮娜自问道。

厨房里飘来一股炸肉的香味。她关上门，香味就包围了她。詹妮娜对那一大群伟大的不同年龄的却同样要忍饥挨饿的艺术家们有了一种奇怪的感情。一想到还有这么多人跟现在的自己一样，她多少得了些安慰。她觉得自己就像是首批艺术殉难者一样。

她站在镜子前微笑，里边那张脸发黄，看上去疲惫而憔悴。饥饿不断侵袭着她，她想通过读剧本来分散自己的注意力，但做不到。

她看向窗外院子里的房子，窗口很高，一些房子里，人们坐在桌旁吃饭，还看到院子里的工人们在用土钵盛饭吃。看到这些场景，她更觉饿得难受，很快转过身去，不再看了。

"大家都在吃饭！"詹妮娜自言自语着，像是才注意到这一点。

然后她躺下来，一觉睡到黄昏时分。她既没有参加排演，也没去卡宾斯基家，醒来后更觉得难受，头很晕，她感觉越来越虚弱无助，于是哭了起来。

晚上，在剧院更衣室，詹妮娜变得异常兴奋。她不断大笑，和同伴们开着玩笑，为一点点小事和咪咪吵闹，还和前排的观众嬉笑打闹。

第一场演出结束后，顾问就带着一盒糖出现在幕后，詹妮娜快活地和他打着招呼，紧紧握着他的手，这让顾问有点不解。后来她坐在一个黑暗的角落里，等着舞台总监喊："上台！"只有黑暗和宁静包围着她的时候，她才会抽抽嗒嗒地啜泣。

演出结束后，詹妮娜得到两卢布整，这比平时多了三倍。卡宾斯基私下拿给她的，这样其他人就不会发现。

詹妮娜在阳台上吃了晚饭，只喝了一杯威士忌就醉了，因此她让弗拉德克送她回家。

那晚之后，弗拉德克就一直像个影子一样跟着她，开始向她公开示爱，他母亲跟剧院所有人打听他和詹妮娜的事，不断监视着他和詹妮娜，这一点他毫不在意，就像没这回事一样。

戈洛高斯基冲进了詹妮娜家,还在门廊里就大喊道:"我回到我的部落来啦!"

他把帽子丢到了挂架上,坐在床上,开始卷一支烟。

詹妮娜平静地看了他一眼,又转向窗口,想着,多奇怪啊,这位朋友曾经那么吸引过她,如今来了,她却那么淡然,一点也不激动。

"你再见到我,居然没有高兴得哭出来,啊?我不得不认输了。无疑,连狗都会为我哭泣的吧!我还是去死吧!你知道科特里基最近怎么样啊?他没有再去过剧院,我哪儿也找不着他。他一定是去哪儿旅行了。"

"那晚吃过饭后,我就再没见过他。"詹妮娜慢慢地说道。

"他消失一定有个什么理由吧?也许是探险、恋爱还是……但我为什么要关心那家伙呢?是吧?"

"那是真的,有什么好关心的!"詹妮娜低声说着,脸从窗口转向他。

"啊!你是怎么了?"他喊道,直直看着她的眼睛,"天啊,你变化真大!眼窝深陷,没有光彩,面色蜡黄,身形消瘦……这是怎么了?"他问道,声音低了一些。

突然,他用手敲着额头,像个疯子一样地在房间里跑来跑去。

"我真坏。真是浑蛋!我在那边吃香的喝辣的,你却在这儿忍受着贫穷的折磨!詹妮娜小姐!"他喊道,握着她的手,看着她的眼睛,"詹妮娜小姐!请把所有的事都告诉我。请你一定告诉我!"

詹妮娜沉默着,看着他真诚的脸,听到他低沉并且是关切的声音,她感动不已,眼泪涌上了眼角,说不出话来。

"好了,好了,哭可是没用的哦,我总会离开的。"他开着玩笑,以隐藏自己的感情,"现在,听我说……不要否认,不要排斥我,我不喜欢虚伪!我看出你很穷,已经到了山穷水尽的地步……我知道那是什么滋味。天啊，不要脸红嘛。贫穷是由环境造成的，没什么好觉得羞耻的！这没什么，就像天花一样，所有人都要得一次的。嗬嗬！我这些年也是这么过来的。我现在结束了这种乱糟糟的生活。来，给你点这个……"

他转过身去，从口袋里掏出三十卢布，那是他授课所得的所有钱，他把钱放在詹妮娜的枕头下，回到了原来的座位上。

他取下了帽子，伸出手去，柔声道别："再见，詹妮娜小姐。"

詹妮娜急忙挡在门前，不让他走开。

"不，不！别羞辱我！我已经够不幸了。"她低声说着，紧紧抓住他的手。

"真是女人的逻辑！请原谅，我刚刚做的都是很自然的，就像我某天会疯了一样，就像你一定会成为著名的演员一样自然。"

詹妮娜开始不停地劝说他，让他收回给她的钱，说她现在不需要，尽管很感激他的帮助，但她不会接受钱。

戈洛高斯基拉长了脸，冷冷说道："什么？见鬼去吧，我可不会上你的当！我也不想因这事责怪你！我们都冷静一下，好好谈谈。钱不过是身外之物，我可不想让你为这个生我的气。既然需要钱，为什么不接受呢？因为你认为拿钱帮助你践踏了你的自尊心，让你觉得耻辱。这种思想已经过时了。该把它封存起来送进博物馆了。那都是愚蠢的偏见。在你需要的时候，有个跟你志同道合的人送钱给你，你却还在犹豫该不该接受，那可是疯子才干的傻事。人类为什么要群居？群居是为了相互帮助，相互关心。我知道你会说出相反的观点，但我告诉你，正因为有你那种观点，这世上才有那么多恶人。我们应该阻止恶人出现。人应该要做善事，这是人的本分。做善事才是明智之举。啊，天啊！我说这么多干吗？"他激动地喊道。

他继续说了很久，不时冷嘲热讽、咒骂，喊道"见鬼去吧"，情绪异常激动，但他的声音里透着深挚的真诚、情谊和关切。尽管詹妮娜并没有太放在心上，但还是接受了他的帮助，感激地和他握了握手，因为她不想拒绝了他的好意。

"这才是我想看到的嘛！那现在……再见！"他说着，站起身来要走。

"再见！我想要再次谢谢你，受你的恩惠，我真是感激不尽。"詹妮娜低声说。

"我曾经接受过很多人的帮助，我只要能回报他们百分之一就好了。我们春天还会再见的。"

"在哪儿见？"詹妮娜问道。

"哈！我不知道！肯定会在剧院里，我决定春天加入剧院，只要半年时间我就能更好地熟悉舞台。"

"哦，那真是太棒了！"

"现在你不欠我什么。我把我的地址留给你，什么也不说了，只提醒你以后遇到任何事写信告诉我……任何事！能对我发誓一定做到吗？"

"我发誓我一定会的。"詹妮娜坚定地答道。

"我相信你，尽管女人的誓言只是空话，她们会利用誓言，却从不兑现，我还是选择相信你。再见！"

戈洛高斯基紧紧握着她的双手，举到嘴边，好像要亲吻一样，但很快又放下了，看着她的眼睛，不自然地笑着离开了。

詹妮娜坐在那里，回想他刚刚说过的话，想了很久。她很感激他，跟他谈话之后她觉得又有了力量，像受到了鼓舞一样，她很想再见到他，因此有点遗憾自己竟然没问他是坐哪班火车离开。

然后，她又开始觉得他帮她只是想要接近她，那种好心就是在羞辱她。

"施舍！"詹妮娜苦涩地低声自语，有被羞辱的感觉。

"我就不能一个人生活吗？我不能只靠自己而活吗？我就不能自食其力了吗？我必须要依靠别人而活吗？我一定要有个人来守着吗？其他人都能自食其力，我为什么办不到？"她自问道。

詹妮娜仔细思考着，但是一会儿之后就去了当铺赎回了自己的手镯，路上还给自己买了顶便宜的帽子。

烦闷的日子一天天地拖延着。

詹妮娜的生活只靠着希望或者称作坚定的信念而维持着，她深信自己在某天一定可以咸鱼翻身，在这种信念的驱使下，她越来越接近弗拉德克。她知道他爱她。她每天都能听到他的甜言蜜语，这让她很开心，尽管如此，她还是不会变成同伴们那样。她很讨厌她们的生活方式，对她们的所作所为很反感。但弗拉德克的关心第一次让她感受到了爱。

她幻想过爱上一个可以放心地对其完全交付终生的人，幻想过充满了尊重和爱的家庭生活，是诗人们在他们的作品里描绘过的那种爱。她脑海中浮现的都是自己读过的那些伟大的爱情故事中的形象，撩人的耳语，火热的拥抱，热辣的激情，和至死不渝的爱情，这些都让她兴奋不已。

詹妮娜不知道这些梦想从何而来，但却常常梦想着，尽管自己已经越来越贫穷了，饥饿的感觉都快要吞噬她了。因为要准备新的戏服，她再次把手镯送到了当铺，她只能经常节衣缩食，只能买自己所必需的东西。新戏一直都很吸引观众的眼球，然而成功还远得不见影。

这样的状况让詹妮娜备受折磨，没有力量坚持下去，不过也激发了她内心里反叛的情绪。她第一次不可思议地对所有人都充满了敌意。在街头遇上的任何女人都会让她心生嫉妒。

有时她有种疯狂的想法，想拦下一位打扮入时的女士问问她知不知道贫穷是什么。她仔细地观察着街上那些女人们的面容、衣着和微笑，然后痛苦地认为这些女士一点也不知道这世上还有痛苦、哭泣和饥饿的人。詹妮娜又开始辩解她自己也和她们穿得一样，这些人也可能会有她同样的处境，也许她们不经意地路过她身旁时，也是饥饿而绝望，和她一样扫视着过往的人群。她想在人群中分辨出这样的受苦受难的人来，但怎么也找不到。所有人看上去都是幸福而满足的。

然后，一想起自己现在比这些衣食无忧的人更有目标，詹妮娜眼里就放出了光芒。她觉得自己比这些平常人更有优越感。

"我有理想，有目标！"她想着，"他们为什么而活着？他们活着的目标是什么？"她常常问着自己。她回答不了这个问题，就会为那些人生活空虚，没有目标而可怜他们。

"一群翩翩起舞的花蝴蝶，不知道自己为什么活着，也不知道自己生活的目标！"她低声说，对那些人极度鄙夷。

她现在最讨厌的是卡宾斯基夫人，尽管佩帕对她和蔼可亲，却从不付嘉泽钢琴课的钱，用一个虚伪的微笑，利用了詹妮娜的能力和寄人篱下的处境。詹妮娜不能断了和她的关系，她直觉地感到，佩帕的笑容虽然彬彬有礼，但一旦绝交，佩帕也一定没好果子给她吃。另外，卡宾斯基夫人是个女人、母亲、女演员，这也让她非常厌恶。她很了解卡宾斯基夫人，在不断地奋斗和挣扎的过程中，她的爱恨可以无所不包。詹妮娜还没有爱过任何人，但却恨过人。

他们在为一部名为《弃儿马丁》的戏挑选角色，詹妮娜没有被选上，她不满地朝弗拉德克抱怨道："知道吗，像总监夫人那么没能力的人居然负责给我们的演出分配角色，真令人难以置信！"

"你应该去找她要角色，不找她是错误的！你看吧，总监是任何事都不能做主的。"弗拉德克说。

"真的！这是个好主意。我明天就去试试看。"

"我们下周要演《罗宾医生》，你找她要'玛丽'这个角色吧。

有个业余的演员想要加入我们公司,他会扮演'贾力科'这个角色,和'玛丽'演对手戏。"

"那个'玛丽'是什么样的角色?"

"一个非常棒的角色!我觉得你演一定很合适。如果你愿意,我会拿剧本给你。"

"很好。我们可以一起熟悉剧本。"

翌日,卡宾斯基夫人回复詹妮娜她会得到那个角色。

下午,弗拉德克带了《罗宾医生》的剧本来。这是他第一次来詹妮娜家,他看上去面容俊秀,举止谦恭有礼,有一点点不自在。他在詹妮娜面前做出一副对她关爱有加的样子,好像幸福得话也说不出口了。

"我第一次觉得害羞、幸福。"他说着,吻着詹妮娜的手。

"为什么害羞?你在舞台上可是很自信的!"她答道,面露疑惑之色。

"是的,在舞台上,人的快乐都是演出来的,而在这儿,我是真的觉得快乐。"

"快乐?"她重复道。

弗拉德克看詹妮娜的眼神是那么热情,脸上露出的微笑是那么迷人,那神态,那样子好像非常爱慕她,要是在舞台上,一定能赢得掌声如潮。詹妮娜被他迷惑了,心里的弦被重重地拨动了。

弗拉德克开始读剧本。每次一读到"玛丽"的部分,詹妮娜的热情之火就会熊熊燃烧。她呼吸急促,盯着弗拉德克,仔细听着,不敢说话,也不敢有什么动作,生怕打扰了他的阅读。她不想打断他富于磁性的声音,不敢破坏了他眼里透出的柔情。

他一读完,她就疯狂地喊道:"多棒的角色啊!"

"我想你一定会表现得更棒。"弗拉德克说。

"是的……我也觉得我会演得很好。'贾力科,创世之主,无可限量!'"她低声说着剧本中的一句台词。

詹妮娜看上去是那么快乐而有活力,弗拉德克都快认不得她了。

"你真是个有激情的人。"他说道。

"是的,因为我爱艺术!艺术就是一切!这是我的格言。除了艺术,我什么也不在乎。"詹妮娜回道,重新兴奋起来。

"也包括爱情吗?"弗拉德克问道。

"对我来说,艺术是比爱情更完美,更值得追寻的目标……"詹妮娜答道。

"人要是不追寻爱就太奇怪了。没有艺术,世界依然存在,但没有爱……就没有世界!艺术比爱更能让人失望,让人痛苦。"

"而艺术给的快乐也更多啊。爱是一种个人的情感,但艺术是大家都喜欢的。人们爱是出于人性,爱让人受尽磨难,只有艺术,才能让人不朽!"

"那些不过是梦想罢了。很多人为梦想献出了生命,很多人因那些幻象而迷失了自我。"

"但那些心存幻想的人比没有梦想的人生活更充实。"

"既然过得不幸福,充不充实有什么用?"

"幸福的人很多吗?"

"很多,比我们要幸福多了!"

弗拉德克特地重重地强调了"我们"。

"不是的!"詹妮娜喊道,"我们的幸福感是苦乐交织的。尽管有欢喜也有泪丧,但都能让人觉得快乐:人的精神世界得以充实。梦想是无限宽广的,心里的世界远比周围的物质世界更丰富多彩。带着眼泪痛苦地吟唱,唱着美好和神圣的圣歌,不断地梦想着,完全忘记了现实生活,人只活在梦想之中,那也是一种幸福!"

詹妮娜感觉非常快乐非常激动,她只是想到什么就说什么,把心里的感受都说出来了。她不停地说着,完全忘了有人在听她说话,尽情地描述着短暂的梦想。

弗拉德克起初还饶有兴致地听着,但后来越听越不耐烦。

"真是个喜剧演员!"他心里嘲弄般地说着。他觉得詹妮娜在他面前展现她对艺术的热情像孔雀开屏一样不过是为了吸引他的注意力。他终于烦了,既没有回应也没有打断她。

"'玛丽'这个角色太感伤了……"一阵长长的沉默后,詹妮娜说道。

"我觉得那只是感情丰富。"弗拉德克说。

"我希望有机会扮演'奥菲利亚'。"

"你熟悉《哈姆雷特》吗?"弗拉德克问道,有一点点吃惊。

"过去两年我读的都是戏剧,梦想的都是舞台。"她简短地答道。

"这样的热忱真令人佩服得五体投地!"

"为什么要佩服?作为演员,应该有这份热忱,给梦想一片天地,一个机会……"

"只要我能够……相信我,我很希望你能在艺术上有所成就。"

"我相信你。"詹妮娜说着,声音低了下去,"很谢谢你来和我一起欣赏《罗宾医生》。"

"要我为你抄角色的台词吗?"

"我会自己抄,这让我很快乐。"

"如果你愿意,你背诵的时候,我可以给你提词。"

"哦,我不想耽误你的时间……"

"只要你愿意,除了每天演出几个小时,我其余的时间都随你挥霍。"他激动地说着。

他们彼此对视了一会儿。

詹妮娜朝弗拉德克伸出手去,他吻了很久。

"从明天开始熟悉剧本吧,我明天有一天假。"詹妮娜说。

"我明天也没有演出。"

尽管把詹妮娜称作"喜剧演员",他还是为她的头脑简单和对艺术的热忱而觉得脸红,因此弗拉德克对自己也有点生气。不过他还是觉得她很聪明,也很有艺术天分。

詹妮娜很快投入到《罗宾医生》的剧情中。几天内,她不仅熟悉了"玛丽"的角色,还记住了整部戏。她全情投入地演出,好像要为这戏耗尽自己的生命一般。之前因贫穷而消退的梦想和剧院热火朝天的生活节奏再次燃起了她内心热情的火焰。剧院再次占据了她所有的心思,她已经没空去想别的了。她高兴的时候,剧院就是高于日常生活的神秘的殿堂,那里闪烁着希望之光,对她而言,剧院就是永恒的奇迹。

尽管詹妮娜对艺术的狂热和对他的无视已经让弗拉德克非常心烦,尽管他无法理解她近乎病态的热情,但他每天还是会在排演和正式演出的间歇去看她。

他越来越渴望得到詹妮娜的爱。他被她的天真烂漫和才华所吸引。他一直渴望着拥有这么一个美丽动人又教养有方的情妇。他很想拥有这位举止得体的女孩儿,与他之前的情妇相比,她是那么与众不同,他被她的傲慢给迷住了。他告诉自己,她看上去就跟自己在尤德街那些他经常朝她们挤眉弄眼的女人们一样时髦一样高贵,如果得到她,就能给他带来极大的成就感满足感。

詹妮娜虽然没有告诉过弗拉德克她爱他,但他已经从她的眼神中看出来她对他有好感,平时相处时就用微笑、柔情、甜言蜜语、关心织成一张网,就等她步入自己织好的网中。

对詹妮娜而言,这段愉快的时光也是她生命中前所未有的美丽记忆,现在贫穷像流星一样转瞬即逝。

弗拉德克的不断拜访让索温斯卡对詹妮娜的态度也发生了转变,她变得特别友好可亲，建议詹妮娜卖掉自己不需要的衣物，甚至提议替她去卖。

詹妮娜无忧无虑地继续生活着，只是还得极不耐烦地等待着《罗宾医生》的正式演出。她只是有些担心《罗宾医生》不能顺利上演。心里有了梦想，生活变得更纯净，人也更友善。她忘记了一切，也包括戈洛高斯基。他最近的来信她没有读完就丢在了一旁，因为她现在完全活在对未来的憧憬之中。她对未来的梦想和期待更为坚定。

而且，詹妮娜爱上了弗拉德克。她不知道自己是怎么爱上他的，但却发现一离开他，她就什么也做不了。靠在他的手臂上，走过街头，听着他低沉的富于磁性的声音，她感觉非常快乐安定。他黑色的眼珠里散发出的柔光让她感觉到幸福和甜蜜……

所有与他有关的事都能吸引她。他在舞台上看起来是那么俊美！在音乐剧中，他饰演的角色是那么有激情，那么感染人！他的动作声音是那么简单明了。他是大众情人，就连报社也对他不惜赞赏之辞，预言他是一颗冉冉升起的舞台新星，未来不可限量。

看到他在舞台上很受欢迎，詹妮娜很高兴。他很懂得如何展现自己，因此人们都觉得他是个有教养的绅士，而实际上，他却是个花言巧语，厚颜无耻的小混混。这些詹妮娜一点也不清楚，对她而言，他是第一个，也是唯一一个能让她放下自我的男人。在她看来，他们从此可就分不开了。

弗拉德克在《罗宾医生》里替补扮演贾力科，一次排演结束，离开剧院的时候，他深情款款地向她表明了自己的心迹，他的表白是如此真挚诚恳，彻底打动了她。泪一下子涌上了她的眼眶，她这才发现自己心底里原来还有对生死相依的幸福的渴望。她真心地渴望得到爱情的滋润。

詹妮娜都不知道自己是怎么了，她无法抵抗他嗓音的魔力。悦耳的告白，充满激情的热吻和火辣的眼神让她发狂。她对他完全不设防，也完全没有反抗，也不知道自己在做什么，简单地说，她已经完全入迷了。

她也不知道她爱他什么，是那个演技高超的演员，还是他这个人。詹妮娜根本没想过这一点。她爱他是因为她爱上了他，因为他对她来说就意味着剧院和艺术。

詹妮娜觉得，因为有他的关心，她就能思考更多的问题。她的思想在成熟（就像农夫描述年轻人的成长一样），她认为除了要有对未来的计划，也要有自己的依靠，她需要一块垫脚石来支撑自己，让她成长。她不再觉得孤独，她好像找到了依靠，现在她可以跟弗拉德克分享她的秘密、梦想、对未来的计划，也可以和他一起熟悉各种各样不同的角色。他使她的生命完整，是她梦想和能量的来源。

但詹妮娜并没有因弗拉德克而迷失了自己，相反地，却让他融入到她自己的世界里。她一点也不觉得自己是屈就了他，他今后就是她的情人，她就属于他了！她一点也没考虑他是不是有这种想法。她知道他很英俊，很受人欢迎，很爱她，而她也需要他，对她来说，这就足够了。她和他亲密地低语时，无意间总透露出一丝傲慢。她不断地和他说话，却几乎从不问他的意见，也不听他的回复。弗拉德克很不理解这一点，但他却注意到了这一点，这让他有点不开心，尽管他们关系很近，但和她相处并不让他轻松快乐。这伤害了他的自恋情结，而他自己又无能为力。他拥有了她的身体，而不是她捉摸不透的灵魂，爱能够为生命和永恒放弃自己，又让自己变成了恋人的工具。詹妮娜的这种态度让他很不高兴，但又让他那么无法自拔，他开始更加伪装自己，只要自己再虚情假意一些，再多愁善感一些，再多加点感情，他就能完全占有她。然而，他的行动并没有成功。

除了爱情，詹妮娜渐渐变得一无所有，尽管如此，她还是觉得很满足。她经常挨饿,但只要有弗拉德克在一旁,她就能完全投入戏的角色,忘记了整个世界,且觉得足够。

由于那个首次演戏的业余演员病了,《罗宾医生》的上映一推再推。而同时,其他的戏也要上演,詹妮娜不得不继续等待。她越来越不耐烦了,越来越想要脱颖而出,她希望一演成名,好结束现在的贫困生活,她已经想了很久要怎么演好"玛丽"这个角色,只等好好表现自己。

詹妮娜一点也没留意每天都有人在计划组建新的公司,这种热情通常只持续几天。柯维克已经有好几次建议詹妮娜,只要她愿意,她可以和谢派泽斯基签约。但她一想到托波尔斯基的计划,想到他一定在等着她加盟,她就拒绝了。

托波尔斯基真的在组建公司。尽管具体情况还是个秘密,但所有人都已经听说过了。这个计划只有咪咪、瓦沃泽基、派斯夫妇和一些已经签约的年轻艺人知道,大家也听说了,托波尔斯基已经秘密与刚建好开放的卢蓓尔剧场签订了协议,可以确定的是,科特里基和一些相关人士为他提供了必要的资金。

卡宾斯基当然也知道这些,并且大声奚落这些计划工程。他很明白,只要给他们多一点钱就能让那些入伙托波尔斯基的人乖乖回来。他预测托波尔斯基一个季度都拖不过去,会破产,他并不认为有人会愿意出钱给托波尔斯基组建新的公司。

"再不会有那样的傻瓜了!"他断言道。最让他觉得可笑的是托波尔斯基的剧院改革,他把它戏称为愚蠢。卡宾斯基很了解观众,也明白他们想要的是什么。

托波尔斯基不断在家举行晚会,邀请的都是他可能需要的人。但他没有公开谈论过自己的公司,把宣传工作留给了把这公司当成自己的事业一样对待的瓦沃泽基,以此来奚落卡宾斯基,引起了大家对卡宾斯基拖欠工资的集体不满和抱怨。

詹妮娜只去过几次托波尔斯基家的宴会,就觉得烦,因为男人们通常都在打牌,而女人们,不是说说闲话,抱怨几句,就是围成一小圈,偷偷说一些悄悄话,她们都害怕詹妮娜在去卡宾斯基家授课时,向卡宾斯基偷偷告密,因此总是把她挤到外面,不让她听到。

詹妮娜在那儿的最后一个晚上,大家喝茶的时候,玛柯斯卡请求詹妮娜再多待一会儿,保证会和托波尔斯基送她回去。

弗拉德克并没有参与这些宴会,因为他可是卡宾斯基坚定的支持者。

所有人离开之后,托波尔斯基坐在詹妮娜对面,跟她讲起了自己组建的公司的情况。

"这里会是真正的艺术殿堂!我有了一群优秀的演员,和最好的剧院签了合同,那儿的图书馆也会搬迁,而装饰用品已经买好一半了,所必需的都准备得差不多了。"

"那你现在还缺什么?"詹妮娜问道,很快决定了要加入进来。

"一点点钱……第一个月要约一千卢布的营运资金。"托波尔斯基答道。

"你不能去借吗?"

"可以……这也是我首先想跟你谈论的,我们已经把你算作了我们的一份子。我会给你足够的工资,你是一个很有能力的女演员,所以我决定让你代替梅拉。你才貌双全,声音也很好听,很有个性,这是一个完美女演员的必备条件。"

"哦,谢谢你,真心地感谢你!"詹妮娜快乐地喊道。她高兴地吻了玛柯斯卡,而他习惯性地躺在桌子上,心不在焉地盯着天花板上的灯。

一阵短暂的沉默之后,托波尔斯基说:"但你必须要帮我们!"

"我?我能做什么?"她惊讶地问道。

"你能做很多事！只要你愿意……"他答道。

"哎呀，如果你觉得我能帮得上忙，那我当然很乐意来帮你，这不仅是我的责任，也是我的兴趣！我只是很好奇我能帮上什么忙。"

"就是那一千卢布的问题。钱一定会有，只是有个小小的条件……"

"什么条件？"詹妮娜好奇地问道。

托波尔斯基更靠近了她，友好地拉着她的手，然后答道：

"詹妮娜小姐，不只是我们剧院，还有你的未来都取决于这个，因此我就直接告诉你，已经有人愿意出两千卢布了，但他说，他只会给你一个人，只要你去拿，不然他一分也不出。"

"那人是谁？"她不安地问道。

"科特里基！"

詹妮娜低下头来，房间里变得非常安静。托波尔斯基不安地看着她，而玛柯斯卡脸上露出了一个似笑非笑的表情。

詹妮娜痛苦地叫了一声，这个名字和提议是那么的令人厌恶，过了一会儿，她从椅子里站起来，断然答道："不！我不会去科特里基那儿的，你的建议是对我的侮辱，我无法接受！只有在剧院里人们才会这么不道德，指使别人做龌龊的事，让人堕落到罪恶的深渊，无法自拔，然后自己便能从中渔利。先生，这次您可打错了算盘。我还没堕落到那种地步。最伤我心的是，你居然提出让我去科特里基那儿，可能吗？科特里基对我做出那么卑鄙的行径！"她激动地喊道。

"詹妮娜小姐，我们平静一下，理智一点，不要太激动了。"

"不要太激动了，你居然敢这么说？"

"我必须说，你真是没经验，我已经提醒过你可能会发生的一些可怕的事，会让你深陷泥沼，会让你蒙羞让你丢脸。"

"天啊，除了那些，还有什么？"詹妮娜惊讶地喊道。

"不要再演戏了，不要再玩捉迷藏了，我们还是要看到问题的本质，我可没跟你说什么非同寻常的提议。我问你什么了？只是要你为了钱去科特里基家，这钱我们未来都用得上，有了钱，我们可以创建剧院，不然我们无法在华沙立足。这又有什么错？能让我们都快乐的事，为什么不干呢？"

"什么？我，一个女人独自住在一个男人家，你居然不觉得有什么不对？他为什么要给我那一两千卢布呢？"

"你和戈洛高斯基在一起时也没人说你什么呀，现在你和弗拉德克在一起，谁责怪你了？那我现在说的怎么又不尊重你了？我们都是这么活着的，那我们就卑鄙无耻了吗？……不！那都是次要的，我们心底最重要的是艺术！"

"不，我不会去的！"詹妮娜平静地答道，发现大家都知道自己和弗拉德克的关系，她有点沮丧。

她继续听着托波尔斯基的话，不过那些话她都是左耳进右耳出，并没有太在意。他开始劝说和乞求着她，解释说大家都在为剧院拼命，这可不像是女人一时的怪念头。他指出，她的拒绝会给新创建的公司当头棒喝，他们都在等她一句话，会一辈子感激她，她一人受苦会让很多人得利，这个剧院会归她所有。他很不理解她为什么反对，希望不论怎样都要征得她同意，但詹妮娜丝毫不为所动。

最终，詹妮娜下定了决心："就算是要了我的命，我也不会去的！我宁愿死！"

"那好吧，再见！"托波尔斯基生气地说。

詹妮娜一直看着他，还想要跟他解释更多，但玛柯斯卡把她的外套丢到她肩上，把帽子放到她头顶，不断辱骂着她，给她打开了门，赶她出去。

詹妮娜任她把自己推出门外，下了楼梯，往家里走去。

她为新公司而遗憾，也为自己与托波尔斯基断交感到遗憾，但一想起这些人居然希望她答应这样的建议，期待她会乖乖接受，还做出这么丢脸的行径，她就觉得羞愤难当。

詹妮娜无法平静自己。那天晚上，她一会儿梦见科特里基，一会儿梦见弗拉德克，一会儿又是剧院。她听到他们在骂她，一大群衣不蔽体的人们生气地大喊大叫，追赶着她，想要把她给揍一顿。在那一大群人中，她分辨出了玛柯斯卡、托波尔斯基、咪咪和瓦沃泽基的脸。她又梦见自己正走在街头，所有人都在盯着她看，她觉得浑身不自在，想要钻进地洞里去才好，但她却没有勇气走开，大家慢慢地跟着她，而托波尔斯基站在一旁，指着她嘲弄地大声喊道："瞧！这女人以前跟戈洛高斯基在一起，现在却变成了弗拉德克的情妇！"

詹妮娜再也无法忍受了，在梦里，她还看到了她父亲和克伦斯卡也指着她喊道："她过去和戈洛高斯基在一起，现在却变成了弗拉德克的情妇！"这让她疯狂尖叫起来。

"天啊！哦，天啊！"她呻吟着，在床上翻滚着。

那些脸越来越清晰了。布柯维克的牧师，她学校里的老师们，以前的同伴们和格泽斯科维克兹。所有人都快速地经过她，微笑着看她，那笑容是如此让人恐惧，如剑，如刀，刺痛了她。

詹妮娜泪眼朦胧地醒过来，感觉非常疲惫。

排演之前，弗拉德克过来看她。她第一次主动扑到他怀里。

"他们都知道了！"她低声说着，头埋在他的胸口。其实弗拉德克脸色也不太好看，只是她没察觉到。

弗拉德克一时有点莫名其妙，答道："知道什么了？出了什么事了？"

他不高兴地坐下来，开始前后摩擦着膝盖，在椅子上生气地扭来扭去，怎么也不安稳。

詹妮娜开始察觉到他情绪不对，再顾不上自己的事，问道：

"你怎么了，病了？"

"我什么事也没有,只是欠了某人一点钱,但现在没法偿还。我妈又病了,不能找她要钱,找她要钱会要了她的命的!卡宾斯基也不会给我钱,我现在真不知道要怎么办了!"

他当然是在说谎,因为他前一天晚上玩了一整晚牌,钱都输光了。詹妮娜记起了戈洛高斯基给她的钱,因此毫不犹豫地把自己的金表链拿了出来,放在弗拉德克面前。

"我没有钱。但你可以把这个拿去当了还债,剩下的你可要给我,我也什么都没有了。"她真心地说。

"不,这个我不能要!你这么做是什么意思?我真的不需要这个,亲爱的!"弗拉德克第一次真诚地反驳道。

"拿走它吧,如果你爱我,就拿走它。"

弗拉德克反抗了一会儿,但又想到只要有了钱,就能把自己输的都给赢回来,就接受了。

"你去吧,然后再回到这儿来,我们一起吃早餐。"詹妮娜说道。

弗拉德克吻了她,好像觉得窘迫似的,说了一些感激的话,拿起表链离开了。

他很快就带着三十卢布回来了。他从她那儿借了二十,甚至还要打一张收据,但她不同意,甚至还生了气,他不得不向她道歉。然后他们一起去吃早餐。

从那以后,他们就同居了。剧院里每一个人都知道他们的关系,不过这种事再寻常不过了,也没人特别留心过。只有索温斯卡有时会因此奚落她蔑视她,不久前她还很赞赏弗拉德克。但她现在不停地揭他的短,以这样刺激詹妮娜为乐,她现在也为儿子的失恋而深深自责。

终于,《罗宾医生》要开始舞台排演了。弗拉德克到她家里把这个消息告诉了詹妮娜,因为她这几天一直不舒服,很虚弱,根本就不能出屋。她觉得很困很累,背疼得要命。这种无助而令人沮丧的感觉让她想要哭喊,她不想从床上起身,整天整天睁眼躺着,空洞地盯着天花板出神。耳边不断嗡嗡作响,干渴得很,没什么可以终止这种感觉。然而,一听到自己可以演戏了,詹妮娜很快又恢复了体力。

她去了剧院,害怕得发抖,但一看到那个扮演"贾力科"的人,她很快就平静了下来。这个业余演员还不如说是个小男孩儿,瘦得皮包骨头,一副呆头呆脑,傻乎乎的样子。他口齿不清,步履蹒跚,不过他可是一位著名记者的堂弟,有堂兄撑腰,他在剧院总是一副高人一等,目中无人的样子。公司的同事们明里暗里地奚落他,只有他不在时,才敢大声嘲笑他。

所有人都如约前来排演了。

詹妮娜一上舞台,玛柯斯卡就退到了幕后,而托波尔斯基也没有朝她点头打招呼。詹妮娜意识到自己和他们的关系断了,但她并没有多少时间思考,因为排演很快就开始了。尽管她一开始只想演好自己的角色,但詹妮娜现在一点也控制不了自己的情绪。

她感觉到每个人都在用嘲弄的眼神看着她,这让她很受煎熬,有时候她会神经质地突然跳起来,情绪暴发,有时又很安静,说话语气轻柔。

玛柯斯卡站在那儿和扎妮卡说笑着,大声评论着詹妮娜的表演。因为詹妮娜太过兴奋,进场总没站到恰当的位置上,舞台经理托波尔斯基几次要求她下台告诉她,然后再让她回到舞台上。

詹妮娜很清楚他们在做什么,因此她并没有太把玛柯斯卡的话和托波尔斯基迂腐的建议放在心上。她继续演出,表演时好时坏。

然后大家异常沉默,不再向她提建议了,也没有人大声说笑。

舞台总监在幕后踱来踱去,满意地搓着双手,嘟囔着:"很好,很好,但她表现得还不够悲情。"

"哇,难道你没听到她已经在哭喊了吗,而不是平静地说!"

玛柯斯卡揶揄道。

"亲爱的女士,您在舞台上不也像疯了一样,我们都是出于礼貌才没责备您!"斯坦尼洛斯基替朋友回道。

"不要那样!谁会那么夸张地挥舞手臂啊?你把自己当风车了啊?"托波尔斯基对詹妮娜喊道。

"别打消她的积极性嘛,要知道,这可是她第一次参与排演!"卡宾斯基夫人在座位上喊道。

"你在舞台上走步像鹅一样。"托波尔斯基不高兴地对詹妮娜大声说道。

"她就像个洗衣妇一样。"玛柯斯卡嘲弄道。

尽管她感觉到眼泪涌出来了,詹妮娜还是继续表演着,并没有让自己分神。

结束了排演后,卡宾斯基夫人热烈地亲吻着詹妮娜,大声赞扬她,以便让玛柯斯卡听到:"我祝贺你,你无疑是这角色最合适不过的人选!"

"要更注意细节。"斯坦尼洛斯基建议道。

"这才只是排演!我脑子里已经把所有细节都想好了。"

"我们现在才算真正有了一位女艺术家,她真是才貌双全!"罗欣斯卡大声喊道。

玛柯斯卡挑衅地看着她,但什么话也没说。

詹妮娜非常高兴,很想要亲吻所有人。

两天后就要正式演出了。这两天詹妮娜得到了完全的放松,她看上去相当满足。

"终于到头了!终于到头了!我穷苦的生活就要结束了!"詹妮娜疯狂地低声自语道。她想象自己很快就会有很多戏要演了。她完全陶醉在自己的想象之中,想象自己已经到了事业的最巅峰。她每天都梦想着自己已经进入了那样的王国,在那里,她看到的都是英雄般的人物,经历的都是非凡的感情，看到了美好的前景，一个完美地融合了梦想与现实的世界。

詹妮娜对那段贫穷困苦的日子有些留恋，像是不会再过上那样的日子一样。她身边的一切，包括弗拉德克都不再那么光彩夺目了。

她无数次地背诵"玛丽"的台词。在镜子前一坐就是好几个小时，不断练习着面部表情，越来越焦躁地等待着那非同一般的日子的到来。晚上，詹妮娜半睡半醒地盯着眼前的一切。她好像看到了人如潮涌的剧院，还有报社的代表们，听到观众们嗡嗡的声音，看到他们激动的表情，然后她上舞台表演……她迷迷糊糊地背诵台词，听到那如雷的掌声和欢呼远远传来："奥罗斯卡！奥罗斯卡！"她含着幸福的眼泪微笑着入睡，醒来后又继续做梦。

詹妮娜卖了所有的东西以替自己置办合适的服装演出。她打发走了弗拉德克，不让他干扰自己的情绪。

在那至关重要的一天，最后一次排演之前，卡宾斯基把她的角色给了玛柯斯卡。

玛柯斯卡一直很嫉妒詹妮娜得到了"玛丽"这个角色，而托波尔斯基对詹妮娜也怀恨在心，于是两人密谋要把詹妮娜的角色换掉。托波尔斯基威胁说如果卡宾斯基不把给詹妮娜的角色给玛柯斯卡，他就会马上离开公司，卡宾斯基不得不屈服了。因为詹妮娜拒绝和科特里基在一起，所以托波尔斯基用这样的方式来逼詹妮娜就范。

受此打击，詹妮娜差点晕过去。她步履蹒跚，觉得整个剧院都在旋转，所有的一切都和她一起陷入无尽的黑暗之中。她极度悲伤地看向周围，仿佛是在求救，但公司那些人都露出幸灾乐祸的表情，都像白痴一样在旁边看热闹。他们用嘲弄的眼光打量着梦想破灭的詹妮娜，所有人都在奚落她，那些话就像石头一样撞击着她的心灵。他们的笑声像鞭子一样残忍地抽打着她，所有人都把自己的快乐建立在她的痛苦之上。

詹妮娜面无表情地站在那儿，什么也说不出来，心痛得好像伤口被揭开了一样，血汩汩地从心里流出来。

她鼓足了勇气问道："为什么我不能演这个角色？"

"因为你不能演，就这样！"卡宾斯基冷冷地答道。说完，他便很快离开了剧院，因为他不愿看到这一幕，心里对詹妮娜有一丝愧疚。

她依然站在幕后，极度的失望强烈地撕扯着她。她觉得那么孤独无助，好像这世间只有她一个人，有什么东西在狠狠地敲打着她，把她击倒，她飞快地掉落到一个深深的无底洞里，隐隐约约地听到那里一个灰绿色的旋涡发出的怒吼声。

在重压之下，她的精神彻底崩溃了，她无助地流着眼泪。她去了更衣室，坐在那儿最黑暗的角落里。

她的梦想支离破碎，那些奇妙的王国消逝在远方，那些美好的幻象都在她脑中消失殆尽了。

她身边肮脏的墙壁和装饰品以及这群卑鄙下流的演员们让她感觉很沉重。她极不舒服，疲乏、心碎、无助，因此去了大厅找弗拉德克要他带她回家，却不见他人影。他故意躲开了，因此她又回到更衣室里，呆呆地坐在那里。

"要呵护梦想！呵护生命之水！"她艰难地想起他曾告诉过她的话，自言自语道。她面色突然变得苍白，脑子里一片混乱，她觉得自己快要疯了……

她呆呆地坐了很久，想到自己经历过的痛苦失落，她控制不住地放声大哭。最后她哭得累了，排演结束，演员们都离开了，剧院里很安静，她疲惫地睡着了。

罗欣斯卡那天因为要准备演出，于是提早到了剧院，看到沉睡中的詹妮娜那张因贫穷和忧郁而显得苍白的脸，她就想到自己的前半生是在这种虚伪浮华的生活中度过的，余生还得这么继续，她的同情心被唤醒了,她决心要惩罚一下玛柯斯卡。

"詹妮娜小姐——"罗欣斯卡轻声唤道。

詹妮娜醒了过来,急忙擦去自己脸上的泪痕。

"您见过奈泽斯基先生吗?"她问罗欣斯卡。

"没有。可怜的孩子,他们对你做得太过分了!但你一定不要太放在心上。如果想成为艺术家,你必须要忍耐。亲爱的,你知道我经历过什么吗,所受的磨难和挫折要比你多得多,我现在仍然要继续活下去。如果你要为所有经过的苦难而伤心难过,对他们散布的所有关于你的谣言而生气,为他们对你所设计的所有阴谋而哭泣,你眼泪都会流干,没有力量再活下去了!哭是没用的,剧院的生活也没有什么不同的!你现在并没有失去什么。一次失望只是一次经历,它会丰富你的生命。"

"也许归根结底,他们是对的。无论怎样说,我都是没有才华的,如果卡宾斯基不让我演戏……"

"那是因为你很有才华,他们才开这么个玩笑。我听到那个新手的堂兄在第一次演出后对你的评价。"

"那评价对我也没有用处,如果不能演戏,我就活不下去了。"

"那都是玛柯斯卡造成的。她逼着卡宾斯基不让你演那个角色。"

"我知道她对我不满,但我想不出为什么她要这么残忍!"

"你并不了解她……我不知道你们俩之间的纷争,但我知道,她看到你在舞台上的表现,就很害怕你会取代她,于是她很快就开始打小算盘,不让你登台。我看到她约见那个新人,她对那人的堂兄和卡宾斯基皱眉,她不断讨好总监夫人!这都是我亲眼所见!你听说过这么作践自己的人吗?但她终于如愿以偿了。她用同样的方法对付过很多人。你也许不知道,我这么个名声在外的演员,也不得不容忍她,我已经受够了她。你不会知道这些阴谋,因为它发生得太快了,除了我,恐怕没别人知道。像她这样的人运气居然这么好!等着吧,我今天一定要修理她!

我要为我们俩复仇！"

慢慢的，更衣室里的女演员们越来越多，她们吵闹的声音和脂粉的香味盖过了蜡烛的光芒。她们都开始穿衣打扮。

玛柯斯卡最后一个进来，一副趾高气扬的样子，手里拿着花束，胸部和腰间插着玫瑰。看到詹妮娜坐在罗欣斯卡的身旁，她皱了皱眉，生气地喊道："如果我没弄错的话，这里可不是合唱团女孩儿们的房间。"

"你误会了，你是在侮辱艺术家！"罗欣斯卡反驳道。

"我没和你说话。"

"但是我在和你说话。请你留下来吧。"她说着，转向正要离开的詹妮娜。

"你不要挑事！你觉得我会和一个菜鸟一起换衣服吗？"

"你等着吧，会有人给你一个单间，会有人给你买演出服的。你可不能错过了。"

"闭嘴！你个老傻瓜。"

"我老不老不关你的事，你这小荡妇！"

"在舞台上的表演那么不堪入目，居然还有脸在这儿大声呵斥。"

更衣室里的所有人都大笑不止，而罗欣斯卡和玛柯斯卡的争吵更加不堪入耳，然而这一点也耽误不了她们化妆和更衣的时间。

詹妮娜安静地听着这场争吵。她对玛柯斯卡夺去了角色并没有多少不满，只是对她这个人产生了厌恶感。她现在觉得玛柯斯卡卑鄙无耻，就连声音都很让人讨厌。

他们开始演《罗宾医生》的时候，詹妮娜站在幕后看原本属于自己的角色命运如何。当她看到玛柯斯卡扮演的"玛丽"出现在舞台上时，心里那种痛苦是无法言说的。她感觉到那一个女人正一点一点地抹去她脑海中的每一句台词，每一个肢体动作。

"它们是我的，我的！"她喘着粗气，无法平静，"我的！"她双眼盯着梅拉·玛柯斯卡，然后闭上眼睛，不想再看下去了，也不想再记得是她夺去了她的机会。"你这个贼！"她大声愤恨地说着，玛柯斯卡在舞台上听到了战栗了一下。

罗欣斯卡坐在幕后舞台的一个边角上。梅拉·玛柯斯卡一上台，她就低声重复梅拉的台词，不过故意发错几个音，模仿着她的动作，大声嘲笑她的表演。

起初，玛柯斯卡并没在意这些，但是，她不断听到那可笑的模仿和嘲笑自己的声音，忍不住不停地看后面。她听不清楚提词者的话，句中不时地停顿，而罗欣斯卡继续无情地给她添乱。

玛柯斯卡内心由生气变为狂怒，演出就越来越糟，她自己感觉到了这一点，心烦地在舞台上直跺脚。她看到幕后所有人都在笑她，就连杜贝克也在厢子里用手捂着嘴偷偷地笑。这让玛柯斯卡再也控制不了自己了。

她一离开舞台就对罗欣斯卡以拳相向，两人很快就都揪住了彼此的头发，大家也乱作一团，男演员们忙着分开他们俩。玛柯斯卡被强行带到了更衣室里，她狂怒不已，像疯了一样，歇斯底里地发泄着，砸碎了镜子，扯烂了衣服，不断地上蹿下跳，他们不得不捆好她的手脚，并去叫了医生。

卡宾斯基绝望地扯着头发，但演员们都在更衣室里开心地大笑着。

演出不得不在中场停止，托波尔斯基也很恼火，但还是控制住自己，对观众们喊道："女士们先生们，由于玛柯斯卡小姐突然不舒服，《罗宾医生》不能继续上演了。下一个节目马上开始。"

看到对手的惨败，詹妮娜还是很高兴的，但她看到玛柯斯卡疯成那样，又开始觉得有些歉意。她还无法像个老演员一样平静地看待这一切，因此她去看望玛柯斯卡，但看到房间里的医生，卡宾斯基正和罗欣斯卡争吵，她马上退了回去。

罗欣斯卡、沃尔斯卡和米洛斯卡都警告卡宾斯基如果玛柯斯卡继续留在公司,她们第二天就会离开。

卡宾斯基马上去了斯坦尼洛斯基和柯泽克维兹那儿,但他们也这么警告他,而且,他们还说,公司里居然出了这样的事,他们都很遗憾,他们不会再多留一天了。

总监完全没料到事情会发展到如此境地,他都快疯了。他想尽力摆平事态,不断承诺不会再发生这样的事,并给所有人补上了工资,还跟以往一样,大声向詹妮娜保证:"如果你想要钱,我会给你支票,我现在还有事,马上要离开了。"

詹妮娜要了五卢布。他脸色不太好看,但还是给了她,然后就跑去佩帕那边,碰到了那个新人和他堂兄在发泄不满,幕后越来越吵闹,观众都不安地听着,猜测着发生了什么事。

演出在观众们的沉寂中落下帷幕,没有一个人鼓掌。

詹妮娜拿着钱离开的时候,正好遇上奈泽斯卡慢慢地走着。

詹妮娜停下来想和她打招呼,但奈泽斯卡目光炯炯地看着她,大喊道:"你想要什么,你,你这坏蛋!"她不停地咳嗽着,朝詹妮娜挥舞着手杖,慢慢地走开了。

詹妮娜毫无反应,只是扫视着四周,想找到弗拉德克的影子,但他却不见踪影。从那天早上开始,她就再没见过他。

弗拉德克有意避开了她,因为他明白了,和普通女人发生关系对自己更好,跟她们在一起,不用约束自己,不用伪装,所有的一切都会在自己的掌控之中。另外,詹妮娜的女演员梦破裂了,她依旧还是个合唱团女孩儿,他母亲也因为詹妮娜而剥夺了他的继承权。

老奈泽斯卡显然是来找自己的儿子弗拉德克的,詹妮娜盯着她的背影看了很久,然后慢慢地回家了。

第十章

詹妮娜病倒了，躺在床上。

她觉得自己好像落到了井底，她只能在里面看外面遥远的蔚蓝的天空，有时候变成深黑色，有时候有星星闪烁，有时候有翅膀掠过，遮挡了她的双眼，她什么也看不到。她只觉得，生活的旋涡无声无息地渗进了平静的井底，渗进了她的心里，有种说不出的痛苦，痛彻她的心扉。

日子一天天地拖着步子慢慢走着，对那些一无所有，连希望都失去了的人而言，真是度日如年。

詹妮娜托人带信给总监说自己病了，但并没有人来看她。卡宾斯基夫人只派文森特来说嘉泽很想继续学钢琴，除此之外，再没别人来过。

大家都在演出，学习，创作，生活。而她只是毫无生气地躺着，灵魂像被揉碎了，不敢去想自己的未来，只是痛苦地挣扎着，只等死神来带走她。

詹妮娜并不是真的病了,只是心累了。在剧院生活了三个月,她好像失去了所有力量,现在,她的心很累很累,却没有什么能医治。

在那些漫长的白天,那些寂静的夜晚,她慢慢地回想着自己在这里遇到的每一个人,自己遇上的不公平的待遇,这一切都让她非常痛苦。

"这世界上根本没有幸福……"詹妮娜低声自语道,她觉得命运的神秘面纱现在才完全揭开来。她现在看清楚了,而之前,她一直都在黑暗中摸索着、期盼着。

"根本就没有幸福!"她痛苦地重复了一遍,她现在彻底绝望了。

詹妮娜看到的都是邪恶的坏的事物。她面前出现了所有同伴的影子,她鄙夷地把他们都抛在了脑后,连弗拉德克也是一样。他只来看过她一次,为自己的失踪道歉,但她只是不耐烦地打断了他,要求他离开。

她现在很了解他,甚至都开始怀疑自己是否真的曾经爱过他。

"为什么?为什么会爱上他?"詹妮娜自问道。

一想到自己曾为他陷得那么深,她就觉得又羞又愧。她现在觉得他不过是个凡夫俗子。她不能原谅她自己。

"他为什么会出现在我的生活里?"詹妮娜再次问自己。她现在觉得爱上他很丢脸。

"我不爱他。"她想着,心里对弗拉德克产生了厌恶感。

詹妮娜想着,就连剧院也不再那么有光彩了。她现在看到的都是不断地争吵、阴谋诡计、人们的虚荣和自己的失望。

"它现在和我之前看到的不一样了!"她叹息着。

詹妮娜觉得,所有的一切都越来越灰暗渺小,所有的一切都是虚伪的,不真实的。人们都很厚颜无耻,用谎言掩盖了所有真相。她不再期待变成舞台上的女皇。

"我的梦想是什么?我的梦想是什么?"她低声自语,看到了一大群不关心演出质量的人们,他们来剧院只是为了取乐,他们渴望见到的是小丑和马戏团。

"我的梦想是什么?只是为了钱而扮成小丑娱乐大家。"詹妮娜回答了自己的问题。舞台只是小丑和受过训的猴子们的表演场地。

"我曾经想为一群乌合之众而表演!哪哪有艺术的容身之所?真正的艺术,成千上万的人为之牺牲了自己生命的艺术究竟是什么?"

"艺术是什么,在哪儿才能找到艺术?"她不安地问着自己,觉得所有的一切都只是为了消遣,而不是自己想要追求的梦想。

詹妮娜脑海中浮现出文学、诗歌、音乐和绘画等等高雅的艺术。她还无法分辨它们功利的特性和它们纯艺术的特性。她看到所有艺术家表演着,歌唱着,创作着,只为娱乐那些野蛮的乌合之众。为了那样的人们,他们倾其一生,赌上自己的力量和梦想;为了那样的人们,他们一生努力奋斗,历经磨难,并为之而死去。

对詹妮娜而言,那一大群格泽斯科维克兹们,科特里基们,顾问们都是愚昧无知的,他们带着半是嘲弄半是赞赏的表情,低头看着那一大群艺术家们带着讨好的乞求的表情作画、演出、吟诵、创作。

她看到一大群人漫无目的地慢慢游走着,而另一边,所有的艺术家从四面八方聚集而来,穿过这一大群人,大声宣扬着什么,激昂地唱着歌,歌声飘到空中,连星星都听得到。艺术家们试图让这杂乱无章的人群变得秩序井然,低声地恳求着他们,想在这里边开出条路来。但这一大群人既不笑,也不点头表示赞同,一点也不让步。他们蜂拥而至,把艺术家们都踩在脚底。

"那是怎么回事?为什么会那样呢?"詹妮娜非常害怕地问着自己,"如果他们不需要我们,那我们就该离开他们,避开他们,只为自己而活,也只和与自己志同道合的人在一起。"但她的头脑再次变得混乱起来,她不能想象过离群索居的生活,如果那样的话,活着可能就没有了价值。她的思想乱成了一团麻。

索温斯卡现在很同情她的遭遇，像妈妈一样对她，她进来了，打断了她混乱的思绪。

"你为什么不回家呢？"她很真诚地向詹妮娜提议道。

"绝不回去！"詹妮娜答道。

"你为什么要这么糟蹋自己呢？你回去可以好好休息一段时间，等你恢复了，再回剧院来也不迟。"

"不。"詹妮娜平静地答道。

"忘了告诉你，老奈泽斯卡夫人昨天来看我了。"

"你和她是老朋友了？"詹妮娜问道。

"不是，但她和我有点事要谈。哦，她可真是个老狐狸，老巫婆！"索温斯卡说。

"也许她是有点小气，但她是个诚恳的女士。"

"诚恳？你会知道她有多诚恳的！"

"是吗？"詹妮娜问道，但语气一点也不好奇，她现在对这些一点兴趣也没有。

"我只能说这么多……她一点也不爱你，一点也不！"

"那就奇怪了，对她我又没做错什么。"詹妮娜说。

索温斯卡的脸色突然大变，她生气地看着詹妮娜，想狠狠地指责她，但看到詹妮娜平静的面容，她又控制住了自己，离开了房间。

詹妮娜想起了布柯维克的家。

"我没有家。"她想着，竟然不觉得痛苦，"这整个世界就是我的家。"她又想道，突然想起格泽斯科维克兹告诉过她父亲的事，心里开始隐隐作痛。一种不舒服的感觉涌上詹妮娜心头，不是因什么重要事情而心神不定，而是美好的过去不会再回来的失落，是祭奠过去的痛苦。

但那些在布柯维克的记忆，那些她独自做梦，忘记了一切的奇妙的夜晚,现在都生动地浮现在她脑海里。那生机勃勃的自然,广阔的田野,幽静的峡谷,青翠的树林,陡峭的山峰,充满了鸟语花香,这一切都让詹妮娜疲惫的内心感伤不已。

她在那儿长大的树林,那些无法言说的奇妙景色,那些深深吸引着她的大树,现在在她心里愈发清晰起来。詹妮娜现在很想它们,晚上静静聆听,好像能听到树林秋天的低语,枝丫沙沙拂动的声音。她心里满是大树轻轻摇曳的身影,沐浴在金色阳光下的花草树木,鸟儿们欢快的歌唱,小松柏的清香和悠然自得的自然生命。

詹妮娜一躺就好几个小时,什么话也不说,什么也不想,一动不动地躺着,心里只想着那些青翠的树木。她漫步在满是覆盆子的野草地上,穿过长满了树一般高的黑麦田,黑麦在微风中轻轻摇晃,叶子上的露珠在阳光下闪烁,穿过满是树脂清香的树林。她沿着每一条路,每一条林间小道,向遇见的所有花草树木们问好,向田野、树林、山坡和天空大声喊道:"我来了!我来了!"她微微笑着,像是找到了遗失的幸福。

这些让人心旷神怡的记忆几乎让詹妮娜完全恢复了健康。第八天的时候,她感觉自己可以下床散步了。她很想呼吸新鲜的空气,去未被城市污浊空气玷污的树林,洒满阳光的广阔天地。她觉得城市让她窒息,在城市里,她必须收起自尊心,不断反抗世俗,才能获得独立。

詹妮娜经过了四周一片死一般沉寂的华沙城堡,走上了去比兰尼的路。比兰尼阳光明媚而温暖,河边有凉凉的清风拂面。

她看到平静的河面因船儿驶过而泛起涟漪,她深深地呼吸着这里平静的空气,觉得自己重又恢复了体力。

詹妮娜躺在岸边黄色的沙滩上,看着波光粼粼的河面,忘记了一切。她好像是随着水流而下,漂过岸边的房屋、树木,好像进入了一个无边无际的蓝色的遥远的世界,上面是无垠的天空。她好像什么也不记得了,随着波浪的起伏,她生出了一种不可言喻的愉悦感。

詹妮娜很快从半梦半醒的状态中回过神来，因为她注意到一位拿着鱼竿的老人经过身旁。他经过的时候看了她一眼，几乎就坐在了她身旁的岸边，把鱼线抛到河里，等待着。

他看上去就是个老实诚恳的人，她很想和他说话，正想着要怎么开始话题的时候，他先问了她一句："你想去河对岸走走吗？"

詹妮娜疑惑地看着他。

"啊哈！我知道我们不熟悉彼此。刚刚还以为你想要投河呢。"他说。

"我还没想过要死。"她平静地回应道。

"哈，哈！这种事在河边可不常见。"

他调整了一下鱼饵，然后又恢复了沉默，有鱼儿咬住了鱼饵，他的注意力完全转向了那儿。

詹妮娜内心更加平静祥和。她感觉很好，广袤的天空，平静的水面和幽静的树林让她振作起来，她心里充满了感激，感觉到了生命之美，远离了尘世的烦扰。

老人斜睨了她一眼，嘴角露出一个深不可测的微笑。

詹妮娜感觉到他的目光，也回看着他。他们彼此友好地对视了很久。

她突然很想向他吐露心声。

于是她更靠近了他，平静地说："我没想死。"

"那你只想平静一下？"

"是，我想来感受自然，忘掉一切。"

"忘掉什么？"

"生活！"詹妮娜低声重重地说道，声音有点嘶哑，泪水盈满了眼眶。

"你还是个孩子。你一定是遇上了失恋、事业受挫，也许是少去了一次晚宴让你这么悲伤。"

"所有这一切加起来都不足以让人觉得非常非常不幸。"詹妮娜回应道。

"所有这一切加起来都是空的,我觉得一个人只要认识了自己,就没有什么能让人觉得不幸。"他说。

"你是谁……我的意思是,你是干什么的?"过了一会儿,他问道。

"我是剧院的。"詹妮娜答道。

"啊哈!喜剧的殿堂!模仿着你们认为的真实世界。都是幻想!折射的都是人的心灵。伟大的演员都是留声机,他们有时候扮演圣人,有时候扮演天才,但大多数时候扮演的都是傻子。跟他们说话的更是傻子。演员、艺术家和创作者们所表演的都是他们自己,因为人最了解的莫过于自己。对他们来说,那些都是真实的,不过那也才是悲剧所在,因为他们一旦没有了用处,不再有人需要,他们就会被丢弃。"

詹妮娜不知不觉被他的话所触动,问道:"你是谁?"

"我不过是个钓鱼的老头,也很喜欢闲聊。我已经很老了。夏天天气好的话,我总会来这儿钓上几个钟头的鱼。知道我是谁对你有什么好处呢?我的名字对你没有任何意义。我只是一个平凡的人,在这世上只能活几十年,时候到了,自然就死了的人。很久以前,我的同伴们都管我叫'饭桶'。"他微笑着说道。

"我问你这话,并不是想惹恼你。"

"我从来不生气。只有愚蠢的人才会为别人的话生气或恼怒。一个人只要找到自己的路并坚持走下去就好。"他又说道,往钓竿上加了鱼饵。

詹妮娜对他庄重的不容置疑的语气感到惊讶。

"你是华沙剧院的吗?"他问道,再次抛出了钓竿。

"不是,我在卡宾斯基的公司。你一定知道他吧?"

"我不知道他,也从来没听说过这个人。"

"你一点也不知道卡宾斯基,你也没读过《泰沃立》?"在华沙居然有人不熟悉剧院,对剧院不感兴趣,这让詹妮娜十分惊讶。

"我从来不去剧院,也不读报纸。"他答道。

"不可能!"

"你看你,居然惊讶地看着我大叫:'不可能!'看我的眼神居然像看到了疯子或是野蛮人一样,你应该还不到二十岁吧。"

"跟你说过话以后,我真的很难相信你居然……"

"我居然对剧院不感兴趣,我也不读报纸评论。"他替她说完了这一句。

"对,我就是搞不清这是为什么。"

"因为我对这个一点兴趣也没有。"他简单地答道。

"难道你对这个世界上发生的事情,人们是怎么生活的,都在做什么,想什么一点兴趣也没有吗?"

"没有。对你来说,一切都是新鲜的,但这些都是自然平常的事。农民们对这剧院的事和世间的事能有什么兴趣呢?当然没有,难道不是吗?"

"是的,但他们是农民,所以想法就不一样。"

"其实都是一样,只多了这一条:对他们来说,著名的人物伟大的人物都不存在,这世界有没有牛顿或莎士比亚都是一样。他们无知,但一点也不妨碍他们生活,一点也不。"

詹妮娜沉默了,觉得他说的话很荒谬,也不太真实。

"我能从报纸上和剧院里了解到什么?只是人们的爱恨与斗争,坏和恶一如既往地存在,世界和生活只是个巨大的搅拌机,任何有见地的思想都会被搅成一团泥。什么都不知道比什么都知道要好多了。"他继续说着。

"人们那么任性地把自己和外面丰富的世界隔绝，这样对吗？"詹妮娜问道。

"那才是智慧。我们无所欲，无所忧，对我们应该获得的一切都淡然相待。"

"可能达到那么无动于衷的地步吗？"

"只要有生活经历，有思想就可以了。要记得，哪怕是一点点的小快乐和小满足，都会让我们付出比它真正价值更多的东西。例如，一个普通人绝不会花一千卢布买一个梨，他很清楚这样是荒谬的，因为他知道一千卢布和一个梨的价值有天壤之别。但除了生活用钱，他还要为更多小事情而挥霍——一场无关紧要的恋爱，持续时间不过是一个梨成熟的时间，人从来不考虑自己所耗费的时光是无价的，他对这一切视若无睹，像一只公牛一样，只要有人拿红布朝眼前一晃，他就朝那红布冲了过去。很多人不是自然而死的，像一盏耗尽了油的灯一样，而是由于破产，倾尽所有力量只为了一些琐事，而这些琐事的价值都比不上一天时光的价值。"

"我可不想活在一个平静的，没有梦想和爱的世界里。"

"没有爱，世界也不会灭亡。"

"像树一样地活着然后枯萎还不如自杀呢！"

"自杀不过是受苦的人一声再平常不过的呐喊，是人对自然规律的小小抗议。人必须让自己的生命之光慢慢地燃烧，直到生命的尽头——这才是幸福所在。"

"那就是幸福吗？"詹妮娜问道，突然觉得一股寒意涌上心头。

"是的，平和就是幸福。什么都是无关紧要的，不需要欲望和激情，不要有什么奇思妙想，就能得到幸福。紧闭心门，不要让它为一些蠢事而烦恼。"

"谁会这么束缚自己？谁能够忍受得了呢？"

"有智慧的人啊！"

"你鼓吹的就是平静、祥和！除了这个什么也不知道！不，我还是更喜欢有激情的生活。"

"还有另一种：能减少我们苦难的方法就是打开自己的心，与自然合而为一。"

"不要再说了。我不想谈论这些，我太烦了。"

他们又沉默了很久。老人盯着水里，自言自语地低声嘟囔着什么，詹妮娜则陷入了沉思之中。

"不论做什么都是愚蠢的。"他又开始说道，"如果没事干了，就能花很久的时间待在河边。观察鸟儿、星星，查看树的年轮，听风声，欣赏美景，你看到的一切都是无可取代的永恒的奇迹。这里的生活和人们的生活截然不同。只是不要用世俗的眼光看待自然，用世俗的眼光看待自然的话，鸟儿的歌声不过是刺耳的尖叫，树林也不过是一堆干柴火，动物们只是人吃的肉，草地也只是一堆干草，那样的话，你不会感觉到美好，只是在为生活而生活。"

"所有人都是那样。"

"也有一些人能从自然中汲取他们生命的养料。"

他们再次陷入了沉默。

太阳开始落到了河对岸山的背面，阳光也黯淡了下去，像是快要烧尽了一样，余光染红了河水。灌木丛看上去像是被压缩了，它们显得更低矮，而根部更宽。河岸上金黄的沙滩也因太阳的余光而失去了光彩。远景都是模模糊糊的，好像被笼罩在太阳燃烧的烟幕之中一样。大地也好像忙碌了一天，累了，陷入了沉寂之中。

詹妮娜思考着老人的话，心头涌上一股淡淡的忧伤，还有一点点恐惧，老人的话让她有所触动。

待在这里久了，她也疲乏了，天也渐渐地黑了，她站起身准备离开。

"你要走吗？"她问老人。

"是的，时间到了，而去华沙还有很长的路要赶。"

"那我们一起走吧。"

他把鱼竿当成手杖，把钓到的鱼放在一个小罐子里，和詹妮娜一起走，他年纪看上去很大，但步伐相当稳健。

"我不知道你的名字。"他慢慢地说道，"我也没有兴趣知道，但我知道你一定过得不怎么开心。我的邻居们都说我是个疯老头，镇上的人都骂我是个老不死的，我一个人独居，等待死亡的来临。很久以前我才了解了一点点爱和磨难的含义，但那是很久很久以前了。"他低声说着，呆呆地看向远方，像是看到了遥远的过去，脸上露出一个淡淡的微笑。"人活着最大的好处就是能够遗忘，不然会活不下去。但这些你一点也听不进去，不是吗？我有时候会说废话，自言自语，忘记了一切，因为我老了。你看上去是个很诚实的人，因此我也给你一点点小小的建议：你觉得痛苦的时候，所有的事都让你沮丧的时候，生活好像变得无法忍受的时候，就来乡下吧，呼吸这里的新鲜空气，沐浴在阳光之中，抬头看着蓝天白云，想想有什么能永恒，并祈祷……你就会忘了所有的烦恼。你会感觉更好，人也会更坚强。现代人的焦虑是由于他们不认识自然，不认识上帝，所以灵魂孤单寂寞。我还要告诉你，原谅一切，对所有人都仁慈一点。人们坏是因为他们无知，因此你要对他们好。最善良的才是最聪明的。天气暖和的话，我每天都会在这里。也许我们某天还会再见的。再见，祝你开心幸福。"他友好地朝她点头以示道别。

她一直看着他的背影，直到他消失在圣玛丽教堂附近，她再也看不见了为止。詹妮娜揉揉眼睛，怀疑这次谈话是不是自己的幻觉。

"不，不可能是幻觉的。"她低声自言自语，她仍然能感觉到他安静平和而纯净的眼神，听到他说话的声音："做个好人！祈祷！原谅！"她走过街头时，不断重复着这些话。

"原谅！"她说着，面前浮现出父亲的面孔，然后是剧院，卡宾斯基、玛柯斯卡、科特里基、安娜小姐和索温斯卡，想起了那些受尽欺凌的日子。

"做个好人！"她说着，再次看到了米洛斯卡，她微笑着承受所有痛苦，从不伤害任何人，是全公司所有人的笑柄。然后是沃尔斯卡，不顾一切地把孩子从死亡线上救回来，自己还要忍饥挨饿。还有老舞台总监，所有人都冷落他，还有农村里的农夫们，像畜生一样地活着，还有城市里受尽剥削的工人们。还有不断的谎言和犯罪。詹妮娜觉得自己心里有什么东西在颤抖、破碎，大声反抗着，她心里想到的是所有受苦受难的人们，所有经历了不公平待遇的，所有受误会的，所有受苦难的人流着泪浮现在她面前，他们头上传来坚定的呼喊声："做个好人，原谅，祈祷！"她身旁响起一阵大笑，像是对上边话的回应。

她回到家里，久久不能平静。她双手抱着头，好像要平息头脑中不断的纷争，这些争辩的声音都快让她分不清对与错了。有那么一会儿，她看到所有好的或坏的都在经历磨难，他们都在奋斗，都在反抗现有的生活，谋求活路。

"我会疯了的！我会疯了的！"詹妮娜低声自言自语道。

第二天上午弗拉德克来看她。他看上去很有礼貌，温柔地吻她的手，让她无法拒绝。他抱怨着卡宾斯基，最后才不满地发母亲的牢骚。

詹妮娜冷冷地对他，因为她很快就明白他来是想找她借钱。

"去给我买点脂粉过来，我今天要去剧院演出。"她对他说。

弗拉德克听到她的命令，立刻跑了出去。

"出去时把门关上，我要换衣服。"

他用自己的钥匙把门关上，然后离开了。

刚一出门，弗拉德克就发现了顾问的身影。突然，他头脑中闪现出一个念头，微笑着友好地靠近了老顾问。

"上午好，尊敬的顾问先生。"

"上午好，你过得还好吗？"

"谢谢，我很好，不过奥罗斯卡小姐病了。总监夫人刚刚让我来看看她怎么样了。"

"什么？詹妮娜小姐真的病了？他们私下也是这么跟我说的，但我不太相信，我觉得……"

"是的，她病了。我现在去给她买药。"

"她病得很严重吗？"

"哦，不，当然不严重。您不自己去看看她吗？"

顾问朝他凑过去，然后又扶了扶眼镜，说道："当然要去，我很乐意。我以前就很想去，但她不太好接近。"

"我带您去吧。"

"你是开玩笑的吧。那怎么可以呢？尽管我对她还是很友好的……"

"您会见到她的。这是她房间的钥匙。她会请您进去的，她还告诉我说她希望朋友们来看望她，因为她常常独自一人。"

"但如果……"

"去吧。她已经见了我，那也一定会见您的。我一个小时内就会回来，我们可以聊聊天。"弗拉德克说完话，匆匆离开了。

顾问擦了擦眼镜，有一点点犹豫，还不能下定决心进去，而弗拉德克又返了回来，喊道："尊敬的顾问先生！请您恕我冒昧，借我四卢布好吗？我还要先去找卡宾斯基要钱，这儿还要买药。我真不走运，不过朋友要求的，我能怎么办呢？我今晚会把钱还您，但您不要跟奥罗斯卡小姐说。"

顾问很爽快地拿出钱包，给了弗拉德克十卢布，说："很高兴能帮到你。如果还需要，请让詹妮娜小姐转告我一声，我就会把钱给她了。"

弗拉德克带着钱，高兴地吹着口哨离开了。

顾问进入了房间，悄悄打开了詹妮娜房间的门，脱下帽子和外套，走了进去。

詹妮娜正在梳头，听到门开了，以为是弗拉德克回来了，就没有出来查看。

顾问咳嗽了几次，友好地朝她伸过手去。

詹妮娜急忙跳了起来，往裸露的肩膀上搭了一块披巾。

"弗拉德克先生说你病了，所以我就想上来看看你。"顾问快速说着，扶着眼镜，露出一个淡淡的微笑。

詹妮娜惊讶地看着他，一会儿，她感觉到他的手搭在了她身上，又冷又湿，她气得满脸通红，跑到门边，披巾也掉到了地上，露出她性感的双肩，用力打开门大喊道："出去！"

"我发誓，我并不想惹你生气！我来这儿只是出于友好和同情。弗拉德克先生……"

"是个浑蛋！"

"这个我同意，但你没必要生我的气，发这么大的火，这只是一件小事罢了……"

"请马上离开房间！"詹妮娜喊道，气得发抖。

"真是个喜剧演员！"顾问低声自语道，生气地快速穿好了外套。他冲了出去，重重地带上了门。

"哦，真是个浑蛋！浑蛋！我属于这样一个浑蛋……我！他们是豺狼，不是人，是豺狼！淫秽下流！"

詹妮娜气愤至极，含泪大喊道："卑鄙无耻！卑鄙！卑鄙！"

很快，弗拉德克就带着脂粉、一瓶威士忌和一包三明治回来了。他好奇地打量着詹妮娜和房间。

"顾问刚刚来过！"她朝他大喊道。

弗拉德克冷笑着，用方言说着："我碰到他了。现在我们来吃点东西吧。"

詹妮娜想要骂他有多卑鄙，但耳边突然响起这些话："做个好人！原谅！"

詹妮娜控制住自己不骂出来，开始大笑不止，笑得倒在了床上，翻来覆去，不停地疯了样地大笑："做个好人！原谅！"

一周的休息之后，詹妮娜又开始了之前艰难的生活，比之前更为艰难，就连日常饮食都要争取很久。

像以往一样，她还在合唱团唱歌，穿着合唱团女郎的衣服，透过幕布看着剧院越来越少的观众，在舞台上和更衣室里穿梭，听别人低低的交流声、争吵声和音乐声。但现在她的想法和感觉已经不一样了，与之前的詹妮娜相比判若两人！

她不再在观众的眼神中找寻对艺术的激情和热爱，也不介意前排那些评论员们挑剔的目光，贫穷已经让她学会了判断观众来剧院是为了消遣还是真正欣赏艺术，判断自己的工资是会增加还是减少。贫穷教会了她从储存室里偷出在舞台上用的面包，回家的路上吃掉，她经常只靠这个捱过一天。现在没有人爱慕她，没有人送她回家，也没有人和她谈论艺术。

科特里基从她的生活中完全消失了，顾问对詹妮娜很生气，也不再来剧院了，而弗拉德克也只偶尔才跟她说上几句话，看她的次数就更少了，总是推说母亲的病越来越严重了，必须要陪着她。

詹妮娜知道他在说谎，但并没有揭穿他，因为他对她的态度很平淡。她很蔑视他，却又不能完全断了往来，因为她依然还是会想起他们一起度过的快乐时光。她对他也很冷淡，不让他吻她，但却不能直接骂他是个浑蛋，因为他是她与这个世界唯一的联系纽带。

詹妮娜现在变得消瘦，脸色苍白得吓人，目光呆滞，看上去一副经常吃不饱的样子。她像个影子一样飘荡在剧院里，看上去很平静，但饥饿的感觉一直阴魂不散地萦绕着她，她脸上充满了绝望。

她整天整天地没东西吃，头脑中空荡荡的，只回想着一个声音：

"我要是有东西吃就好了！有东西吃就好了！"除了这个欲望，其他的一切都不重要。

同样的饥饿感席卷了整个公司。女人们很快变卖掉了所有东西，而男人们，尤其是那些诚实的人，也卖掉了自己的财产，甚至连发套也没留下，以维持自己的生活。

他们每晚都这么恐惧地等待着。

"我们今晚有演出吗？"这个声音全剧院都听得到，在更衣室里，在幕后和秋风渐起的餐厅花园里，在阳台上等待着客人们的侍者们，都在重复这句话。连金也坐在售票处说着，身体冷得发抖。

更衣室里大家都被压抑得很沉默。格拉斯最好玩的笑话也不能驱走演员们眉间的阴云。他们都无心化装，无心熟悉剧本，因为所有人都在等着演出开始，不时跑去售票处低声询问："我们今晚有演出吗？"

卡宾斯基每天都会上演一出新戏，但这并不能吸引观众的眼球。他演出了《华沙之行》和《强盗》，但票房仍然空空如也。他们演出了一些短剧如《唐·塞萨尔·巴桑》《将军的雕塑》和《算命者拉·沃尔森》，但剧院里仍然没什么观众。

"天啊，你们想要什么？"总监从幕后朝观众们喊道。

"您觉得他们知道自己想要什么吗？如果这儿有三百人，那还会吸引三百人过来的，但如果只有五十人来了，天这么冷又下着雨，就只有二十人会留下来。"编剧跟卡宾斯基解释道，以往大家都习惯待在幕后，但第一场雨开始的时候，就都走了，只有他一个人还在。

"观众们是一群不知道第二天去哪儿放青的畜生。"彼得先生憎恨地说。

是的，他们憎恨观众，却又不得不讨好他们。他们骂观众，说观众们是"畜生"，用拳头恐吓他们，朝他们吐口水，但只要他们蜂拥而至，演员们脸上才有了光彩，并深深地感激那些变化无常的观众，观众们每天都会有不同的想法，每天都要换一下口味。

"观众就是娼妓，娼妓！"托波尔斯基低声骂道，一副很吓人的样子，"今天和王子约会，明天就投进了小丑的怀抱！"

"你说的是事实，但那不会帮你多赚一个卢布。"瓦沃泽基说道，他的幽默感依然存在，但已经变得尖锐苦涩，因为咪咪已经离开了，加入了波兹南的另一家剧院。

尽管演出季还有一个星期才结束，但公司的人已经离开了一些了。尤其是合唱团，几乎都走光了，因为她们挨饿的人最多。

雨从早上下到下午，从下午又下到晚上，一直下个没完。剧院的人们变得越来越难受了。屋顶到处都漏雨，更衣室都被水淹没了，地面上满是泥巴。整个剧院都冷得刺骨。

詹妮娜觉得，这间剧院正在慢慢垮塌，把所有人都埋在了它的废墟里，只有华沙剧院却依然屹立不倒。

华沙剧院厚实的墙因下雨而变得发黑，看上去也更加坚不可摧，不论什么时候看，都给詹妮娜一种莫名其妙的神圣感。有时候她觉得这栋大建筑物是屹立在成千上万的尸体之上，它喝人血，吞噬了人的思想和生命，就因为这些而变得更加坚实。

"我快要疯了！我快要疯了！"詹妮娜这么说着，头埋在双手里，不切实际的梦想比饥饿更让她无法忍受了。

尽管如此，仍有一件事能让她平静下来。凭女人的直觉，她知道自己快要做妈妈了，所以，她能坐着好几个小时倾听自己内心的声音，那些奇怪的不可思议的感觉会渗透进自己体内。詹妮娜觉得自己心里在发生可怕的改变，她没有母亲，也没有自己可以倾诉的对象，没人开导她，安慰她，她不敢去想，一想起就很难受，就很激动，就会突然说不清理由地颤抖哭泣。

发现怀孕之后，詹妮娜哭了很久，但流出的不是绝望的眼泪，而只是觉得遗憾和羞耻，不能接受这样的事实。她感觉到死亡之神的脚步声，那声音很近，让她全身发抖，不久就又恢复了平静。她不再去想不好的事，不再屈服于人们长期忍受或因不幸而受到打击的宿命，把那些让她烦心的事都擦去，也不再问宿命将要把她带去何方。

有一天，她再也忍受不了饥饿了，詹妮娜开始在房间里找寻可以卖掉的东西。她开始翻箱倒柜地寻找，却只找到了一些演出用的衣物。

索温斯卡几乎又每天都来催她还未交的房租，每天的抱怨也让人无法忍受。詹妮娜不能请她帮忙卖掉衣物，因为她知道索温斯卡会趁机拿走那些换来的钱，因此她决定自己去卖。

她用一张纸包好了一件衣服，去门口等待着买者，门童在院子里闲逛，女佣们来来去去，未出门时透过窗口她看到了很多平常就用异样的眼光看她的女人们。不，不能在这里卖。很快邻里街坊就都会知道她现在没钱的。她又去了附近的一栋房子，等了一小会儿。

"买二手货！买二手货！"一个老犹太人嘶哑的叫卖声传来。

詹妮娜叫住了他。老犹太人转过身来，到了她身旁。他又老又脏。她跟着他来到了附近一栋房子的门廊里。

"您有什么需要卖掉吗？"犹太人问道，放下了包裹，用手杖敲着台阶，低头看着詹妮娜的纸包，双眼通红。

"是的。"詹妮娜说着，打开了纸包。

犹太人用肮脏的手拿起了那件衣服，在阳光下打开，看了好几次，露出一个不易察觉的微笑，又把衣服放回了纸里，拾起自己的包裹和手杖，说道："这么好的衣服我可不要。"他走下阶梯，鄙夷地撇了撇嘴。

"我想卖掉它,便宜一点没关系的。"詹妮娜朝他的背影喊道,想着也许卖了还能得到一个或半个卢布。

"如果您有旧鞋子或是旧枕套,我会买的,但这种东西对我没什么用处。谁会买呢?真是垃圾!"

"便宜一点没关系的。"她低声说道。

"那你开个价吧。"

"一卢布。"

"你还是让我去死吧,那最多也不超过二十个铜板。它有什么用,谁会买啊?"他又折回来,取出衣服,平静地再次审视着它。

"光这些丝带就花了我好几卢布呢。"詹妮娜说着,然后就沉默了,她暗下决心一定要拿到二十铜板。

"丝带!那是什么……都是些带子罢了!"犹太人惊呼,快速查看着衣服,"好吧,我给你三十铜板。这样可以吗?我是个诚实的人,这价不可能更高了……我是个好心人,却不能给更高的价格。三十,可以吗?"

这次交易让詹妮娜觉得反感、羞耻、难过,她很想要丢下一切逃跑。

犹太人把钱数给她,带上衣服离开了。从自己房间的窗口里,詹妮娜看到他在众目睽睽之下再次检查着衣服。

"只这么点钱,我能做什么啊?"她无助地低声叹息道,手里紧握着那肮脏的黏黏的铜板。

詹妮娜可以用这钱来付房租,去付在剧院吃饭的钱,还一些之前欠合唱团同伴们的钱,但她没想这些,只带着三十铜板去店里为自己买了点吃的。

她回了家,吃过饭,正准备休息的时候,索温斯卡进来了,说这半个小时里一直有人在等着她,很快,奈泽斯卡的女佣就进来了,眼睛都哭红了。

"小姐,请快点跟我走吧,我的女主人病得很严重,现在很想见您。"她说。

"奈泽斯卡夫人病得很严重吗?"詹妮娜喊道,从床上跳起来,匆匆戴上了帽子。

"牧师下午一直在做祈祷,她只有几个小时可活了。"忠诚的老用人低声说道,眼泪怎么也止不住,"她呼吸都很艰难,但我知道她想说的话,所以我就跑来见您,请您马上去见她。弗拉迪斯洛先生在哪儿?"

"我怎么知道?他不是应该和他妈妈在一起吗?"詹妮娜说。

"他应该这么做,但他是个不孝之子。"女佣悲凉地低声说道,"因为和他母亲吵架,他已经一个礼拜没在家里待着了。天啊!他总是诅咒她,辱骂她,甚至还想打她。哦,仁慈的上帝啊,这就是他回报她爱的方式,她甚至经常省下吃饭的钱给他用。她很节俭,病了都不肯请医生用药,而他……哦!哦,上帝会为他母亲流的泪狠狠地惩罚他的!我知道这不能怪您,小姐……我实在不能想象……但是……"她平静地低声说,在詹妮娜身旁一瘸一拐,不时擦着因失眠和哭泣而发红的眼睛。

街上吵闹喧嚣的声音和街道旁水管上滴水的声音传来,詹妮娜几乎听不见她说的话了,这些声音也淹没了一切。将死的妇人召唤她过去,她就一个人去了。

奈泽斯卡家的第一个房间里就挤满了人,詹妮娜经过的时候跟他们打着招呼,但没人回应她,大家只是用奇怪的眼神盯着她。

在奈泽斯卡的卧室里,只有她床边还坐着几个人。詹妮娜直接走向了老妇人。她直挺挺地躺着,却一直看着詹妮娜穿过房间走过来。

詹妮娜一进入房间,所有人都突然停止了谈话,这让詹妮娜不由得战栗不已。她迎上奈泽斯卡的眼神,就再也无法转开视线了。她在床边坐下，努力克制自己的情绪，跟她打招呼。老妇人紧紧握住她的手，平静地重重地问道："弗拉德克在哪儿？"

她神情凝重，眉头紧锁，发黄的眼白里透出一股恨意。

"我不知道。我怎么会知道呢？"詹妮娜被她的问话吓到了，答道。

"你不知道，你这个贼！你偷走了我儿子，居然还敢告诉我你不知道他在哪儿！"奈泽斯卡喘着粗气，努力提高自己说话的声音，但听上去很疯狂，让人害怕。她眼睛大睁着，透出仇恨和威胁的光芒，苍白的双唇发抖，又瘦又黄的脸抽搐着。她稍稍从床上抬起身子，像是要用尽所有剩余的力气，嘶哑地喊道："你这个拉客妓女！你这个贼！你……"然后她疲软地躺了下去，发出一声呻吟。

詹妮娜跳了起来，好像有一股电流击中了她一样，但老妇人紧握着她的手腕，她又跌进了椅子里，抽不出手来。她绝望地看着房间里所有的人，但他们表情都很冷淡。她闭了一会儿眼睛，不去看那些女人黄黄的满是皱纹的脸庞，她们骨瘦如柴，站在她面前，在房子里的微光中盯着她，像鬼怪一样。

"这就是那女人！那么年轻，还已经……"

"真是下流的贱货！"

"如果她对我儿子做了同样的事，我一定饶不了她。"

"我们那时候这样的女人要上枷刑的，我记得很清楚。"

"安静！安静！"有个老妇人想要平息大家的怒气。

"为了这么个女人他跑去当演员，为了她他挥霍无度，为了这么个贱女人，他竟然对自己的母亲拳脚相向！去死吧，你这贱货！"

詹妮娜身边都是这种憎恶和责备的声音，她们话语和眼神中的憎恶感让她心里充满了罪恶和羞耻感。她想要大声喊："请你们仁慈一点！我是无辜的。"但她的头垂得更低了，她越来越不清楚自己身在何方，发生了什么事。詹妮娜的心理防线崩溃了,再也无法承受这种打击。她觉得老妇人紧握着的手和她周围令人恐惧的眼神让她掉进了一个黑暗的死亡深渊,掉下去了,一切就都结束了,这一点让她更觉得恐惧。

后来,詹妮娜什么也听不到,什么也看不到,只看到那个行将就木的女人。有时候,她觉得自己想要跳起来抛开,但那种念头只是转瞬即逝,没在她脑海里留下一点痕迹。她脸色因害怕而变得苍白,呆呆地坐着,盯着奈泽斯卡的脸。她再次想起了之前想起过的事,那一大片绿色的井水好像要淹没她,让她失去知觉。她都没意识到她们把自己从奈泽斯卡身旁拉开,并把她推到一个角落里,她就在那儿一动不动地站着,什么感觉也没有了。

奈泽斯卡快死了。气愤和憎恨好像让她多撑了几个小时,只等着詹妮娜到来。现在,所有的都结束了。奈泽斯卡笔挺僵硬地躺在那儿,双手放在床罩上,其他人机械地整理着床罩,她的眼睛悲伤地往上看着,像是看透了永恒,而她也快要进入那永恒之中了。

昏黄的烛光把她最后痛苦的眼泪映上了琥珀的光泽。她灰白的头发在枕头上乱成一团,更添了悲怆感,她的头也不断摇摆着,像是失去了知觉一般。她呼吸沉重,努力吐出一点气息。她的脸扭曲到变了形,嘴唇痛苦地抽动着,好像要扯开喉咙以吸入更多空气。在与死神抗争的过程中,她发白的舌头不时从嘴里伸出来,身体紧绷,太阳穴和脖子上的青筋暴出,像是一条条绳索在捆绑着她一样。

房间里那些跪着的人们不断啜泣着,奈泽斯卡也不断呻吟着。房间里人们热泪盈盈,低沉的祈祷声此起彼伏,还有仆人和孩子们的抽泣声,悲伤的氛围浓重。房间另一头,死亡的阴影不断扩大,像是要吞噬了一切。蜡烛昏黄的光像是要让所有的一切都沉浸在无边的悲伤之中。

房间里的人都是跪着的,像是在乞求死亡之神要仁慈一点。只有奈泽斯卡,她僵硬地毫无意识地躺着,在死亡之神的逼迫下苟延残喘着。

一个银灰色头发的老人来到床边，跪了下来，从口袋里掏出一本祈祷词来，就着烛光，开始朗读《悔罪书》，他吐词清晰，声音很悦耳，诗篇的语句，像一道突然出现的彩虹，也像是充满了恐惧、眼泪、力量和神圣的恩泽的闪电，在所有人头顶萦绕着荡漾着：

"上帝啊，请对我仁慈一点，我弱不禁风；上帝啊，请为我疗伤，我的骨头很痛。"

"您是我的避难所，只有您能避免我遇到灾难……"

"让不幸去逃亡吧，只有相信上帝的人才能得到恩惠。"

"我爱的人和我的亲朋都离我远远的。"

"那些在我之后的人们也为我设好了陷阱，那些想伤害我的人整天都要尽了阴谋诡计来诬陷我。"

话语一句比一句言辞激烈，飘荡在空气中，像一股强烈的风，让人们头更低了下去，带着悲伤的赎罪的祈愿的泪水，头低垂到尘土里。所有人都跟着老神父念着，那种模糊的单调的让人流泪的声音让詹妮娜从麻木中回过神来。她感觉到自己仍然活着，因此也跪在了房间的门槛上，干裂的双唇低声朗诵着那些早就被抛诸脑后的祈祷词，在那种温和的悲伤的情绪中体会到一种快感。

"用牛膝草擦我的身体，让我变得纯净，洗去我的罪恶，我会变得比雪更洁白。"

"不要在我面前遮住你的脸，以免让我跌落深渊。"

"凭您的仁慈我才能对抗我的敌人，打败所有想要折磨我的人，因为我是您的仆人。"

詹妮娜急切地重复这些语句，眼泪大颗大颗地从她脸上掉落，与其他祈祷者的眼泪混合到一起，洗去了她过去的所有悲伤和记忆。一会儿之后，她就泪如雨下了，这让她觉得窒息，于是詹妮娜站了起来，离开了。

在街上，她遇到急匆匆地害怕地跑回来的弗拉德克。他停下来向她询问自己母亲的情况，但她看都没看他一眼就走开了。

除了死一般的疲倦感，詹妮娜好像什么也感觉不到了。她去了克拉科夫郊外的圣安娜教堂，那里灯火通明，她坐在一把长椅上，看着明亮的祭坛和在周围跪拜祈祷的一大群信徒。她听到那里牧师庄严的腔调和唱歌的声音。她看到墙上那些快乐的安详的圣人雕像，但所有这些都没能唤醒她内心的情感。

"您要帮我消灭我的敌人，消灭所有折磨我的事物。您要消灭他们……"詹妮娜机械地重复着，离开了教堂。不，不，她现在不能祈祷，不能。

之后，詹妮娜好好地睡了一觉，什么梦也没做。

第二天卡宾斯基给了她一个原本属于咪咪的大角色。詹妮娜平静地接受了。她同样平静地出席了奈泽斯卡的葬礼。她是最后一个去的，因此没被任何人发觉。她平静地看着墓园里那些坟墓，看着奈泽斯卡的棺材，坟墓旁的啜泣一点也没有打动她。她心里有什么东西碎了，她对周围发生的事一点感觉也没有。

晚上詹妮娜去剧院演出。她穿着和平时一样的衣服，呆呆地看着桌子上一排排的蜡烛，看着满是涂鸦的墙壁，看着坐在镜子前的女演员们。

索温斯卡总在更衣室里闲逛，好奇地观察着她。

同伴们和詹妮娜说话，但她什么也不回应。她有时候会变得麻木，什么也看不到，什么也感觉不到，而心底里，她总是想着那个将死的女人，她的邻居们低声批评指责她的声音，夹杂着《悔罪书》的内容。

突然，她听到舞台上传来一个声音，听上去很像格泽斯科维克兹，这让她浑身战栗，于是她站起身来，走了出去。

弗拉德克正站在舞台上，和玛柯斯卡聊得热火朝天，他还吻着她裸露的双肩。

詹妮娜停在幕后,一种无名的感觉掠过心头,像冷冷的锋利的剑锋一样掠过,但很快就离开了,唤醒了她心里的感觉。

"奈泽斯基先生!"她喊道。

弗拉德克转过脸来,剃得干干净净的脸上露出厌烦的表情。他低声对玛柯斯卡说了几句,她就微笑着离开了,他没好气地走向了詹妮娜。

"您有什么需要吗?"他暴躁地问道。

"是的……"

那一刻,她很失望,她想告诉他她很不开心,她病了。她很想听到怜悯安慰的话,很想告诉某人她所受的苦,在某人怀里哭泣,但听到弗拉德克那么尖锐的声音,她突然记起了自己在他身边所经历的磨难,想起他是多么卑鄙,于是控制住了自己内心的冲动。

"我们今天有演出吗?"她问道。

"当然有。财务那儿有约一百卢布的钱。"

"请帮我找他们要点钱来吧。"

"你想什么呢!你想让我变成傻瓜吗?另外,我可要回家了。"

詹妮娜瞥了他一眼,平静地不带任何感情地说道:

"带我回去吧,我今天感觉很累。"

"我可没时间,他们都在家等着我呢,我要马上回去了。"

"噢,你真是卑鄙!你真是卑鄙!"她低声说。

弗拉德克退后了几步,不知道是该微笑,还是假装动怒。

"你那话是对我说的,对我说的吗?"他问道。他不敢骂,因为她高傲的面容和尊重的眼神让他把伤人的话吞了回去。他不想对她那么粗鲁。

"是对你说的!"詹妮娜回答道,"你真卑鄙!你是这世间最卑鄙的人……听明白了吗?……最卑鄙的!"

"詹妮娜！"他直接喊出了她的名字，好像这样就能洗脱她对他的指责一样。

"我不允许你这么叫我，这是对我的侮辱！"

"你是疯了还是怎么了？你为什么那么大喊大叫的？"他生气地大声喊道。

"我已经知道你是什么人，我从心底里讨厌你。"

"唷！这就是你选择扮演的角色吗？你是准备去华沙剧院进行首演吗？"

詹妮娜只是轻蔑地瞥了他一眼，就离开了。

索温斯卡过来了，用一种神秘的怜悯的腔调低声说道："你这么生气可不好，你必须压抑自己。"

"为什么？"

"这对你有害而无益，因为……因为……"她对詹妮娜耳语道，把理由都告诉了她。

想到索温斯卡看出了自己想要隐藏的事，詹妮娜的血液羞愧地冲上了脸庞。她没有力量去回应她，也没有时间，因为她要上台了。

他们正要演出《乡下来的城里人》，詹妮娜第一场扮演一个跑龙套的。

那天晚上，男更衣室里可是炸开了锅。在"圣诞夜"这一幕上演之前的间隙里，扮演"巴特克·柯泽卡"的托波尔斯基给卡宾斯基送了一封信，或者称作最后通牒，要求卡宾斯基给他五十卢布，如果拒绝给钱，他和玛柯斯卡不会再参与演出。等待卡宾斯基的答复时，他开始慢慢地卸妆。

卡宾斯基眼泪都快出来了，他跑过来大喊道："我会给你二十卢布。啊，啊，你们一点也不可怜我！"

"给我五十卢布，我们会继续演出，如果不给，那……"

说到这里，他扯下了半边假胡须，也开始卸下绑腿。

"上帝啊！财务这里只有一百卢布，这些钱还不够所有支付所有花销。"

"马上给我五十卢布，不然这戏你自己去演吧，或是把钱退给观众。"托波尔斯基平静地说着，卸下了另一只绑腿。

"到目前为止，我认为至少你还是个男人！想想吧，你做的都是什么啊？"卡宾斯基请求道。

"您没看到吗，总监……我正在脱下戏服。"

间歇时间拉长了，外面的观众们开始大喊大叫，不耐烦地跺着脚。

"不，我宁愿死也不愿这样！你可是我最好的朋友，你现在决定背叛我吗？"卡宾斯基继续说道。

"亲爱的总监，话说再多也没用。你可以愚弄任何人，但愚弄不了我。"

"但我现在没那么多钱。如果我给你五十卢布，那我就没钱付剧院的租金了！"卡宾斯基绝望地喊道，在更衣室里跑来跑去。

"我说过了：要不给我们五十卢布，要不我们回家。"

大厅里满是观众们的喊叫声和嘘声。

"好吧，给你五十卢布。你一点也不介意抢劫自己的同伴，因为你会组建你自己的公司。拿去吧，但我们的友情可就断了。"

"不要担心我的公司。我会聘你当工作人员的。"

"在我加入之前，你就会把我这儿的人都拐走的。"

"不要再说了，你这小丑！"

"我会叫警察来，他们会让你安静的！"卡宾斯基被激怒了，大声喊道。

"我会马上让你安静下来的，你这马戏团来的！"托波尔斯基喊道，刚换好衣服，就揪住了卡宾斯基的领子，踢了卡宾斯基一脚，让他飞出了更衣室,然后托波尔斯基出去,登上了舞台。

演出平静地结束了,但售票处那边又开始了新的争吵。演员们紧紧地挤在一起,只看得到头和脸,脸上涂的油膏演完就要清洗掉,而现在在气灯下清晰可见。他们都大声嚷嚷着要自己被拖欠的工资。他们愤怒地在财务的窗口挥舞着拳头,眼睛里闪烁着怒火,声音也喊叫得嘶哑了。

卡宾斯基仍然为刚刚发生的吵闹而面红耳赤,不停地颤抖着,与每一个人解释,只想发放与平常一样少得可怜的薪水。

"谁要是还不满足,就去找托波尔斯基!我这儿可没钱了……"他喊道。

詹妮娜靠近了窗口,说:"总监,您答应过今天发我薪水。"

"我没有钱!"

"我也没钱。"她平静地请求道。

"别人的钱我也都还没发,他们却没像你这么纠缠我。"

"卡宾斯基先生,我都快饿死了。"她直接回应道。

"那就去挣钱啊!别人都知道怎么自力更生。我喜欢单纯的女人,但仅限于在舞台上看到她们。你这个喜剧演员!去找托波尔斯基吧,他会给你钱。"

"噢,托波尔斯基一定不会让公司员工穷困潦倒的。他会付给他们应得的工资,他不会骗人的!"詹妮娜脱口而出。

"那你直接去找他吧,不要再回来了!"卡宾斯基大喊道,听到托波尔斯基的名字就怒火中烧。

"听着,总监!"格拉斯说,但詹妮娜不再听下去了,而是推开人群,离开了剧院。

"去挣钱……"她自己重复着这一句。

她走在几乎空空荡荡的街头。气灯昏黄的火光照着安静的大街小巷,像是坟头的鬼火一般。深蓝色的天空里,星光闪烁着,像是一顶巨大的华盖覆在城市的上头。一阵凉风袭来，寒冷直刺詹妮娜的骨头。

"去挣钱啊！"詹妮娜再次自语道，经过了中心剧院。连她自己都没留意到。詹妮娜看着剧院，然后转过身去。她突然头痛得厉害，像是有个火热的铁环套住了头一样。她浑身虚弱无力，很想要坐在路边的石头上，再不起来了。不久，她再次绝望地意识到自己已经到了山穷水尽的地步，只要有人关心地问一声，她就会乖乖地投入那个怀抱，不再痛苦得战栗不已疲乏不堪。

她拖着沉重的步伐走在街头，不知道要做什么，寒冷的夜风，死一般的寂静和疲惫把她折磨得无法自拔。她有了错觉，眼前出现了很多幻影，她都不知道自己到底怎么了。她只觉得自己再也撑不下去了。

"我接下来该怎么办？"詹妮娜不由自主地问道，看着眼前的一切。

城市沉睡着，世界一片安静，这安静好像是她问题的唯一回答。

詹妮娜觉得自己好像快速地在一个斜坡上下滑，底部是奈泽斯卡冰冷的尸体。

"死亡！"詹妮娜自己回答道，"死亡！"她不转眼地盯着那张死尸的脸，那脸颊上依然残存着眼泪，她并不觉得害怕，心里反而很平静。

她看着周围的一切，好像在找寻心灵平静的源头。

然后，她想起了父亲、剧院和她自己，发生的这一切她都好像只是在剧本中看到或读到过。

"我接下来该怎么办？"她回家后大声问自己。她不敢去想明天会是什么样。

"这种情况下，我不能去剧院，哪儿也去不了。我接下来该怎么办？"她不时地问自己这个问题，像一根鞭子一样抽打着她自己。

天色渐渐黑了下来，房间也变得昏暗，但詹妮娜仍然坐在窗口，空洞地看着窗外，眼窝深陷，双唇因感冒而发黑，低声问道："我接下来该怎么办？我接下来该怎么办？"

 第十一章

演出季结束了。卡宾斯基准备带着全新的公司成员们去普沃茨克,因为托波尔斯基几乎挖走了他所有的骨干演员,其他人也都加入了新的公司。

在新世界街的糕点店里,柯泽克维兹也在组建自己的公司,他已经与谢派泽斯基断了关系。斯坦尼洛斯基也组建了分红制的公司。托波尔斯基已经在准备组织公司成员去卢布林的行程了。

演出季结束了,当地的花园剧院也都关了门,那里都是一片死寂。舞台都用木板封好了,更衣室和入场口都上了锁。门廊和阳台上堆积着破烂的椅子和一些垃圾。秋叶从树上掉落下来,为演出而搭建舞台所用的那些废料也随着秋风散落一地。演出季结束了。

没有人会再来剧院了,迁徙的鸟儿们都在准备飞走了,只有詹妮娜

仍然会习惯性地过来,看一会儿那空荡荡的地方,然后回家。

卡宾斯基夫人给她写了一封很客气的信,邀她去家里。詹妮娜去了,发现他们已经在为自己的行程而打点行李了。巨大的箱子和篮子放在房子中间,大量的随身物品和床上用品以及流浪生活所必需的所有东西都堆积在地上。

在卡宾斯基夫人的房间里,詹妮娜再没看到那些花环或是家具,还有有罩盖的床,只剩了空空如也的墙壁,画被移走了,铁钩也不见了,墙上满是洞。房间中央有个大篮子,奶妈正大汗淋漓地把佩帕的全部衣物都放进篮子里。卡宾斯基夫人嘴里叼着根烟,指挥着奶妈,孩子们在褥垫上疯了般地嬉耍着,褥垫的碎渣撒落一地,卡宾斯基夫人不停地责骂着。

她非常热情地接待了詹妮娜,说:"这里太脏太乱了,简直无法忍受。奶妈,仔细打包,不要弄皱了我的裙子。我们去街上走走吧。"

她对詹妮娜说着,穿好了衣服,戴上了帽子。

她把詹妮娜拉到了糕点店里,喝可可的时候,她开始替卡宾斯基之前对詹妮娜那么不礼貌而道歉。

"相信我,总监太过激动了,他真不知道自己在说什么。你相信我好吗?他很努力地不欠大家的钱,甚至都在典当自己的东西,那样的话,公司会什么也不缺,与此同时,托波尔斯基制造了混乱,解散了他的公司。就是圣人在那种情况下也会不耐烦,另外,托波尔斯基还告诉我丈夫你会去他的公司。"

詹妮娜什么也没回应,她现在对整件事都很平静,但卡宾斯基夫人告诉她,那天下午他们就要出发去普沃茨克,她要马上去打点行李,搬运工很快会直接上门来找人,詹妮娜才下定了决心,回答道:"谢谢您的好意,总监夫人,但我不会离开的。"

卡宾斯基简直不敢相信自己的耳朵,惊讶地喊道:

"你已经签了新的公司吗，在哪儿？"

"没有，我也不打算再签约。"詹妮娜答道。

"怎么了？你要告别舞台吗？你可是前途无量啊！"

"我受够了演出。"詹妮娜痛苦地回答道。

"哦，别这样嘛！这才是你的第一年，不论在哪儿他们都不会给你大角色的。"

"噢，我不想再试了。"

"我已经有了计划，到了普沃茨克，你就跟我们一起住，这样不仅会解决你的问题，我女儿也会因此受益。请你好好考虑一下，我保证，你一定会得到好角色的。"

"不，不用了！我已经受够了贫穷，再也没力气忍下去了，还有，我不能去，我不能去……"詹妮娜平静地答道，眼里含着泪，这个提议让她有一点点渴望更为美好的未来，她旧日的热情和艺术梦想的火焰闪亮了一下。但很快，她想起了自己的现状，还有为了那样的未来所必须经历的苦难，她更坚定地答道："不，我不能去！我不能去！"

但她再也控制不住自己汹涌而出的泪水，就连卡宾斯基夫人也深受感染，靠近了她，低声怜悯地问道："天啊，你是怎么了？告诉我，也许我还能帮帮你。"

詹妮娜脸上泛起了红晕，紧紧握了握卡宾斯基夫人的手，很快离开了糕点店。

眼泪淹没了她，生活让她觉得窒息。

后来，斯坦尼洛斯基就来到詹妮娜身边，请求她和他一起去小城镇里居住。他也在组建一个公司，公司成员只有八九个人，每个人都持有股份。他承诺给詹妮娜主演的地位，他们一定会在小城镇里获得成功。他告诉她，所有自己聘用的人都是年轻的新人，充满了活力和热情，也很有才华。他暗下决心，他一定要带领他们走上真正的艺术之路，他的公司实质上就是戏剧学院，他就是那些人的老师和父亲，他会带领这些真正的艺术家感受真正的剧院艺术。

詹妮娜简单地拒绝了斯坦尼洛斯基。她真心感谢他整个夏天那么善良地对待她，然后礼貌地离开了他，像是永别。

他离开后，她最终决定结束一切。她都没有断然地告诉自己："我要去死！"目前为止，如果有人说她是在策划自杀，她会坚决否认，但那种思想已经无意识地潜入了她的心中。

詹妮娜知道卡宾斯基夫妇离开的时间，因此她去了港口。她站在桥上，看着他们乘船离开。她看着维斯拉河灰色的浪花拍击着码头边缘，看着秋雾中遥远而模糊的地方，她感觉非常伤心，都迈不动步子了，也无法收回自己看着河面的眼光。

天黑了，詹妮娜仍然站在那儿，看着前方。河岸边的灯光照亮了黑暗，像是金色的花一样，点缀着波光粼粼的水面。喧闹的城市就在她身后，过桥的马车咔嗒咔嗒地驶过，垃圾车的铃声不绝于耳，一大群人大笑着经过，詹妮娜耳边不时传来歌声，或是手摇风琴的悦耳声，然后，一股暖风袭来，带着河边的水的气息，拂上她火热的脸庞。所有这些景象和声音都在敲击着她，就像在敲打着一尊没有生命的雕像一样，然后又一点痕迹也不留地消逝了。

水面的颜色深得奇怪：它变成了黑色，黄色的灯光倒映在水面，有红色的火焰在水中燃烧，蓝紫色的波浪在周围荡漾，那火焰是痛苦的火焰。在那平静的水里，好像有更美好充实的生活，浪花那么快乐地低语着，拍打着码头和堤岸，夹杂着疯狂的笑声飘过耳边。詹妮娜好像听到了那自由自在的笑声和它们快乐地呼唤彼此的声音。

"你在这儿做什么？"一个声音在她身后问道。

詹妮娜颤抖着慢慢转过身来，站在她面前的是沃尔斯卡，她正好奇地不安地盯着自己。

"哦，没事，我只是随便看看。"

"跟我走吧，这儿空气不好。"沃尔斯卡看出了她眼神中自杀的念头，拉过她的手，说道。

詹妮娜任她带着自己走过一段距离，平静地问道："你没有同卡宾斯基一起走吗？"

"我不能走。你知道，我儿子的病情又恶化了。医生不允许我带他下床，我想那可能会要了他的小命。"沃尔斯卡悲伤地低声说，"我不得不留下，我现在没钱送他去医院。如果情况还要继续恶化，我们会一起死去的，但我不会放弃他。医生也说他可能会痊愈，这给了我一点点坚持下去的希望。"

詹妮娜带着一种奇怪的感情看着沃尔斯卡的脸，尽管那张脸饱经沧桑，但却透露出深沉的母爱。她穿着脏兮兮的深色外套和灰色的裙子，裙边已经磨破了，戴着黑色的满是补丁的手套，她撑着的伞也因为经常使用而褪了色，看上去就像个乞丐一样。但从她身上散发出来的母性光辉却如太阳一般明亮。她什么也不在意，对她来说，再没什么比孩子更重要了。

詹妮娜走在她身边，充满敬意地看着这女人。她知道她的故事。沃尔斯卡是一个富庶之家的女儿。她迷上了一个演员，迷上了剧院，然后就登台演出了。尽管她的恋人抛弃了她，她也因此穷困潦倒，受尽了屈辱，但她却离不开剧院，现在她所有的爱和希望都在孩子身上，而那孩子自春天以来一直病着，而且病情严重。

"支撑她的力量是从哪里来的？"詹妮娜想着，转而问沃尔斯卡："你现在在做什么？"

沃尔斯卡战栗了一下，沧桑的脸上出现一丝微红，说话的时候双唇痛苦地抖动着："我唱歌……我还能做什么？我必须活着，挣足够的钱来支付我儿子的医疗费。我必须这么撑着。尽管干这种事让我觉得羞耻，但我必须去干。这就是我的命，我的命啊！"她诉苦似的呻吟着。

"我不知道你是什么意思。"詹妮娜不懂得为什么沃尔斯卡会为以唱歌谋生而羞耻，问道。

"因为，詹妮娜小姐，我不想让别人知道……所以你不要说出去，好吗？"她眼含热泪，乞求道。

"当然，我发誓不会说出去的。我还能跟谁说呢？……在这世上，我就是一个人。"

"我在波德沃大街的一家餐厅里唱歌。"沃尔斯卡急匆匆地低声说道。

"在餐厅里唱歌！"詹妮娜低声说道，像石头一样呆立着。

"我还能做什么呢？告诉我，我还能做什么？我需要钱买食物，付房租。我又不会缝缝补补的，还能怎么赚钱呢？在娘家的时候我会弹一点点钢琴，会说一点点法语，当然，那不会让我挣一分钱。我在《信使报》上看到一则找歌手的小广告，因此我就去应聘了。他们每天付我一卢布，还管饭，还有……"她哽咽得说不下去了，抓住詹妮娜的手紧紧握着。詹妮娜用同样的方式回握着她，她们继续沉默着往前走。

"跟我走吧，好吗？这会让我放心点。"沃尔斯卡说。

詹妮娜同意了。

她们走进了波德沃大街的"桥下"餐厅。这里就是一个有几棵树的又长又窄的花园。入口处有一口井。花园左侧的围栏刷过石灰水，围栏那边一定是木材堆置场，现在堆置在那儿的木料都高过了围栏。这里只点着几盏煤油灯。几张白漆小桌子和十几把粗制滥造的椅子是那里的全部摆设。花园右边的一栋房子第一层有一间小办公室，背面是高高的砖墙，砖头很粗糙，上边开了一些又小又脏的窗户，这里是位于妙多瓦街和卡帕特那街交界的前柯展诺斯基宫的里间。

围栏旁边是一个由帆布遮盖的舞台，两边都面对观众，看起来像个壁龛，墙上铺满了一层缀着银色星星的蓝纸。舞台一边点着的煤油脚灯照着一位胡子拉碴的乐手，他穿着一件褪色的皮衣，摇头晃脑地弹奏着一架坏了的钢琴。

花园里满是工人和城市里穷苦的人们。

詹妮娜和沃尔斯卡穿过人群，去了那栋建筑物里，那里有演出者们的更衣室，一块红色的印花棉布把房间隔成了男女更衣间。

"我在等你哦！"一个嘶哑的喝醉了酒的声音从帘子后传来。

"你可以开始你自己的部分，我马上就来！"沃尔斯卡回应道，很快穿上了一件奇怪的红衣服。

几分钟之内她就装扮好了。詹妮娜跟着她出去，找了个面朝舞台的座位。沃尔斯卡急得满脸通红，很快扣好了衣服的扣子，出现在舞台上，向观众们深深鞠躬。乐手开始演奏，同时，歌声也响了起来：

　　从前，橡树林里有两只斑鸠，我不知道爱是怎么产生
　　的，只看到它们的喙相互接触，像是在接吻。

《克拉科夫人和山里人》伤感的旋律在空中回荡，不时被掌声和酒杯、盘子等的碰击声、撞门的声音和射击场的枪声打断。灯笼发出幽暗模糊的光，穿着白围裙的女孩儿们手里端着满满的酒杯穿梭在桌子之间，与喝着酒的男人们打情骂俏，或是回应着搭讪她们的人们。低俗的玩笑像是火光燎原一样瞬间点燃了人们的快乐情绪，人们都开始纵情大笑。

大家喊叫着，用手杖或是酒杯敲打着节奏，陶醉在歌声里。呼呼的风声常常完全盖过了人的歌声，树们弯下了腰，枯萎的树叶掉落在舞台上，打在人们的头上。

沃尔斯卡继续唱歌。她憔悴而瘦削的脸上涂抹了一层厚厚的脂粉，

眼窝深陷，眼圈发红，看上去像个饿极了的男人，身着一件红色的低胸礼服，站在蓝色的舞台背景前，像是背景上一个花哨的污点。她一边合着音乐节奏演唱，一边在舞台上摇摆着身体：

如此热烈的爱打动了我，我温柔地拥抱了我的恋人。

她的声音听上去很空洞，不好听，夹杂着喝醉了酒的人群的叫喊声，飘荡在空中。粗鲁的笑声听上去很刺耳，那些喝醉了酒的欢快的人们发出的喝彩声与打嗝儿的声音，舞台上的节奏，粗鲁而嘶哑的喊声以及起哄的声音混杂在一起。但沃尔斯卡什么也不顾，仍继续唱歌，对周围的一切都很平静冷淡。她嘶声怒吼着，像疯了一样，只是在与詹妮娜对视时才露出乞怜的神情。

詹妮娜脸色一会儿发白，一会儿涨得通红，再也无法忍受那种酒味浓重的氛围和那群讨厌的酒鬼。

"我宁愿去死！"她想着。哦，不，她可不能出卖自己去娱乐这么一群人。如果她登上了这样的舞台，她会把口水吐到他们眼里，狠狠地责骂自己，然后……如果没有别的方法摆脱……就去维斯拉河投河！

沃尔斯卡结束了演出，她的同伴穿着一件克拉科夫风格的衣服，手里拿着钱罐，到那群酒鬼面前去收集钱。他听到那些粗鲁的咒骂声，却依然习惯性地微笑着，紧张地咬着嘴唇，谦恭地低头谢谢那些往钱罐里丢十个铜板的人们。

沃尔斯卡双眼紧闭，站在钢琴旁边，紧张地拽着自己金色的腰带，不安地焦虑地念叨着，同伴在她身边清点第一次收到的钱，她也在心里默数着。钢琴手再次奏响了琴声，沃尔斯卡和同伴开始唱一首用克拉科夫小调弹唱的歌曲，还一边迈着轻柔的舞步。

詹妮娜不等演出结束和沃尔斯卡说自己特别讨厌那些酒鬼，就离开了，她几乎是跑出了那个花园，离开了那些低俗下流的观众。

第二天，她一整天都没离开家。她什么也没吃，几乎什么也没想，只是躺在床上，空洞地盯着一只懒洋洋地叮在天花板上的苍蝇。

傍晚，索温斯卡进来了，坐在一个行李箱上，直接说道："这房间已经租给了别人，明天你就从这儿搬走吧。你还欠我们十五卢布，因此我会替你保管所有的个人物品，直到你还清了钱为止。"

"很好。"詹妮娜回应道，平静地看着索温斯卡，好像这一切都再寻常不过了，"很好，我会走的！"她声音更低了，从床上坐了起来。

"你一定会以自己的方式自力更生，不是吗？你也许还能坐着马车来看我，是吗？"索温斯卡说着，像猫头鹰一样的眼睛里闪烁着敌意。

"很好。"詹妮娜机械地重复着，开始在房间里来回走动。

索温斯卡再也无法继续等待答复，离开了房间。

"那么，一切都结束了！"詹妮娜说着，声音回荡在房间里，死的念头开始真切地侵袭进她的头脑中。

"死是什么？就是遗忘，遗忘一切！"她大声说道，呆立在那儿，心底陷入了无限的绝望之中。

"是的，就是遗忘，遗忘一切！"她慢慢地重复着，面无表情地盯着气灯的火光，坐了很久。

黑夜很漫长，房子很安静，窗台上的光也都快熄灭了，夜越来越沉静，所有的一切都好像睡着了。

詹妮娜从呆滞中回过神来看着房间的时候，黎明的曙光已经出现了，映出了房屋模糊的影子。她决心已定，从椅子上飞快地站起来，心里好像想到了什么，眼睛里闪烁着奇怪的光芒，悄悄地走过去打开了门。关门的时候门闩发出的响声让她觉得很害怕，她倚在门上喘了一会儿粗气。她偷偷地脱下鞋子，大着胆子溜过大厅，进入了厨房隔壁的房间，这里以前是用来作餐厅的，白天是工作室，晚上是安娜小姐学徒们的卧室。房间里浑浊的空气让詹妮娜窒息。她手臂稍稍抬起,呼吸急促,悄悄地走向厨房,那几分钟里,时间像是凝固了一样。她走几步停下来,走几步停下来,努力控制着不让自己因听到那睡梦中的人粗重的呼吸声和鼾声而发抖,然后继续向前走,绝望地咬着牙齿。她很害怕,大颗大颗的汗珠从额头上滑下,心跳加快,她甚至能感觉到喉部的脉搏跳动的声音。厨房门是开着的,詹妮娜像个影子一样飘了进去,却不小心绊到了门边女佣的床。她害怕得失去了知觉,没有表情也没有呼吸地待了很久,好像有人按了暂停键一样,惊恐地看着床上那个模糊的身影。但她最终还是鼓足了勇气,平静地走到了厨房的橱柜前,柜子里满是厨房用具,她小心地摸索着,终于,她摸到了那个平底的椭圆体醋精瓶子。几个小时前她就注意到它了,她把它从其他厨房用品中拿出来,不过由于用力过猛,旁边一个小罐子"啪嗒"一声掉到了地上。詹妮娜恐慌地低下了头,这一声巨响一直回荡在耳边,好像全世界都被吵醒了。

"谁在那儿?"女佣被吵醒了,喊道,"谁在那儿?"她更大声地喊道。

"是……是我,我出来喝水的。"詹妮娜闷声闷气地答道,一直把那个瓶子捂在胸口。女佣不满地嘟囔了一句什么,然后便不再说话了。

詹妮娜疯跑着返回房间,听到她的响动,有人醒来了,去那边关好了门,这些她毫不介意,回到房间又累又怕,不停地发抖,她觉得自己都快要垮掉了。她都没感觉到,眼泪已经流得满脸都是了。这时她才平静了下来,睡着了。早晨,索温斯卡又提醒她该搬家了,并替她打开了门,让她出去。詹妮娜很快穿好了衣服,什么话也没说,就离开了。

她沿着街往前走,只觉得自己已经无家可归了,头脑里昏昏沉沉的,什么也不能想。她走过新世界街和尤德街,一直到了瓦津基公园的湖边才停了下来。

树们直立着,像死了一样,黄色的叶子落下来,像在路上铺了一张金色的地毯。这里的秋天很宁静,只有麻雀不时飞过,发出吵闹的叫声;湖里的天鹅们拍打着翅膀,发出的声音也像在悲鸣,泥泞的湖水看上去像是一块破旧的天鹅绒毯。周围美好的一切都被金秋无情地摧毁了。树上的叶子都枯萎了,掉落了下来,草也变得干枯,紫菀也被秋露压得低下头去,好像在为死亡哭泣。

"死!"詹妮娜低声说着,手里紧握着前晚偷来的瓶子,她坐了下来,好像是在春天时坐过的那把长椅上。她觉得自己正慢慢昏睡过去,思想都凝固了,意识也不再清醒,她已经没有了感觉,什么也不知道了。所有的一切都离她越来越远,都在垂死挣扎,大自然好像也耗尽了体力,只剩下最后一口气。

詹妮娜心底一片平静,所有过去都从记忆中消逝了,所有的困惑、失望和奋斗的过程都离她远去,变得模糊不清,消散殆尽,像是在秋阳下蒸发了一样。她好像什么也没经历过,什么也感觉不到,也没有痛苦过。她的心好像蜷缩了起来,越变越小,像围栏铁丝网上的枯叶,微风一吹就掉落下来,死去了。

她又觉得自己快要四分五裂了,像那张缠绕在草上的蛛网一样,飘荡在草叶之间,她自己就被这样的蛛丝紧紧捆着,越是挣扎,越是捆得紧,直到她的力气消耗殆尽,丧失了知觉。这种感觉强烈震撼着她,她的心彻底软了,为自己感到遗憾和可惜。

"可怜的女孩儿!她多不幸啊!"詹妮娜低声说着,好像在评论别人。

詹妮娜痛苦得快要崩溃了,她不再记得是什么样的不幸吞噬了她,什么样的厄运粉碎了她,也不知道自己为什么哭,不知道自己是谁。

"死!"她机械地重复道,她头脑里一直回响着这个字,只有几滴眼泪从眼角掉落了下来。

她在跳舞的弗恩大雕像前停了下来，自己也不知道是为什么。雨水让雕像的身体发黑，他蜷曲如风信子一般的头发也长满了锈，面部被水流冲洗得满是沟沟壑壑，从春天到现在好像还变长了，但眼里那种嘲弄的神色依然没变，双脚扭曲着继续跳舞。"瞧一瞧，看一看啊！"他好像在唱歌，挥舞着酒杯，嘲笑所有的一切，他朝着太阳抬起头来，头上还有从树上掉落下来的枯叶，就像是头顶花环的酒神一样。

詹妮娜盯着他看，但又什么也不记得，什么也没看到一样地走开了。

她在新世界街上的一家豪华旅馆里订了一间房，向服务员要了墨水、信纸和信封。这些被送来之后，詹妮娜把自己关在房间里写了两封信，一封简短的干巴巴的信是给父亲的，里边只有痛苦的抱怨之词；另一封就写得平和多了，内容也更长一些，是给戈洛高斯基的。两封信里她都提到了自杀的想法。她准确地写好了收信人地址，并把它们放在了显眼的位置上。

然后詹妮娜平静地从口袋里掏出了毒药的瓶子，她拔掉了塞子，把它举到灯下，一点也不犹豫地把药喝得一点不剩。

然后，她张开双臂，脸上闪过一丝痛苦的神色，眼睛就闭上了，然后就痛苦得俯卧在地上。

几天后，在卢布林加入了托波尔斯基公司的科特里基正在咖啡屋里翻看着报纸，不经意间留意到了当地的这样一条新闻：

女演员自杀

星期二，在新世界街的豪华酒店里，服务生们听到一个房间里传来的呻吟声，这间房是一个陌生女人于一个小时前订的。他们砸碎了门，看到了令人发指的一幕。地上躺着一位年轻漂亮的女士，她正在抽搐。记者从房间里她写的两封信中得知，她名叫詹妮娜·奥罗斯卡，是之前在卡宾斯基名下的N.N剧院里的一名合唱团女郎,上一季曾参与过演出。

人们去请了医生,失去知觉的女士随后被送往了圣婴医院。她目前情况不太乐观,但仍然有救活的希望。据检测,奥罗斯卡小姐是食用醋精中毒。她自杀的理由未知,但我们正在进一步探究……

科特里基读了几次,眉头紧锁,捋着胡须,再次读了一遍,最终,把《信使报》揉成一团,生气地丢到了地上。

"真是个喜剧演员!喜剧演员!"他咬着嘴唇,轻蔑地低声说道。